朝着小康奔跑

佛山·凉山东西部扶贫协作纪实

周崇贤 著

SPM 南方出版传媒 广东人民出版社

·广州·

图书在版编目（CIP）数据

朝着小康奔跑：佛山·凉山东西部扶贫协作纪实 / 周崇贤著. —广州：广东人民出版社，2021.4

ISBN 978-7-218-14998-1

Ⅰ.①朝… Ⅱ.①周… Ⅲ.①报告文学—中国—当代 Ⅳ.①I25

中国版本图书馆 CIP 数据核字（2021）第 074634 号

CHAOZHE XIAOKANG BENPAO FOSHAN LIANGSHAN DONGXIBU FUPIN XIEZUO JISHI

朝着小康奔跑：佛山·凉山东西部扶贫协作纪实

周崇贤 著

出 版 人：肖风华

责任编辑：汪 泉
责任技编：吴彦斌
封面设计：水石文化
封面插图：邱大尉
排版制作：广州市广知园教育科技有限公司

出版发行：广东人民出版社
地 址：广州市海珠区新港西路 204 号 2 号楼（邮政编码：510300）
电 话：（020）85716809（总编室）
传 真：（020）85716872
网 址：http://www.gdpph.com
印 刷：佛山市迎高彩印有限公司
开 本：787 mm × 1092 mm 1/16
印 张：20 字 数：240 千
版 次：2021 年 4 月第 1 版
印 次：2021 年 4 月第 1 次印刷
定 价：40.00 元

如发现印装质量问题，影响阅读，请与出版社（020-85716849）联系调换。
售书热线：（020）85716826

目录
CONTENTS

思考篇 ｜ 希望路上

后　记

引子

2015 年 7 月 8 日，有个叫黄红斌的人去凉山宝石小学探访支教老师，无意中看到教室墙壁上贴着一篇作文，题目叫《泪》，他顺手拍下这张方格稿纸，并于 7 月 11 日把图片发到了微博上。

泪

爸爸四年前死了。

爸爸生前最疼我，妈妈就天天想办法给我做好吃的。可能妈妈也想他了吧。

妈妈病了，去镇上，去西昌。钱没了，病也没好。

那天，妈妈倒了，看看妈妈很难受，我哭了。我对妈妈说："妈妈，你一定会好起来的，我支持你。把我做的饭吃了，睡睡觉，就好了。"

第二天早上，妈妈起不来，样子很难受。我赶紧叫打工刚回家的叔叔，把妈妈送到镇上。

第三天早上，我去医院看妈妈，她还没有醒。我轻轻地给她洗手，她醒了。

妈妈拉着我的手，叫我的小名："妹妹，妈妈想回家。"

我问："为什么了？"

"这里不舒服，还是家里舒服。"

我把妈妈接回家，坐了一会儿，我就去给妈妈做饭。饭做好，去叫妈妈，妈妈已经死了。

课本上说，有个地方有个日月潭，那就是女儿想念母亲流下的泪水。

柳　彝
2015 年 6 月 20 日

这篇作文是凉山宝石小学四年级学生苦依五木（笔名柳彝）写的，当时，支教老师任中昌在上完人教版四年级下册《小珊迪》一课后，给学生布置了一篇作文，作文交上来后，任中昌把他认为写得好的贴在教室墙壁上。没想到，这篇作文后来竟被习近平总书记看到了。11月，习近平总书记在中央扶贫开发工作会议上，谈起了这篇反映大凉山贫困状况的"世界上最悲伤的作文"。

是的，这的确是一篇悲伤的作文，第一次读到的时候，我的眼眶里瞬间涌满了泪水。

我对凉山是有感情的。1988年，我在西昌打工，跟着师傅学木匠，有一天晚上，我特地跑去建昌古城四牌楼十字路口，仰望火箭把卫星送上太空。那个时候，我不知道凉山州是全国最大的彝族聚集区，也不知道它是全国连片深度贫困地区之一，但我知道这里交通闭塞，山高路险十八弯，翻不尽的一山又一山。背着木匠工具，我在老山沟里兜兜转转，帮老乡架房梁，做桌子、板凳，整整干了两年。我十八岁的青春年华，被邛海和泸山定格成闪光的底片。后来，我走出大凉山，随百万民工潮南下广东，在改革开放的时代洪流中，一路打工一路自学，怀揣梦想努力奔跑，最后改变了命运，成了一名新广东人。

没想到，因为脱贫攻坚，我跟凉山还有一段未了情缘。

2019年5月，我随佛山市艺术创作院团队前往凉山州甘洛、金阳、美姑等地体验生活，回佛山后，创作了长篇小说《石头说话》；2020年8月的一天，佛山市文广旅体局局长陈新文交给我一个任务——再次去凉山深入生活，采访东西部扶贫协作以来的山乡变化。陈局长的要求很简单——扎下去，扎到村里边去，到老乡家里去，"同吃同住同劳动"，过他们的生活，听他们的心声。

"扎到山沟沟里,多吃土豆,多下'蛋'"。陈局长鼓励说,"周立波当年写《山乡巨变》,周崇贤今天就写《凉山巨变》。"

8月24日,我从佛山出发,前往凉山采访大国扶贫背景下的脱贫攻坚。我此行的任务是深入金阳县走村入户,写好最基层的小故事,真实记录成长蜕变的乡村,记录山区群众在脱贫路上的努力和希冀;捕捉充满泥土芳香的生活细节,抒发老百姓的真实感受,以鲜活的现场感和朴实的现实主义笔触书写时代;用文学的情怀,关照国家民族命运;以金阳县为切入点,滴水见太阳,倾听"佛山对口帮扶凉山"在东西部扶贫协作大战略中稳健前进的脚步声。

在一个多月的走访中,我认识了很多驻村扶贫干部、支教老师、援建医生、脱贫群众、当地村干部以及返乡创业的老乡,发生在他们身上的真实故事,沾着露水,裹着地气,带着温度,朝着我的笔端涌来。大凉山深处的扶贫故事,就像大国扶贫的一滴水,透过这水的晶莹,我看见了朝气蓬勃的太阳。

2020 年 12 月 29 日

奋斗篇 脱贫路上

奋斗本身就是一种幸福，只有奋斗的人生才称得上幸福的人生。

——习近平

金拉住的梦想

2020 年 8 月 27 日，星期四，金拉住开着他的三轮车，带娃进城体检。金阳县城就在家对面，中间隔了一条金阳河，如果遇到嗓门大的，站在坡上冲着对面大喊几声，说不定县城的人都听得见。就是这么点距离，隔山跑死牛，金拉住开着他的小三轮，开足马力，曲里拐弯，东倒西歪，得跑两个小时。要是没有小三轮，就靠两条腿，那得耗去多少时间？

天黑了，山路蛇形向上，拐弯处，路都看不清了，金拉住打开车灯，照亮上山回家的路。家在半山腰，马依足乡特普洛村，与金阳县城隔河相望，不算祖辈，单他自己，这一望，就望了几十年。金拉住是 1977 年出生的，都超四奔五的人了，从他睁眼看人间的那一刻起，就开始望着对河的金阳县城，这一望，就望了几十年。

很多时候，金拉住望着河对岸，都会有一种奇怪的冲动，他很想放开嗓门，冲那边扯声卖气地喊一嗓子，看看有没有人听得见，看看有没有人应他。但是，他没有喊过，他不好意思喊，他是一个腼腆的人，平常见了陌生人，都不敢说话。小时候，望着近在咫尺，却远隔天涯的金阳县城，他幻想着，像鸟一样长一双翅膀。是啊，要是能长一双翅膀就好了，直接扑扇着翅膀飞过去。自从有了这个天真的想法，每当听到鸟叫声，他就会本能地用目光搜寻鸟的身影，追随鸟儿飞行的方向。他真的很想看见一只鸟，扑扇着翅膀，飞过金阳河，飞到对岸去。但令他沮丧的是，直到今天，他都没有看见过一只鸟，能飞进金阳县城。倒是他自己，以前靠双腿，而今靠小三轮，一次又一次地过了河，进了县城，见识了灯火迷离的花花世界。虽然一个来回往往就是一天的时间，但是，进城的兴奋，却从未因此消退。

要是能在金阳河上修一道桥就好了。这个愿望，应该不只是金拉住一个人才有，很多人都这样想过。但是，修桥的钱谁出？2014年之前，在他被评定为贫困户之前，大姑、妹妹都还没出嫁，一大家子住一起，连饭都吃不饱，还想修桥！后来大姑出嫁，妹妹出嫁，寅吃卯粮，东拼西凑，又花了好多钱，简直就赔了血本。那个时候，还不知道有贫困户这一说，更是做梦都想不到，因为你吃不饱饭，国家会派那么多人过来帮你，想尽一切办法，不只是要让你吃饱饭，还要让娃娃们上学读书。谁要是想让娃娃辍学在家干活，那些南腔北调的扶贫干部会三天两头跑到家里来找你，反复地跟你宣讲政策，你要是听不懂，他就再讲一遍，直到你让娃上学才算完。也不知他们这是在干啥，翻山越岭，爬坡上坎跑来，又没钱赚，就为了让一个山里娃上学读书。读书、考学、成才，过好生活，这个很多人都懂。可这跟那些人有什么关系呢？以后娃长大了，赚了钱又不会分给他们。

越是这样想，就越觉得感动。都不认识的人，更不是亲戚，人家这样干图啥呢？不都是为了我们吃饱饭吗？金拉住有点羞涩，不善于表达，但他心里很清楚，他很感恩，感恩党和政府，感恩国家，感恩扶贫干部。也因此，他一直很努力，他要用自己的努力，回报帮他的人。

夜色已经完全覆盖了马依足乡，对面金阳县城华灯璀璨。特普洛村口的水泥坝旁，传来了"扑扑扑"的机动车声，有人大声说："金拉住回来了，一听就是他的三轮车声。"

是的，金拉住开着他的小三轮，带着3个娃儿，从金阳县城回来了。听说佛山客人到访，他办完事情后马上就往回赶，山道弯弯，一路颠簸，这趟从县城到家的山路，一下一上，就花去了两个多小时。直到天完全黑下来，他才带着娃赶回了家。看看手机，都晚上8点多了。

金拉住的家，是2017年的时候，在政府的帮扶下，新修建的二层小楼，就在村口水泥坝子左侧低洼处，房顶比坝子略高。坝子边有一条大路通往山上人家，上一个坡，再分岔往下走，就是他家平时出入的主道。只是不够宽，小三轮进不去，平时他就把车停在坝子上，再绕道回家。后来觉得不方便，就想开一条捷径。围着自己家屋子转了几圈，最后看中了屋背后一侧靠坝子的位置，便扛了锄头，亲自动手挖出几级台阶，再浇铸一层混凝土，几步就能上到停三轮车的地方，窄是窄了点，但缩短了路程，不再绕那么远。

金拉住热情地招呼着，把我们往家里引，跟着他顺台阶往下一步一步地挪脚，我想起了佛山扶贫干部南策炳对金拉住的评价，他说："金拉住不只是勤快、肯干，还很有头脑。他的穷，确实是因为被客观条件限制了。"是的，从这几级台阶就能看出，金拉住是一个肯干，也肯动脑子的人。

金拉住停在村口的这辆三轮车，据说是他卖掉了家里唯一的一匹马，再加了几千块钱买的。这里边，还有一个非常励志的故事。

在农村，经济条件稍微好一点的人，首要的事情就是建房子。像金阳这种山区，农民的房子都零零星星分布在山坡上。山高坡陡，建房子需要的沙子、水泥、砖头、钢筋，全都得靠人背马驮，往山上运，金拉住刚开始就靠帮人背沙子赚点辛苦钱，没干多久，他发现这是一个商机——如果能买一匹马，专门帮建房子的人家驮建材上山，会不会赚得更多呢？越想越兴奋，真的就付诸行动，到处找人借钱买马。一个贫困户向你借钱，你借不借？就算是亲戚朋友，也得打个问号。

"借钱干啥子？"

"买马。"

"买马干啥子？"

"做生意赚钱。"

"做啥子生意？"

"帮人运沙子、水泥、砖头……赚了钱马上就还你。"

这个……貌似可以有。

就这样，在遭遇很多的质疑和拒绝后，几经努力，2016年，金拉住借到了买一匹马的钱，他没有犹豫，买了一匹马。然后，他牵着他的马满山跑，只要看见有建房子的，他就牵着他的马跑过去揽活。认识他的人起初都不相信，一个贫困户，居然买得起马。但是，人和马就在眼前，容不得怀疑。更关键的是，他是主动找上门来的，这和你去请人帮工有很大的区别——请人帮工，你得赔笑脸，得客客气气，得听人家开价，就算是这样，很多人还会讲这讲那，干两天耍三天，搞得你急不得恼不得；而这主动找上门来帮工的，就算不压他的价，也明显占着优势。

"我要得急哦，你能保证运货时间？"

"能！就算天黑了，我打手电筒都给你运。"

"你不会偷懒吧？收一天钱，就要干足一天活哦。"

"你要是不相信，就全部包给我。多少钱，你说就是！"

……

机会从来都是给有准备的人，生活中很多事情就是这么巧，金拉住买了马，东一家西一家，干的都是些小活。两年之后，竟然碰到一单大活——佛山一家企业捐助马依足乡特普洛村小学修建一个厕所、三个水窖。

听说是佛山项目，他满怀欣喜跑去揽活。因为帮扶他们家的就是佛山扶贫干部，也因此，他对佛山有着很深的感情。项目负责人看着金拉住黑黑瘦瘦的个子，刚开始还有些担心，说："你行不行啊，这个活要干很久哦！"

金拉住脸上除了招牌式的腼腆和羞涩，更有坚韧和毅力。他拍着他的马，说："我行，肯定行的，我都干了两年了，不信你问问老乡，这边好多人建房子，都是包给我的。"

"包给你？你是说，全都包给你？"

"对头，都包给我。你们也省心。"

项目负责人盯着金拉住看了一阵，他从金拉住的眼神里，看见了一种很强烈的、想干活的欲望。这年头，还有人争着抢着干这么重的活？他一拍大腿："得，我就信你一回，这活都给你了。"

活揽到手了，金拉住接下来，就是和他的马一起，从早到晚，披星戴月，撸起袖子加油干。有一天，负责帮扶他们家的佛山扶贫干部南策炳前往督战项目进展，无意中看见满头大汗的金拉住，觉得奇怪，随口问项目负责人："他怎么会在这里？"负责人顺着南策炳的目光往金拉住那边扫了一眼，说："他帮我们运建材啊，都包给他了，这老乡，别看他个子小，还挺能干。"

这一趟活干完，金拉住除掉还清买马借的钱，还赚了 3000 元。

活干完了，马还在。马待在圈里要吃草，吃饲料，要是没活干，就等于养了一个闲人，多了一张要吃饭的嘴。金拉住想来想去，决定把马卖掉，再找别的赚钱门路。

2019 年 1 月，金拉住卖掉了跟他朝夕相处两年多的马，当初 5000 元买的马，这次转手，竟然卖了 5500 元，还赚了 500 元。这事也太美了吧？这次卖马，让他的心活动起来，就像播下了一颗种子。

金拉住揣着卖马的钱上金阳县城，南街坡上有几家卖电动摩托车的铺子，他想用这个钱，买一辆三轮电动摩托车。要是有了车，就等于给自己插上了翅膀。从此以后，河对岸的金阳县城，他想什么时候去就什么时候去。只要往小三轮上一坐，车钥匙往锁眼里一插，往右一拧，"扑扑扑"的天籁之音就传进了耳朵，然后松离合，踩油门，朝着县城的方向，加油！

总之，有了三轮车，就像有了飞翔的翅膀。以后不管去哪儿，不管干啥，都方便多了。

可是，三轮车要 8200 元，比马贵了 2700 元，2700 元哪！得卖多少洋芋苞谷？想想都觉得肉痛。

但是，美好的生活，是需要付出代价的。金拉住咬咬牙，买！

马可以驮东西，可以帮家里赚钱，三轮车也可以载东西，也可以赚钱，还可以多载几个人，方便进县城。但是，它要烧油，也是个消耗品。金拉住把好好的马卖掉，还添了 2000 多元去买一辆三轮电动摩托车，很快就引起了旁人的议论。

"他以为成百万富翁了？"

"钱多得银行都存不下了？"

"烧包！"

……

旁人的议论，是因为他们不知道金拉住心中有一个梦，打小他就向往对面山腰上的金阳县城，可是明明就是一眼看得见的景象，若想伸手触摸，却又是那么的遥远。在修通公路之前，村民到对面城里去，一路之上，坡高路陡，单程都要走半天；而且还需要提防脚底踩滑，要是一个不小心，摔到金阳河里去，那这辈子就完蛋了。修通公路之后，沿着公路走，脚下踩滑摔下沟去的可能倒是小了，但是，就凭两条腿走路，半天时间还不够。金阳城啊，就像闪亮在天上的星星，看得见，摸不着。而有了三轮车之后，情况就不一样了，在"扑扑扑"的马达轰鸣中，只需两个来小时，就能摸到这山腰上的家了。所以，金拉住卖了能帮他赚钱的马，买了烧钱的三轮车。

当然，如果能在金阳河上修一道桥，估计要不了半小时，就能到达梦想的地方。那样，三轮车也会少烧好多油。

关于三轮车这个事，金拉住心里有数，他不会因此就拖了全村脱贫的后腿，国家花那么大力气，帮那么多人脱贫，他晓得这当中的艰难。他已经盘算好了，在没有找到新的赚钱门道之前，就好好侍弄自己家那几亩花椒地。金阳县主推"三棵树产业"，在海拔 2500 米以上的高山种植华山松，树下套种牧草；在海拔 1800~2500 米的山坡上种核桃，树下套种花魔芋；而在海拔 2000 米以下的地方，就主要发展青花椒种植，树下套种白魔芋。这个大工程都推了 20 多年了，刚开始没有几个老乡相信青花椒能卖钱，只知道那玩意儿不能当饭吃，不如洋芋、苞谷实在。包括金拉住在内的贫困户，家里不多的土地要种洋芋，自留山要护坡做柴火，谁会种花椒呢。但是，自从被政府评定为贫困户，金拉住经常会去参加村农民夜校的培训，听扶贫干部讲山外边的新鲜事，他急了，原来，只要方法得当，只要有门路，他们家也是可以不再受穷挨苦的；原来，中国大得不得了，金阳县城根本算不了老几，外边还有西昌，还有成都，还有北上广深……那些地方的小馆子、大饭店，都喜欢用金阳的青花椒做调味品。外边的需求大着呢……金拉住家的青花椒越种越多，以前种洋芋、苞谷的坡地，现在都种上了青花椒；以前护坡的自留山，也开荒出来种青花椒。2019年，金拉住收成青花椒2000斤，卖了8万多元。2020年情况会差一点，粗略算一下，也能收1800斤青花椒，按最低30元一斤算，这一项也有5万多元收入。

2019年7月，趁着雨季，金拉住套用当年买马的经验，拿出7000元，买了一头小牛，一直养到11月彝族新年，这时候的牛价，达到了一年中的高点，他瞅准时机，以1.2万元的价格转手卖掉，赚了5000元。12月，他发现牛价跌下来了，于是又花7000元买了一头牛，精心喂养了两个月，到2020年1月的时候，趁牛价出现反弹，他再次果断转手，以9100元的价格，把牛卖掉。

金拉住发现，"倒牛"是一个不错的门道。他来劲了，紧接着，2020年3月28日，他花1.05万元买了一头牛，放在家里养着，养得膘肥体壮，看得人好不眼热。有人出1.7万元想买他的牛，他都没卖。他已经想好了，要等到彝族新年到来的时候，卖个好价钱。

"我想卖2万元。"金拉住说。

为了记住3月28日这个特殊的日子，他用粉笔在牛圈墙上，挺费劲地写下了一行歪歪扭扭的字："3月28日金拉住。"后边还留了他的手机号。

金拉住没上过一天学，没读过一天书，但他认识自己的名字，并且能写自己的名字。这些都是他跟自己家娃儿学的。

"他这个方法，还真不是拍脑袋就能想出来的，你看，春天他买头小牛，趁雨季水草丰美，他就天天去放牛，牛放哪儿都有草吃。牛吃草，长肉，就等于把草转变成钱，对吧？而等到雨季一结束，小牛已经变成大牛了，这个时候，他就把牛卖掉，一年时间都不到，他就连"倒"三头牛，每头牛赚几千元。你能说他没头脑吗？他这是从土地里长出来的智慧啊！"讲起金拉住"倒牛"传奇，南策炳都禁不住击节赞叹。

"但我还是建议他在彝族新年前把牛卖掉，因为到11月份的时候，草就比较少了，没草吃，就得补喂饲料，饲料实际上也是钱。再说，现在的牛价也比较好，很多人都想买牛，还买不到。所以，也不一定非要等到2万元时才卖。"南策炳说，虽说金拉住"倒牛"成功了几回，但他还是需要多了解市场信息，算好经济账，比如说，现在吃的是草，这个是大自然的产品，免费的，不用花钱，但是，过了这个季节，没草了，这时候就需要喂秸秆，喂苞谷，这些都是钱啊！另外，牛的快速生长有周期，过了这个周期，长得就很慢了，加上时间、精力的投入，这些都是成本，也都是要算进去的。

"等哪天他能精准计算这些账了，相信他会做得更好。"南策炳说。

从金拉住家出来已近晚上9点，站在特普洛村口坝子上放眼眺望，对面山腰上的金阳县城，已经是万家灯火。也许，那些闪亮的灯火永远都不会知道，它的璀璨和绚丽，激励着贫困户金拉住朝着脱贫的梦想奔跑，并最终在2018年成功脱贫，靠自己勤劳的双手，活出了尊严。

金拉住坚信明天会更好，因为向往中的金阳河大桥，由三峡集团投资修建，到2021年年底就能通车了，到那时，开着小三轮去金阳县城，半个小时都不用，方便得就跟饭后散步一样。而更令他兴奋的是，听说金阳县城以后都要搬到马依足乡这边来，如果真有那么一天，嘿嘿，桥都不用过，一抬腿，就进城了。

微信扫码

借鉴精准扶贫经验，
解读脱贫攻坚精神。

苦北洛也有春天

　　在凉山金阳县马依足乡特普洛村觉呷西组，有一户贫困户，女主人的名字叫苦北洛，负责帮扶她家的佛山扶贫干部南策炳，习惯叫她小苦。

　　叫她小苦，那是因为她年纪不大。1988 年出生的她，2020 年才 32 岁，可是，这个又黑又瘦的 "80 后"，已是 4 个孩子的妈妈。生下老大那年，她才 20 岁。

　　如果在城市里，20 岁的女生，是个啥概念呢？肯定还是爸妈捧着怕摔、含着怕化的小宝贝，大概率还在大学里念圣贤书呢。而小苦呢，结婚，生子，成家，立业。她生下的 4 个娃，其中三个而今都在金阳县城天台小学读书。因为离家远，还得让他们的爷爷在城里租房子带着照料。县城的房子租金太贵，只能租一个小单间，让爷孙 4 人挤在一起。尽管这样，每个月都要 300 元。而他们在县城里的生活开支，再怎么节约，每月也得五六百元。总之，一年下来，单陪娃娃读书这一项，就得花掉 1 万多元。不过，令人欣慰的是，娃们读书都很努力，老大在班上排第八名，老二在班上排第四名，算是名列前茅，很不容易了。要知道，天台小学的在读学生，可有 2000 多人呢。

而今，苦北洛的第四个娃也该上幼儿园了，要不了几年，又得去县城读小学……总之，到处都需要花钱，今后的开支肯定会越来越大，想想，她哪里是什么"小苦"，分明就是"大苦"啊！

小苦的苦，还远不止这些，最让人郁闷的是她嫁的那个老公——贾巴鲁博，同村的，大她五岁，本该是理所当然的一家之主，家庭的顶梁柱、主心骨，可偏偏嗜酒成瘾，难有恒心务正业。2000 年的时候，还伙同朋友瞎胡混，学吸毒。幸好发现及时，没让他上瘾，要不然，这苦日子就真的没个头了。

贾巴鲁博以前也出去打过工，因为没文化没技能，只能在工地上做建筑，而且还是小工，一天下来，累得找不着北，而工钱却是工地上最低的。这都不说了，他还嗜酒，动不动就啤酒下花生，醉得昏天黑地。经常第二天上班时，工头找不着他人。这三天打鱼两天晒网的，能挣下几个钱？就算挣下几个钱，也全让他拿去换酒喝掉了，反正没钱拿回家。

遇到这么个不着二五的货，能怎么办呢？结果，这一家人的生活重担，就全压在了小苦瘦小的肩膀上。

一个弱女子，赚钱供娃们上学本身已经压力山大，可是，在封闭落后的农村，家支社会结构下还有更大的压力，那就是谁也挣扎不脱的三亲六戚。每到逢年过节或谁家红白喜事，送"人亲"随礼，简直就要了命。即便是小苦这样的人家，每年在这上头花个万儿八千，那也是很正常的。不能因为你是贫困户，就搞特殊，就例外。个个都送你不送，你好意思？你还能在村里混下去？你还怎么做人？

唉，小苦这苦，真的是苦啊！

打一出生就猫在半山腰上，小苦家这 6 口人，靠啥生活呢？都不用多想，主要靠两大经济来源，一是种洋芋，二是种苞谷，这两样东西人畜无害，都可以靠它活命。如果一定要算细账，她家那几亩地，种苞谷每亩可以收到1000多斤，按一块钱一斤算，也就是几千元。这就是每年的"大春"，5月份开种，一般在9—10月份的时候，就可以收割了。接下来，就是种胡豆、豌豆、四季豆等。这些东西就是"小春"，也能卖点钱。这一年两季忙活，全部加起来，小苦家总收入差不多7000元。而开支却要小几万，你叫她一个妇道人家，一个弱女子上哪儿弄钱去？你这不是开国际玩笑吗？

小苦的苦，政府扶贫工作队看在眼里，记在心头，2014年，经过很严格的评审手续，她被列为建卡贫困户。

坊间传说，有个贫困山区学校，老师给学生出了一个作文题目叫《我的梦想》，原本是想引导学生树立高大上的目标和理想，比如做医生呀，参军呀，当科学家呀，等等。最不济的，也得当个网红啥的吧？可是，等作文本收上来一看，晕，竟然有好多学生说自己的梦想，就是长大以后当贫困户。其中还列举了当贫困户的诸多好处，例如国家免费给建房子，还有这样那样的补贴，等等，看得老师差点就崩溃了。

小苦可不这样想，她不想当贫困户。在面子观念极重的农村，混成贫困户，实在不是啥光荣的事情。这个贫困户帽子，她可不想一辈子戴头上。为了脱贫，2014年的时候，她跟着老乡去新疆帮人摘棉花，苦干九个月，除干打净，挣了1万多元。等棉花摘完了，她又跑去江苏打工，本想加班加点多挣几个钱，谁知天不遂人愿，瘦小的身体终究吃不消长期劳累，她病了，上不了班，最后，不得不拖着病恹恹的身体打道回府。

俗话说，金窝银窝，不如自己的狗窝。家里再穷，那也是自己的家呀！上有老下有小，虽说一家子的生活压力山大，但有几个娃娃围着，这心里边，多多少少还是有几丝希望的。

小苦的优势是年轻，年轻的身体不怕累，实在累得顶不住，倒头睡它一觉，睡醒后又浑身是劲。年轻的她相信，再苦的日子也怕熬，只要你敢跟它熬下去，只要你不认输，你就能熬过它。所以小苦咬着牙，就这么一路熬下来，熬到2018年的时候，政府为贫困户修建的集中安置点落成了，她吁出一口气，从破烂不堪的土墙房里搬出来，搬进了新居。

按有关政策规定，她家只花了几千元，就分到了一套80多平方米的楼房。

搬进新居的小苦，一年四季，还是围着她家的那几亩地打转。区别是，以前种洋芋、苞谷，现在种青花椒。以前的自留山，都是用来护坡打柴烧饭用的，现在，新家水电齐全，可以用电饭煲了，不用烧柴火了，自留山腾出来了，比以前足足多出了两亩地，于是都用来种青花椒。在花椒树没长大时，还见缝插针打窝子套种别的农作物或者时令蔬菜，争取多点收成。

在评定为贫困户之前，她不知道青花椒的价值，也不知道青花椒能卖出比洋芋、苞谷高出很多的价钱。其实也不单她不知道，大多数老乡都不知道。2014年的时候，她家的花椒树东一株西一株，基本上属于"放养"状态，一年下来也就收三五十斤。后来，在金阳县政府主导的产业扶贫中，她和很多老乡一样，听了政府号召，开始试着扩大种植面积，并且跟着扶贫干部认真学习种植技术，到2019年，她家种的青花椒收获了500多斤，按市场平均价40元一斤计，足足卖了2万多元。

小苦的苦，开始变甜了？熬了这么多年的苦日子，她会迎来人生的春天吗？

　　说起小苦，佛山扶贫干部南策炳给出的评价是："不仅能吃苦，头脑也很灵活，有强烈的脱贫愿望。"除了种好自己家青花椒之外，她还瞅准商机，帮别人采摘花椒。

　　"村里有些人进城去了，在城里工作，没有精力管自己家的花椒。我就主动联系他们，帮他们采摘。"小苦说。她给出的合作方案是——从采摘到晾晒、烘干出成品，最后卖成钱对半分。也就是说，40元一斤的青花椒，她每斤就可以赚20元。2019年，她就靠帮人采摘花椒这一项，干了20多天，赚了6000多元。

　　马依足乡是金阳县的青花椒种植基地，有几万亩，每年收花椒的时候，种得多的，除了全家总动员，大人小孩一起上，还会请劳动力帮着采摘，按毛重两元一斤算，干一天也能挣一百多元。但小苦头脑灵活，她在这里边看到了别人忽略掉的机会——有些进了城，在城里工作、生活的村民，本身种的花椒也不多，不想专门为这个事劳心费神，如果有人帮他们采摘花椒，那真的是再好不过。于是，小苦这"一条龙"服务的合作方案，就成了他们的首选。

　　"这样比纯粹帮人采摘要划算。"对小苦强烈的脱贫愿望，作为小苦家的帮扶干部，南策炳当然是欣赏并支持的。2020年3月，他把小苦推荐给金阳县"千户彝寨"施工方，让她去工地上做小工，每天可以赚到130元。原本也就是想让她就近打工，多点收入，没想到的是，才做了十多天，小苦就看到了一个商机——将白灰从楼下吊到楼上，工钱是三元一袋。如果能承包下来干，虽说会更苦更累，但肯定比做小工赚得多。小苦主动找到施工方负责人，想把这个活包下来做。

　　好逸恶劳是人的天性，施工方负责人当然知道，做点工肯定不会很卖力，但承包就不一样了，这里边有一个动力问题——多劳多得嘛。施工方负责人打量眼前这小小个子的女人，他看到了她眼睛里的坚持和渴望。

"这可是重体力活，你干得了？很累的哦！"

"我不怕！我干得了！"小苦说。

是的，她不怕累。她不能一辈子都当贫困户，她盼着早点脱贫，只要能摘掉穷帽子，再苦再累的活，她都干得了！

看她如此坚定，施工方负责人点了点头，说："行吧，你试试吧。"

小苦很开心，她可不是来试的，她一定要把这事干成。她早就算过了，包工肯定比做点工、小工划算。接单之后，她马上找来两个帮手，热火朝天地干上了。上百斤一袋的白灰，靠人工往楼上吊，一干就是一整天，累不累？累！苦不苦？苦！值不值？值！

做小工一天130元，但包工一天算下来有250元，差不多就多了一倍。这年，从4月到5月，小苦不只是过了一把当包工头的瘾，更重要的是，她大大地赚了一笔。

"包工的活做完了，我又回去做小工。"小苦说。6月份的小工，已经涨到了150元一天。

是的，小苦的日子变甜了，就连那个不争气的老公，2019年，通过县里组织的劳务输出，也去佛山打工了，虽说只干了两个月，嫌在工厂受人管，不自由，老毛病一犯就跑回家来了，但也拿回来了5000元。这可是他头一次往家里拿回来这么多钱，接过钱的那一刻，小苦真的是百感交集，不敢相信这是真的。小苦没读过书，连自己的名字都不会写，她不知道"浪子回头金不换"，她只是问自己，怎么去了佛山一趟，这个不争气的东西就变好了？！

一个能让酒鬼老公变好的地方，一定是很好的地方。小苦真心希望老公贾巴鲁博能再回佛山打工，不图钱，就图人能变好。但是，贾巴鲁博说佛山工资低，管得严、不自由，听说西藏那边做伐木工收入高，他要去西藏干伐木。

这一次更让人惊奇，贾巴鲁博去西藏干了4个多月，居然拿回来1.9万元。这，老公这变化也太大了吧？小苦简直不敢相信。可是，这一切，都是真的。

老公的变化让小苦倍感欣慰，她觉得自己这些年的努力，受的累，吃的苦，都是值得的。

现在的小苦，每天都把家里收拾得井井有条，干净整洁，完全没有了当年邋邋遢遢的习惯。当年，她连衣服、被子都不会折，更不要说收拾屋子了。看到那个乱成一团的家，南策炳就像教学生一样，手把手教她折衣叠被，扫地抹桌，教会之后，还要定期检查，直到养成习惯。

……

2020年8月27日下午5时许，笔者跟随村支部书记尔古解法和佛山扶贫干部南策炳来到小苦家，上楼敲门，一个小女娃打开门，把我们让进屋。小苦还在楼下的水泥坝上晒花椒，听说佛山客人来了，风风火火地跑上楼，从冰箱里拿出矿泉水请我们喝。南策炳习惯性地从厅到屋四处查看，连简易衣柜也打开来看。见小女娃在看电视，还用手在电视屏上方的楼上抹了一把，抬起手看有没有灰尘。他一边看一边点赞，就像老师批改到一本优秀的作业。

"窗明几净，房间整洁。这就对了嘛，生活就该这个样子。光物质脱贫还不够，好的生活习惯，先进的观念都得同步跟上来才行。"南策炳很高兴，作为帮扶干部，看到小苦和她家这么大的变化，他的高兴发自心底。

小苦没上过学，不会讲普通话，连四川话都说不好，而我又听不懂彝话，因此，我们的交流耗了不少时间，突然想起小苦还要收花椒呢，赶紧收住话头。谁知小苦笑着说没关系，因为几个娃娃还没开学，已经把晾晒的花椒收了。

小苦说，虽然自己家已经脱贫了，但这只是物质方面的，她更大的希望，是娃娃们好好读书，不要像自己一样没有文化，连签个名字都不会。不识字，没文化，这个在她看来，才是真正的贫困。为了供娃读书，花多大本钱她都乐意。幸福的是，国家政策好，在每个村都搞起了幼儿园。她家最小的娃，马上就能上幼儿园了。

在收拾得干净整洁的厅里，听小苦讲她脱贫路上的努力、付出和收获，我看见她被高原紫外线晒得黝黑的脸上，泛起了羞怯的、幸福的笑容。

木尔比窝追梦记

木尔比窝，四川省凉山州金阳县土沟乡吉洛村人，1968 年生。老婆河咪吉牛，1964 年生，大他四岁。两口子婚后生养了三个女儿。一家五口人的生活，靠的是酸菜汤和苞谷面，能吃饱肚子就成。

吉洛村共有 89 户贫困户，木尔比窝家是其中之一，他最大的心愿，就是 2020 年摘掉贫困户的帽子，和全国人民一起，昂首挺胸，走在实现全民小康的路上。

结婚那会儿，提亲的人说，要想荣华富贵，讨个婆娘大四岁。可是，木尔比窝都 52 岁的人了，荣华富贵到底长啥样子，只是听说，从来就没见过，就像神话一样。想想这辈子，别说荣华富贵，能不拖村里脱贫的后腿，就算谢天谢地了。

2014 年，经过申请识别，木尔比窝家被政府评定为建档立卡贫困户。活了大半辈子，他做梦都没想过，有一天，会有人跑到山沟里来为他建房子。这根本就是异想天开嘛。而天，怎么可能会开呢？

可是，都不用异想，天就开了。大国扶贫开始了，扶贫工作队进来了。一个叫杨涛的国家干部，说是上头派来的，来村里当第一书记。看他个子不高，脸庞黑黝黝的，还凸着个啤酒肚。刚一来，就带着几个小伙子，挨家挨户了解情况，也搞不清他们到底要干啥，后来才听说党和国家要为贫困户建小洋楼，清一色的钢筋水泥，红砖碧瓦，比金阳县城里的房子还漂亮。

这是真的吗？开玩笑的吧？泥墙土屋快塌掉了都没钱修，还想钢筋水泥、红砖碧瓦！总之，木尔比窝和大多数村民一样，根本就不敢相信这是真的。

可是，2020年6月，当"佛山新村"拔地而起，当他们一家五口搬进了崭新的小洋楼，他不得不相信，这是真的。

有人开玩笑说，在中国，没有比当贫困户更爽的事情了，因为有国家帮修房子，不要钱的，而且还有各种补贴。在木尔比窝看来，这简直就是在瞎说，如果不是实在没办法，贫困户这顶帽子，谁愿意往自己头上戴？除非脑壳撞墙上了。

木尔比窝希望早点摘掉头上的穷帽子，他们家穷，不是因为他懒，而是被条件限制了，比如说土沟乡，没修通公路之前，靠两条腿走路去金阳县城，一天都走不拢；比如说技能，他除了会种洋芋、苞谷，还能干啥呢？就算想做点小生意，本钱呢？上哪弄去？

后来，扶贫工作队进村了，还搞起了农民夜校，也不知道他们想干啥。直到他们走村入户做宣传，才明白这个新鲜玩意儿，其实就是培训班，把村民叫到一块，给大家讲课，目的是帮村民开阔视野，增长见识，提高技能。

木尔比窝是农民夜校的积极分子，为了早点脱贫，差不多每一次，他都积极参加，除了认真听讲，还不忘拿个小本本，密密麻麻地记。

也许有人会感到奇怪，在金阳这种老山沟里，不是说很多人都没上过学，不识字么？木尔比窝一个50多岁的老农民，他拿个本子画来画去，能记个啥，明明就是在哄鬼嘛。

事实上，木尔比窝是上过学的人，想当年，人家在十多里外的南瓦乡读过初中，是村里为数不多的文化人。而村里的农民夜校，让他想起年轻时读书的如风岁月，那时候，每天天都没亮就得起床，背上书包往南瓦方向，一路爬坡，往学校赶。要是遇上落雨，满脚都是烂泥，一溜一滑的，得走好几个钟头。而现在，学校就在村里，他可不想错过一分钟。而且，农民夜校里教的东西，比年轻时学的实用多了，比如说种植青花椒，这个东西，可不能像种洋芋那样，往土里一埋就了事。青花椒树长大后，还得按技术要求剪枝、施肥、管理，等挂了果，摘下来晾晒，也是很有讲究的，要不然就会影响质量，就卖不上好价钱，总之，要学的东西多了。

最令人欲罢不能的是，学以致用，学有所成的幸福感，那是钱都买不来的。

现在，木尔比窝每年可以收 100 多斤青花椒，就算市场不好，也能卖 30 元一斤，单这一项，就有 3000 多元的收入。当然，这点收入，还无法给他摘掉穷帽子，因为脱贫是有标准的，如果按 2020 年的标准，人均年收入得达到 4100 元，他们家五口人，想脱贫，对不起，至少得创收 2 万元以上。要不然，这贫困户，你还得继续当。

木尔比窝不想当贫困户，他不甘心，他要想办法甩掉穷帽子。早在 2015 年的时候，他就率先在村里开了一个小商店，卖些日杂百货。他相信这个小生意有得做，在村里就能买到东西，至少比去南瓦乡场上买方便。

自从开起了小商店，木尔比窝的一个重要事务，就是去金阳县城进货。每次去，他都会往包包里揣上两个馒头，饿了就啃冷馒头。在他看来，金阳县城里啥都贵，就算吃碗面，汤汤水水的，都要 10 多元，远不如冷馒头来得实惠。这倒不是说冷馒头比面条好吃，而是他舍不得花钱，家境不好，能省点就省点吧。

有人劝他别太苦自己，而他却不觉得有多苦，活了这几十年，有几顿不是酸菜汤加苞谷面？而今有城进，还有馒头吃，已经很知足了。

从土沟乡到金阳县城，将近 70 公里的路程，加上进货时间，很难一天来回，所以得在金阳住一晚上。如果能借住在亲戚家，就尽量借住。万一亲戚家住不下，那就找全城最低价的旅店，15 元一晚上，绝对不能超标。因为赚钱不容易，再说还没脱贫呢，他得省着点花，得咬紧牙关，为早日摘掉穷帽子继续努力。

每次从金阳进货回来，客车只能开到南瓦乡。那时村里也没通公路，下车之后，得租借一匹马儿，把进的货绑在马背上，让马儿把货驮回来。一路之上，高坡矮坎，七弯八拐，就算是走惯了山路的马儿，也摇摇晃晃像喝醉了酒，让木尔比窝提心吊胆，生怕它一脚踩滑，失了前蹄，把驮在背上的货物摔下沟去。

后来公路修通了，水泥路一直通到村里，宽宽大大的随便走，就算不借马儿，他凭着自己的一把力气，也能把进的货背回来。

2019 年 7 月，一天，木尔比窝去金阳进货回来，遇到天下暴雨，南瓦乡到土沟乡的路，有一处被洪水冲断了，而天黑漆漆的啥也看不见，他背着一背篓的货物，不敢再往前走，怕一脚踩滑摔沟里了。人摔着了倒不打紧，要是货摔坏了，那可就要老命了。

可是，怎么办呢，总不能在路上蹲一晚上吧。凭着对周围地形的熟悉，最后，他找到了一个岩洞，蹲在里边躲了一晚上，一直等到第二天看得见路了，才泥一脚、水一脚，往家里走。

这个小商店,是木尔比窝脱贫的主业,干上一年,能为他们家创收2万来元。如果以五口人计,加上喂猪的收入,可以摘掉穷帽子了。而事实上,大的两个女儿已经出嫁,他们家现在只有三口人了,如果不是小女儿木尔小兰读书要一笔开销,早就达到了脱贫标准。

木尔小兰在西南科技大学读书,是村里的三个大学生之一。她是木尔比窝最大的骄傲,也是一家人最大的希望。

吉洛村驻村第一书记杨涛说,木尔比窝是村里为数不多的初中生,20世纪80年代,木尔比窝在南瓦乡读书,每天来回要走几十里路。那个年代没有公路,全是爬坡上坎的崎岖小路,坑洼不平,泥烂水滑,条件非常艰苦,尽管这样,400多人的吉洛村,仍然出了六个读完初中的"文化人"。现在村里有十多个青年到佛山打工,恐怕也跟这个有关。重视读书的地方,观念会开放一些,对走出大山的愿望,相对来说,会比较强烈。

在木尔比窝的记忆中,一年四季的主粮就是苞谷和洋芋,也只是勉强够填饱肚子。至于大米饭,别说吃,就连见都很少见,必须要逢年过节时,才有机会吃到一顿。有时候,洋芋、苞谷遇到丰收年,也没办法弄出去卖,山高路险,根本就运不出去。是的,以前穷,那是有客观原因的,就算想干点啥事,受交通等条件限制,最终也是啥都干不成。但是,现在政府把水泥公路修到村里了,不能再等靠要了,该干点事情了。通过在农民夜校的学习,木尔比窝心里有了搞点啥事的冲动。

搞点啥事呢?为了早日脱贫,他养了一头母猪,遇上年景好的时候,一窝可以生十多只小猪仔,当地人喜欢吃小猪儿,只要把小猪养到25斤左右,就能卖个好价钱。可惜的是,2019年年景不好,发生了猪瘟,他养的母猪和七只小猪仔,都死掉了。但木尔比窝没有就此停下脱贫的脚步。现在，他最大的愿望，就是赚钱买一辆小三轮，自己开着去金阳县城进货。等以后赚了更多的钱，他还想在新家的楼上再盖一层，逢年过节，女儿女婿带着外孙回来，有个更加宽敞舒适的住处。

"佛山新村"是广东佛山出资千万援建的集中安置点，分房子的时候，木尔比窝的两个女儿还没出嫁，按当时的五口人计算，他们家分到的房子有110多平方米，四房一厅，厕所、厨房齐全，厅后边还有一个小院子。漂漂亮亮的小洋楼，按规定人均2500元，总共就交了1.25万元。

对这个新家，木尔比窝非常珍惜，每天都把家里收拾得干干净净的。看他把家里收拾得比很多城市家庭都整洁，杨涛觉得他比较适合做保洁工作，于是专门在"佛山新村"集中安置点给他争取了一个保洁岗位，每个月工资600元。

木尔比窝这辈子去过的最远的城市是西昌。而在土沟乡周边，能称得上城市的，也就是金阳、昭觉和布拖。土沟乡的地理位置是"三县交界"，这种地方的人，天生就有一种往外走的冲动，所以，吉洛村里的年轻人，大多出去打工了。如果不是因为年纪大了，不好找工作，木尔比窝怕早就出去了。杨涛说，木尔比窝的情况，属于"我要脱贫"，而不是"要我脱贫"。他在村里，是那种勤劳、节俭，愿意主动干活，很想改变命运的人。

"以前吃饭，就是酸菜汤加苞谷面。"木尔比窝说，现在好了，村里通了公路，看好农村市场的小贩，三天两头的就会拉菜上门，想买啥，想吃啥，都可以让小贩从外面送到村里来。

对越来越便捷的生活，木尔比窝很知足。

返乡创业的俄底洛则

1

从 2005 年外出打工算起，每年彝族新年，俄底洛则都会回一趟老家——金阳县热柯觉乡丙乙底村，而每一次回来，她都会发现家乡在变，就像她一样，从一个啥都不懂的山村小丫头，慢慢变成了一个大姑娘。特别是这几年，简直就是女大十八变，越变越漂亮。

2018 年，俄底洛则看到村口一侧荒坡上忙碌着大大小小的钩机，好像是要建房子。

"这是要干啥？"她问。

"干啥，建洋房子！"姐答。

"哪个这么有钱啊？"她不大相信，看坡上那阵仗，就像是要建一座城市。

"你说哪个能有这么多钱？"姐说，"当然是国家喽！"

她想想，也对，除了国家，这穷鬼地方，咋可能有钱建洋房子。

"国家建洋房子干啥？"她很好奇，接着问。

"建来干啥，建来给你住啊！"姐说，语气好像有点酸。

她当然不会相信姐的话，国家花钱建房子给你住，天底下哪有这等好事！

然而，等她2019年再回来的时候，房子全都建起来了，整整一条街，不只是坡上这两排，上坡之后往右拐，还有两排，浅黄色的墙面，灰色的瓦顶，天哪，这哪里只是洋房子啊，分明就是联排小别墅嘛！

更令她惊讶的是，村里边很多人都住进去了。

"我们家没有吗？"她问。

"没有！"姐说。

"为什么我们家没有，他们那么多人都有？"她又问。

"因为我们家不是贫困户！"姐说。姐的语气不是很开心。

她终于搞明白了，原来，这是国家扶贫政策给贫困户的好处，看街口右侧大石头上，写着"广东佛山新村"几个大字，猜想是广东佛山给钱建的。一打听，果然没猜错，这两排被叫做"索玛风情一条街"的新房子，花了一千多万呢！

> 资料显示：广东（佛山）新村（热柯觉乡丙乙底村集中安置点）总投资1000万元。项目统规联建47套（136人）具有特色的安全住房，分为94平方米和110平方米两种户型。其中：彝家新寨搬迁安置户25套，随迁户11套。村集体经济用房11套，每套住房20万元，剩余60万元用于绿化设施配套。建房项目严格按照人均面积不超过20平方米，户均自筹资金不超过1万元的政策执行。搬迁户搬入新房后，马上拆除旧房复垦。

俄底洛则顾不上姐姐的情绪，她已经被这些漂亮房子迷住了。她脑子里的第一反应是："呀，这房子比金阳县城的还漂亮，街边的门面可以开店，二楼还可以搞民宿！"

之所以会这样想，完全是职业本能，这些年在外打工，她一直梦想着哪天能开个店，而每年的索玛花节，到村里来玩的游客简直就是人山人海，很多人想找地方吃东西，根本就找不到。前些年，有几个开车过来的游客，在路上拦住她，打听哪儿有搞烧烤的，她摇头说没有，同时心里还想，这荒山野岭的，又不是西昌成都，怎么会有烧烤？可那几个人不甘心，又问她，能不能找人帮搞一下烧烤。

"价钱好说，200元怎么样？"

帮搞一下烧烤就给200元？她不敢相信，那个年代的200元，对这个小山村来说，可是一笔大钱呢。这帮人是钱多得没处花吧！

俄底洛则心动了，她经常忍不住想，如果我在村里开一家"农家乐"，会不会有生意呢？至少，每年搞索玛花节那两个月，是不愁没有客人的。你看那些自带干粮的城里人，他们不是没钱，也不是舍不得花钱，而是实在找不到饭店。想想看，那么多人来这儿玩，随便开个烧烤店，或者卖几个小炒，怎么着，也不至于亏本。

"那时真没有想过赚钱的事儿，只是想在家门口开店，各种方便都能摊低成本，所以我首先想到的就是不会亏本。"俄底洛则说，只要不会亏本，她就有胆量干。至于姐姐有些眼热贫困户的新房子，这是可以理解的，村里也不只她一个人这样。但这不是俄底洛则关心的重点，她一门心思想在家门口开店做生意。

2

让我们把时间的指针拨回2005年。这年，俄底洛则16岁，刚刚初中毕业。在丙乙底村这种老山沟里，一个女娃能读到初中毕业，已经很了不起了，如果再往上读，那就可能出大学生了。对自己的那点成绩，俄底洛则心中有数，算了，还是出去打工比较实在，在此之前，姐姐早就出去打工多年了，广东东莞、佛山，浙江等地，都留有她一路打拼的足迹，俄底洛则暂时不敢走那么远，她选择去昭觉，隔家几十公里，想家的时候，回来也方便。

俄底洛则在昭觉一家酒店做服务员，750 元一个月，这对当时家里的经济条件来说，当然算是很多了。算一算，一个小女娃，一年能挣9000 元，问问全村人，谁能挣这么多钱？

那个年代的丙乙底村，家家户户都在种苦荞、洋芋，辛辛苦苦干一年，就算全部卖掉，都不可能赚这么多钱。虽说大家都养了牛、养了羊，但也多是宰杀来招待客人的，谁会想到背去城里卖呢？再说了，就当时那个交通状况，如果运到金阳县城卖钱，除掉来回的成本，怕也剩不了几个子儿。对俄底洛则每个月的收入，大家真的是好羡慕。

只是，俄底洛则并不满足，就算干到领班，月工资涨到了 800 元，还是跟不上她年轻的、渴望飞翔的心。

那个时候，真的是好羡慕老板，梦想着有朝一日也像他一样开一家酒店。有一次，俄底洛则问老板："什么时候我们才能像您这样开大酒店啊？"

老板笑眯眯地说："只要你们好好干，肯定是有机会的。"

老板和老板娘，当年靠手推车卖 10 元一碗的米粉起家，后来慢慢存了点钱，就开了个小餐馆，再然后，才搞起这家酒店。老板的发家史，成了俄底洛则的精神动力，那时她经常想，什么时候自己也要开个店，哪怕是米粉店。

19 岁那年，俄底洛则决定去西昌，去看看更大的世界。她先在西昌民族酒店干了几个月，又跳槽到绿宝石酒店干了几个月，月工资从

1000 元，涨到了 1200 元。可是，一颗骚动的心，怎么也静不下来，之后，她又去阿斯牛牛酒店干了几个月。

这世界上，还有比西昌更大的城市吗？

当然有，比如成都，比如北上广深。

俄底洛则想去北京。北京有天安门，有长城，而且是我们的首都，真的好想去看看啊！

如果有机会去北京打工，该有多好！

巧了，在昭觉打工时认识的朋友，先她之前去了北京一家羊肉火锅店打工，那就不用考虑了，直接买票，奔向北京。

朋友很靠谱，把她介绍进了火锅店。之后的 2013 年，她不安分的老毛病又犯了，跑去北京阿斯牛牛上班，月工资已经达到了 3000 元。阿斯牛牛是一家彝族酒店，吃的住的用的，都是熟悉的家乡味道，也许是因为这个，这一次，她在酒店待了一年半。

那时，因为退耕还林等国家补贴，家里的条件也慢慢好起来了。山坡上种的粮食，基本上够吃，父母亲都是勤俭惯了的人，在村子里，就算有钱也不知道上哪儿花，除了弟弟在金阳县城读书需要花点钱，剩下的开支就是买盐巴打酱油……总之，差不多就是挣十元存九元。俄底洛则寄回家的钱，母亲一分都舍不得花，全都存在银行里，不知不觉就存了 6 万多元。这么一大笔钱，在村里差不多就是富翁了。想着这笔钱，俄底洛则有点冲动，这辈子总不能老是帮人打工吧，干脆，回西昌开个小吃店，自己当老板。

说干就干，俄底洛则辞掉了北京的工作，回西昌开了一家彝族餐厅，虽说小门小脸的，里里外外都是她亲自打理，经常累得坐下来就不想动，但毕竟是自己的事业，再累也值。只是，在西昌的大街小巷里，像她开的这种小店太多了，竞争大，生意就不好做，忙来忙去，每个月把铺租、水电扣除之后，最后也就剩下 3000 多元，还不如帮人家打工。想想，趁本钱还在，把店顶出去算了，也算是赚了经验。

俄底洛则又把钱存进银行。然后，她猫在家里"冬眠"了几年，在这个过程中，脑子一直在不停地想，做点什么好？有一回突然想开间服装店，跑到西昌市青年路、龙王街看店面，想跟着这两个大商圈蹭人气，可是，店面转让费实在是太贵了，就凭自己手上那几万元，想都别想。最后只能一声叹息，唉，算了，再等机会。

3

机会真的就来了，大国扶贫开始了，脱贫攻坚开始了，东西部扶贫协作开始了，广东佛山对口扶贫工作组到凉山来了，丙乙底村的"索玛风情一条街"建起来了。

俄底洛则不想再"冬眠"了，她要在家门口创业，她要抓住这个千载难逢的机会。

2019 年 5 月 2 日，就在丙乙底"佛山新村"街面上，一家名叫"索玛彝苑"的饭店正式开业。俄底洛则既是老板又是厨师，还兼服务员。店面是租小姨家的，500 元一个月，大厅里能摆五张桌子，只要有一桌生意，房租就算是有着落了。

饭店才开业两天，木里的亲戚专程过来捧场，他们说木里那边刚发生了火灾，不准在山上生火，刚好她开了店，于是就邀约了 20 多人过来，摆了两大桌。按要求，俄底洛则给他们烤了一个小乳猪，然后再根据自己在酒店打工时的"偷师学艺"，配上腊肉、香肠、新鲜蔬菜，忙前忙后的就把这生意给做了。一结账，天哪，4000 多元！

"这些厨艺，都是我在北京阿斯牛牛打工的时候偷偷学的，我没事就去厨房里找东西吃，跟厨师聊天，看他们怎么做菜。"俄底洛则说。

对返乡创业的俄底洛则，当地政府自然大力支持，平时有个接待啥的，都介绍到她那儿去，5日那天，一下子来了八桌客人，根本就接待不了，幸好对面也开了家餐厅，各安排四桌，总算把客人留住了。

"那次每桌的标准是800元，短短两三个小时，就有3200元进账。"俄底洛则说，其实"佛山新村"街上有好几家做饮食的小餐厅，但是他们大多是在索玛花节人多的时候才开一阵子，平时都关门闭户，主要原因是没有客人，开不下去。但奇怪的是，她的"索玛彝苑"自开业以来，到2020年9月我采访她的时候，没有哪一天是放空的。

"最差最差的一天都有一两桌，能保证千把块钱的进账。"俄底洛则说，连她自己都搞不清楚是怎么回事，很多时候，客人来了，因为没有座位又走掉了。再往深里想想，也许是因为她性格开朗，容易沟通，又也许是她习惯薄利多销，价格相对其他店要便宜亲民些。当然，更重要的是，在外边打工这么多年，而且一直都干服务业，多多少少也学到一些技巧，比如说结账时该840元，那40元零头，直接就给免掉了，这作风，让客人觉得老板娘大气！

"这个其实是我从北京学来的经验，不是说客人给不起这几十块钱，而是你这样做，会让客人心里面很舒服，印象好了，回头客就会越来越多。"俄底洛则说。

4

2020年春发生了新冠肺炎疫情，大家都响应号召，关在家里不出门。没有人气，哪来生意？俄底洛则望着一地冷清的山村，暗叫好险！

是呀，幸好是在家门口开店，就算照常付房租，每个月也就几百块钱。如果这店换在城里，不亏个底朝天才怪！本来对这年并不抱希望，心里都已准备好苦挨它一年半载，没想到，没几个月疫情就控制住了，紧接着便迎来了凉山火把节，这个大假，直接把"索玛彝苑"饭店的营业额推向了高潮，打开账本一对比，比 2019 年同期高出一大截。不只是她惊奇，来店里吃饭的客人也颇感意外，呀，这山村小店，竟然能吃到顺德美食！七彩拌牛肉、豉油皇猪肉、苦荞土豆丝饼、顺德拆鱼羹……这些美味粤菜，不是只在广东才能吃到么，怎么传到大凉山里来了？

原来，这是广东（佛山）对口凉山扶贫协作工作组驻金阳县工作小组请来的"粤菜师傅"，专门教"佛山新村"的餐馆师傅做粤菜。丙乙底村就在金阳十万亩索玛花海景区里，这个区位优势可不能浪费，金阳县工作小组已经规划好了，要把丙乙底建成省级乡村旅游示范村，援建的"佛山新村"就是现成的彝家旅游风情小镇，民宿搞起来，餐馆开起来，再培训一批"粤菜师傅"，只要把小村搞旺了，贫困户的就业问题就解决了。有想法的村民，还可以支持他们在家门口创业。

这个火把节，"索玛彝苑"饭店的生意就像火把一样火，菜单上的"顺德厨师学院定制"字样，让进店的客人很好奇，说难怪会做粤菜，原来是在厨师学院正儿八经学过的。

的确学过，只不过不是去顺德学的，而是在村里学的，因为顺德派来了国家级大厨孔老师，送教上门，手把手地教他们做粤菜。食材都是金阳本地的，像乌金猪、金沙江鱼、彝家腊味、高山黄牛等，如果换成当地饮食习惯，了不起就整顿"坨坨肉"，但到了孔老师手里，那就能变成品种繁多的顺德美食。

"现在，我们饭店的特色是彝族餐结合顺德菜。"俄底洛则说，"孔老师教了我们二十多道菜，连苦荞他都能做成好几道小吃。"

俄底洛则说，有了粤菜的加入，比单做彝族餐时生意好多了。金阳县举办索玛花节，大批外地游客进村赏玩，饭店天天爆满，搞得她和姐姐两个人忙得周身不得闲，但因为每天都有一两万元的营业额，也算是累并快乐着。那时，有一个感觉特别强烈——这钱真的是太好赚了。

钱真的很好赚吗？当然不是，如果没有这十万亩索玛花，如果县里没搞索玛花节，如果没有援建"佛山新村"，怎么可能有那么多人到这偏僻山村来旅游？俄底洛则发现来店里吃饭的人，早已经不只是凉山乃至四川的了，很多省外如广东的，甚至东北的，都有，最明显的就是说普通话的特别多，他们听说俄底洛则就是本村人，都很好奇，问她普通话在哪儿学的。得知她从北京回乡创业，这才恍然大悟，说难怪，我们在周边游玩，有时问路都只能找小孩子，因为很多成年人都讲当地方言，根本就听不懂。这些外地游客吃一两顿彝族餐还行，接连几餐就顶不住了，于是，口味清淡的粤菜就成了大家餐桌上的热门菜。

5

在"佛山新村"开饭店，俄底洛则直到现在都没完全搞明白，为什么很多时候，她的"索玛彝苑"生意接都接不完，而对面海来史朵的羊肉馆，却经常一个人都没有。有一次，看他瓜兮兮的坐在门口，俄底洛则想，干脆就带着他一起做吧，反正自己这店接待能力也有限，就五张桌子，遇到客人多时，根本就安排不下，于是，她主动找海来史朵商量，把他的羊肉馆也带动起来，连店名都改成了"索玛彝苑——特色鲜羊肉汤锅"。每次，她这边客人多得坐不下，就安排去海来史朵那边，这一来二去，海来史朵的羊肉馆每年都能卖出去几十只羊，而这些羊又都是他自己养的，从羊肉馆的桌子过一遍，比单纯卖羊赚得更多。

"做生意有时候真的要靠运气，但单靠运气也不行。"俄底洛则说。天上不会掉馅饼，生意好，应该还是有她个人的原因——比如说，从16岁起她就开始做服务业，礼貌待人，微笑服务这些基本功已经成了习惯，特别是在北京那几年，举手投足，连走个路都要经过培训，总之什么都得跟大酒店的服务相匹配，如果一个啥都不懂的村民开饭店，服务方面肯定是跟不上的。

有一本书叫《细节决定成败》，俄底洛则发现，自己的"索玛彝苑"与别的餐馆在细节上也有很多的不同，比如说，村民开店，很多都是一张光桌子，有客人来了，随手给抹几下就行了，但是在她的店里，客人会看见桌子上铺着干干净净的桌布，每套餐具前，都有一块用餐方巾，而且还被她习惯性地折叠出漂亮的花式摆在餐桌上，客人进来看见，感觉就像大酒店一样，谁会想到在山村小店里也有这样的服务呢，也许这就是物超所值。

"好多人都跟我说，你就一个农家乐，没有必要摆这个东西嘛，搞脏了还要洗，纯粹是浪费！"但是俄底洛则很坚持，不是为了讨好客人，而是她觉得，乡村小店，更需要这些在城市现代服务行业里养成的好习惯。

没开店之前，她没觉得在城里学到多少东西，可是，自从开了店之后，她发现，以前在城里养成的良好习惯，真的是一生的财富。

记得在北京阿斯牛牛酒店时，每个服务员负责一个包间，包间里不能有蚊子、苍蝇，杯盘碗盏不能有一点点污渍。每个服务员身上随时都带有消毒纸巾，一旦发现污渍，马上就得拭擦干净，擦得亮晶晶的。酒店有规定，服务人员再忙都不能跑步，走路得有个走路的样子，看见客人必须停步让路，同时微笑问候"你好"。

那时，为了训练服务员走路时的仪态，大堂经理叫大家把端水的盘子装满水顶在头上，行走时水不能晃出来，否则就过不了关。"当时我真的恨死经理了，心想成天搞这些有什么用！总之很烦经理培训这些，现在才知道练过和没练过，还是有很大区别的。"俄底洛则说，身边的朋友总爱问她为什么走路都带风，刚开始她还以为他们是跟她开玩笑，后来才明白，原来，她抬头挺胸走路带风的样子，自己看不见，但在旁人眼里，却是那么的与众不同。

"可能这就是当年头顶水盘训练的结果。"俄底洛则说，而今，她把这些好习惯带回村里，带到饭店的服务当中。

"会不会是因为这些原因，给客人的印象比较好？"她问。

我肯定地回答说："这个当然啦！"

但是，还是免不了困惑，因为她发现，自己在城里学的这些待人接物的礼仪，乡村人并不理解，很多时候还觉得好笑。就说自己的姐姐吧，和她一起经营这个小饭店，本来应该是一个利益共同体，应该心往一处想，劲往一处使，学习外边的先进理念，一起努力把饭店搞红火，可是姐姐和很多人一样，认为没有必要搞什么礼仪，客人来店里就是为了吃，有得吃就很好了嘛，何必搞得那么啰唆。

有一次客人进店，已经走到姐姐身边，而姐姐居然还在沙发上坐着，理都不理人家。为这个事，气得她和姐姐大吵了一架，直到现在都各持己见，互不让步。"当时看到这情形，我真的觉得好奇怪啊，服务行业，最起码的就是笑脸相迎，有客人来了，你居然不站起来打招呼，这要是在城市里，怎么得了？"她说，要是在城里，最好的结果就是扣钱，搞得不好还会被开除。

自从发生这事之后，她意识到，即便是山村小店，即便小店里只有她们姐妹两个人，也得进行礼仪培训，她想把自己在城里学到的东西，教给姐姐。人家来你这里吃饭，来消费，最起码你要站起身吧，最起码你要迎上去吧，最起码你要问声"你好"吧。顾客就是上帝，懂不懂？可是，她讲的、教的、做的一切，在姐姐看来，都觉得好搞笑，姐姐根本就不听她的。

"她不听你的，你能怎么办，难不成你还要动手打她一顿？"讲起这些，俄底洛则有点无奈，"不说别的，就拿普通话来说，用普通话跟外地游客交流，肯定会顺很多，但我们村里好多人，连普通话都不会说。你说连沟通都成问题，还怎么做生意？"

俄底洛则的话让我有点走神，在扶贫攻坚最基层采访，我也遇到了一个很大的困惑，同时也是驻村扶贫队员的困惑：很多时候，从山外进来的扶贫队员和当地村民甚至是镇、村干部，在观念上存在着很大差别。经常是你急的事，他一点都不急；你认为应该如何如何的，他觉得完全没有必要。总之，城市与乡村，山外与山区，在观念更新的速度上，短时间内，还真不是一个频道。

6

在俄底洛则的记忆里，当年外出打工时，"佛山新村"那儿还是一片坡地，零星地种着苦荞和洋芋。村里的老房子就在坡地上边，耕种环境和生活条件都很艰苦，幸好狮子山那边还有一个乡，所以村边上有一条公路，交通还算方便。她当年就读的村小学已经搬到新村后边，崭新的楼房拔地而起，原址则变成了非常大气的索玛花广场。

"那个时候的丙乙底村，真的是很差劲，而现在感觉都像城市了。"

俄底洛则说，"我觉得比金阳县城还好，你去县城，在街边上还能看到垃圾呢，你看我们这里，不仅空气好，街面上都没有垃圾。我真的很喜欢我们村。"

看得出，俄底洛则的喜欢发自内心，本来，她小时候最大的梦想就是靠读书考大学，长大后当国家干部，但是现实非常骨感，初中毕业后考不上理想的学校，也找不到理想的工作，只能出去打工。当年走出丙乙底村，从昭觉到西昌，再到北京，一路行来，年轻的心却没有被外面的花花世界拴住，走过那么多地方，心里一直想着的是学经验，攒本钱，然后自己创业。

家乡的索玛花总是开得满山遍野，这是她从小到大的记忆，而每当花开的季节，就会有很多很多的外地人，跑过来旅游。人气这么旺，做点啥好呢？在她的意识里，只要有人气，这生意就有得做。

终于，饭店开起来了。又赶上扶贫好政策，店里的桌椅都是广汉市扶贫工作队捐赠的，2019 年，金阳县还给她评了餐饮行业先进奖。"以前从来没有想过，有一天，自己居然能跟县委书记、县长一起开会、聊天、握手、照相，还上电视上报纸。"俄底洛则说，有时候想想，自己的生命是父母给的，而事业，都是党和政府给的。没有党和国家的扶贫政策，自己哪有这么好的机会！

按理说，在小小的丙乙底村，有自己的饭店，月入过万，这样的生活应该很富足很满意了，但是，俄底洛则的脑子里却一直在想，有什么办法，可以让村里更热闹，人气更旺呢？村里的很多人都出去打工了，没多少人想过回来做生意，原因当然就是小村的机会还不够多，要是能通过抖音、快手等平台，把当地独有的自然风光、民族风情宣传出去，引来更多的游客，也许，就会有更多的人返乡创业。

俄底洛则本来想再租几个店面，扩大经营规模，但是，现在村民都知道她生意好，门面房租也一路急涨，涨到了 2000 元一个月，直逼金阳县城价，她算过，按目前的人流量，如果房租太贵的话，也没办法弄，毕竟只是大山顶上的小村子，在人气还不够旺的情况下，也不能盲目扩张。

"我们这边一年四季有三季都很冷，现在其实靠的就是索玛花节那两个月，平时生意都很清淡，就算房租不涨价，也不能开同样的饭店，而是要多种经营。比如锅边洋芋、麻辣烫、撸串，等等。要是街上开餐馆的愿意干，我真的很乐意带着大家一起做。"俄底洛则说，她一天到晚都在想如何把这条街搞热闹，甚至想把以前的同事引进来，开办各种各样的小吃店，城里有的那些烧烤呀，撸串呀，都搞起来，这样客人就会越来越多。现在最可行的，就是先搞家常小炒、豆花饭、冒菜和烤羊串，这些家常消费不像"坨坨肉"那么贵，但是，就算是这样，也得靠游客，因为观念还放不开的村民是不会消费的，不是没有钱，主要是舍不得花钱。

俄底洛则现在最想学的就是做抖音、快手、短视频，把"佛山新村"、索玛花、云海、百草坡等广为宣传。等时机成熟了，就把以前的同事、朋友们引进来，帮自己也好，合伙也好，大家一起，把丙乙底村的蛋糕做大。

"我现在的生意好，优势在于没有竞争，因为村里人的观念，没法跟我竞争。但是，以后呢，人都是会进步的，所以我也得不断学习，不断进步。"俄底洛则说，现在，她的梦想就是在丙乙底村建一座三层楼的酒店，一楼做大厅包间，二楼做民宿宾馆，三楼做茶楼和 KTV。

"你说，我的梦想能实现吗？"

7

俄底洛则的梦想能实现吗？我不知道。但我相信，丙乙底村会越来越好。

为了把高寒山村变成"高富帅"，为了让"佛山新村"的村民"搬得出、稳得住、能致富"，广东（佛山）对口凉山扶贫协作工作组驻金阳县工作小组真的是很拼。

"我们将这里打造成为全县的旅游集散中心，结合区位优势发展旅游业。"这话是金阳县工作小组组长南策炳说的，在他看来，丙乙底村真的是天生受老天青睐，因为金阳全县的主要旅游资源——10万亩索玛花海、30万亩百草坡、400多个天坑群和金沙江大峡谷，从旅游线路上讲，丙乙底村是必经之路。也就是说，丙乙底村的区位优势得天独厚，只要抓住这个做文章，丙乙底村没有理由搞不好。所以，佛山在建设集中安置点时，专门建了11套集体经济产权用房，为以后的餐饮、民宿、电商、彝绣等产业发展做准备。等贫困户搬进新村后，金阳县工作小组又与顺德厨师学院合作，在丙乙底村搞起了实训基地，培训餐饮从业人员，为村里发展旅游产业输送人才。特别是在乡村旅游慢慢热起来的时候，还请来顺德大厨培训"粤菜师傅"，引导当地农户开办了五家特色餐馆，激发农户自主创业的内生动力。

在丙乙底村采访，我还遇见在玛薇生态餐馆打工的罗伍萨，他刚从冕宁去佛山顺德参加了"粤菜师傅"精准扶贫定向班，虽说只学一个月，但已经会做五六十个菜式。6月份学成归来，然后到丙乙底村的餐馆当厨师，月薪3000元。9月2日这天，公司通知说有客人来，罗伍萨和他的搭档罗合么次牛，一大早就起来开始忙碌，我看见他抓了一只鸡宰杀后，动作熟练地去掉鸡血，然后端来开水烫毛，之后发现鸡太瘦了，又重新去抓了一只；而罗合么次牛则早早做了一大锅豆花候着。

罗伍萨还有一个名字叫罗河兵古，他说，冕宁县到西昌只需 40 分钟车程，20 元车费，而到这里来，却要 70 多元车费。我问他为什么不去县城餐馆打工，却跑到这里来？他想了想，说这个地方以后应该有很好的发展。我又问他今后会不会盘一个小店，像俄底洛则那样自己当老板。他迟疑了一下说："现在没有条件，先打工把自己养活再说。"

资料显示，2018 年 6 月，佛山市顺德区就在全省开设了第一个"粤菜师傅"精准扶贫定向班，为佛山转移接收贫困地区劳动力搭建平台。2020 年 4 月，凉山州金阳县和美姑县一共组织了 73 名学员到佛山参加粤菜技能培训班。5 月还派出中国厨艺大师孔庆聪（顺德十大名厨之一）到丙乙底驻村，手把手教彝族老乡做菜。

通过培训，金阳县双龙坝学员王荣虎、美姑县格木村学员海来普铁等，都像俄底洛则一样，开起了属于自己的饭店，走上了"一人学厨，全家脱贫"的小康之路。

家族致富带头人陈树斌

认识陈树斌，是在金阳至西昌的路上。

2020年9月22日一大早，我背着满载采访资料的手提电脑，拖着行李箱，前往金阳北街汽车站，准备搭车去西昌。路上刚好遇到在县委开车的周师傅，他刹了一脚，停住车和我打招呼，因为没能找到机会开车送我去西昌，他有些过意不去。周师傅是金阳本地人，土生土长，他跟我讲的人和事，都是不加修饰的"原生态"，是我作为一名采访者最尊重的声音。也因此，我对这个戴着眼镜、斯斯文文的本家颇有好感。

早上8点钟的金阳北街，乌泱泱的人群挤满了街道两侧，送娃上学的家长正在排队，长长的队伍把街侧都占满了。

这次在凉山采访脱贫攻坚一个多月，从市区、县城到村民家中，都留下了我思考的足迹，手提电脑里实实在在的第一手材料，与我形影不离。这次去西昌，是计划中的最后一站：探访凉山彝族奴隶社会博物馆。我想从历史的视角，打量这个民族的"一步跨千年"的集体跨越。

我已经买好了27日返回广东的飞机票，之所以选择27日，是因为我听说当天会有一批医生援建期满返回佛山，我想听听他们这一年来的援建心得，为这次跨省采访画一个句号。

金阳县城很小，从县委招待所出门左拐上坡，几分钟就到了汽车站。我买了9点整出发的班车，候车的时候，坐在一边的彝族老乡递了一根烟过来，我当时还愣了一下，陌生人递烟，已经多年不曾遇到，他的这个举动，让我对坐长途客车充满了期待，我想，途中也许会有更多的惊喜呢。

快开车时，司机在大声叫买了车票的旅客上车，我看看时间，已经8点50分了，原本晴了两天的金阳，此时又是大雾弥漫，这种天气下的能见度将非常低。本来，我也是为安全起见才想选一个晴天走的，没想到又遇上了雾。可能是我顺嘴骂了一句什么，被司机听见了，他说："没事，很快就消掉了，这就是金阳的天气。我们这边，一年四季都是云里雾里的。"

我想司机肯定是长期跑这条路的金阳人，所以无条件相信了他，但我轻信了，事实上他的判断并不可靠，汽车从金阳县城出发，向着西北方向一路盘旋而上，一直到了丙乙底村，浓雾都没有散开，气温也越来越低。

丙乙底平均海拔3200米，算是金阳到西昌这条路上的一个高点，过了丙乙底，接下来就是一路下坡，汽车在山路上弯过来拐过去，满眼都是浓雾覆盖的山野大地，而那些猫在山坡上的村庄，早已经看不见了，就像是被活埋了一样。这让我想起佛山来的支教老师杨振华，他曾多次说，这个地方不适合人居，得想办法往外走。我想，如果一年四季都浓雾弥漫，至少不适宜长期居住。

汽车还在金阳境内盘旋前进。有时候，我会拿起手机拍摄窗外的景致，旁边坐着的一个青年男子，体形方正，有些微胖，看我像没见过山景的样子，主动和我搭话，我趁机跟他聊了起来。

他就是本文的主人公——陈树斌。

陈树斌是个"80后"，1982年出生于金阳县红联乡卢山村。问他小时候读书的情况，那艰苦，和之前采访时听到的很雷同，为了上个学，一天走几个小时的山路。或许，所有的贫困山区都差不多，在教育这一块，都是欠了账的。因为环境艰苦，陈树斌初中毕业后，不顾他人劝说，一意孤行地报考了成都的一所中专学校，而且学的是环境设计专业。

"环境设计是啥子？"

"学这个东西有啥子用？"

不只是旁人不明白，家人也搞不明白。其实，就连陈树斌也搞不清楚自己的选择为啥就这么奇葩。考去成都读书，为的是逃出大山，这个可以理解，可为啥会读这么一个冷门的环境设计专业？

多年之后回忆学生时代的"一时冲动"，陈树斌说："可能就是我对老家的环境不满意，很不满意，所以就报了这个专业，我想重新设计自己的生存环境。"

在成都，陈树斌发现世界上还有一种东西叫电脑，他就像一个笨孩子，在电脑屏上，一笔一画地，设计自己今后的人生。

中专毕业后，陈树斌回到金阳，本来他是有机会进县林业局吃公家饭的，但是，他放弃了，顶着旁人的羡慕和不理解，顶着家人的劝说甚至怒骂，他坚决地放弃了这个难得的机会。原因，就是那200元一个月的工资，实在是让人感到绝望。

"我读了这么多年书，出来工作，一个月就200元？"还不如成都的一个打工仔！这可不是自己设计的理想人生。陈树斌咬咬牙，干脆，打工吧。

陈树斌跟着老乡去了江苏，在一家制衣厂里，他按自己的设想，从车间干起，刚开始一个月几百元工资，慢慢干到 1000 多元月薪的师傅位置。

这期间发生了一件事。同村的周宝军，因为地少，老人还身体多病，搞得家里穷得锅都揭不开，没办法，只能跑出来打工，出来的时候只带了两件衣服，连饭都吃不饱，看他寒冬单衣，饿得面黄肌瘦的样子，陈树斌把刚收到的 1700 元工资拿出来，分出 1000 元塞给他："这个你拿着，把饭票买了，再整套好点的衣裳。"

陈树斌和周宝军都想不到，这次雪中送炭，为多年之后他们的再一次交集埋下了伏笔。

2006 年，不甘心一辈子打工的陈树斌回到凉山，听说西昌的旅游旺起来了，他琢磨着从中找个机会创业。然后，他决定在西昌开出租车。

"不管是谁，过来旅游嘛，总得坐车嘛，虽说私家车越来越多，但自驾游还没热起来，这个时候开出租车，应该是可以的。"陈树斌的这个判断，直接的结果就是——开一个月出租车，能挣六七千元。"这在当时，已经算很不错了。"陈树斌对自己的选择表示满意。

对陈树斌来说，开出租车还有一个好处，就是每天都能遇到不同的人，他们从天南地北过来，带来了很多外边的信息，跟他们聊得多了，陈树斌心里有了一种强烈的感觉，他觉得凉山有点像改革开放初期的发达地区，接下来的机会，应该会很多。

到底会是什么样的机会呢？陈树斌决定放下出租车的方向盘，握住命运的方向盘。他要好好设计一下未来的生存环境，好好规划一下自己的人生。

如果说凉山要大发展，会从什么地方开始呢？看看西昌那些拔地而起的高楼大厦，看看到处都是的房地产，这就是方向啊！

于是，2008年，陈树斌果断投身建筑行业，跟着做木工的二哥，从小工做起，紧接着木工、泥水工、钢筋工，一路做过来，再苦都不怕，他为自己设计的灿烂人生，需要熟悉建筑的每一道工序，最好能把整个流程都烂熟于心。

为未来做准备，所有的付出都会有回报的，所有的艰苦都是有价值的。陈树斌在建筑工地上摸爬滚打，这一干，就是整整八年。这八年的风风雨雨，把他从一个两三千元月薪的小工，锻打成了月薪过万的高管。

但是，帮人打工，不是他的人生规划。他是学环境设计的，如果连自己的生存环境都设计不好，那书不是白读了？学不是白上了？学费不是白交了？

2016年，陈树斌觉得时机成熟了，他决定另立山头，单飞。

单飞不是一句话，单飞是需要本钱的，这个时候，陈树斌想到了同村的周宝军。

周宝军在外边打了几年工，苦学手艺，2013年他返回家乡创业，专做铝合金门窗。刚开始没什么本钱，连材料都不敢多买，他天天开着小货车到处找米下锅，等找到业务了，再去购买原材料回来加工，就这样一步一步地，由小做大，最后成了金阳县城最大的铝合金门窗提供商，很多政府工程都找他提供产品和服务。在金阳县城，他的铝合金门窗生意可以说做得风生水起，短短几年时间，不仅在攀枝花市置了房产，还买了一台20多万元的小汽车。

陈树斌想找周宝军借点钱周转。

"我想单干，能不能借点钱给我起本？"

"没得问题，要好多，你说。"

"10万，行不？"

"行！"

讲起这个小细节，陈树斌感慨万千，哪个想得到，当初给周宝军的1000元，老天竟然会在这儿等着还他的人情！而且是一个大人情。

第一年，陈树斌的单飞成绩是——挣了70多万元。

一年就赚了70多万元，这是什么神操作？

关键是，之后的这些年，每年他都能净挣四五十万元！

在深度贫困的大凉山，一年赚几十万元，这是个什么概念？连我这个从发达地区过来扶贫的人，都吃惊得不敢相信。

我偏头朝陈树斌多看了几眼，真没看出来，这小子居然是个厉害角色。我甚至想，他会不会是在吹牛皮？

"不是说老山沟里都穷得要死吗，为什么你就能挣这么多钱？"

"哈哈。"陈树斌笑了，说，"这要看你肯不肯动脑子，敢不敢干。我都说了，这些年，我们这边就像改革开放初期的发达地区，很多机会。只要人勤快，不说发财嘛，至少不会吃不起饭。"

陈树斌的"发达"，原来是有绝招的——他这些年专门帮乡下农民建房子，一般建两层半，每栋只需要二十来天就能建好，利润通常有两三万元。按每年建二三十栋算，赚个50万元，可以说轻轻松松。

"我不喜欢做政府工程，也不喜欢做大工程。"陈树斌说。因为这类工程收钱很麻烦，老是欠来欠去，本钱太少的话，根本耗不起。而农民自建房一般不会拖泥带水，谈好了把合同一签，只要你干完就能拿到钱。"我刚开始也跟着人家做大工程，后来发现催账太费事，就改做农民自建房，这种小打小闹收钱快，周转快，少操很多心。"

在这种思路指导下，陈树斌的业务遍布凉山州，除了金阳县，在昭觉、越西、布拖，都有他承包的工程。这次他坐车出门，就是要去昭觉、越西的工地上"视察"。也许是怕我怀疑他赚这么多钱为什么不开专车，却跑来坐长途汽车，他主动说前段时间脚伤了，还没完全好，为安全起见，不想开自己的私家车。

"我的车很差的，就是个奇瑞，开了好多年了，很多人都叫我换部好的开，我觉得没啥必要，车嘛，就是一个代步工具。"他说。

我为什么要怀疑他，就冲他不做大工程，专做农民自建房这一招，那也不是门外汉能瞎编出来的。在我眼里，这小子真的有头脑，在这之前，就算我这个以编故事为生的"作家"，光靠想象根本就虚构不出，在大国扶贫的背景下，帮农民建房子竟然是一门闷声发大财的好生意！而现在，这个坐在我身边的山区青年提醒了我——国家的扶贫政策力度空前，这是多么巨大的趋势，而在这个大趋势下，贫困户或边缘户都将享受建房补贴。越是贫困地区，需要建新房的人就越多，对陈树斌来说，发财的机会也就越多。

哎哟我的妈，原来，这些需要发达地区扶贫的地方，竟然也暗藏着这么大的机会，关键是，谁能意识到机会，谁能把握住机会。从这个角度讲，只要头脑灵活，勤劳勇敢，就算是在贫穷落后的老山区，也一样能有所作为。

但是，你肯不肯开动脑子？你敢不敢干？

当然，还有一个问题我必须搞明白——陈树斌的生意是怎么来的？这种接近于天上掉馅饼的机会，总不至于就你一个人看得到，最后都砸到你头上了吧？

对我的追问，陈树斌哈哈笑说："大鸡不啄小米。我这种小生意，也不是哪个都看得上的。"除了朋友间互相介绍，从熟悉的建筑圈里拿业务以外，他还有一个绝招，就是主动出击，进村"扫荡"。

啥意思？

"我会去找村主任了解情况。好烟点起，笑脸赔起，请村主任吃饭。一边吹牛皮，一边了解村里边有多少贫困户，有哪些人要建房子。"陈树斌说，"现在的村主任，全村的扶贫工作都装在心头，你随便一问，他就如数家珍，哪家有补贴，哪家要脱贫，一清二楚。"

搞到"情报"之后，他就会按图索骥，主动找上门去谈承包建房子的事情。一般情况下，只要价格别太离谱，一谈一个准。"除非贫困户他自己就是泥水工，找几个帮手就能建房，如果不是，很容易谈成的。"所以，他的业务四处开花。

最让我赞叹的是，陈树斌的成功不仅限于他自己发财。以前一直想着帮人打工图稳妥的二哥，看到他挣那么多钱，也毛起胆子跟着他干起包工来。不单二哥这一家，他还把木里山沟里的大舅子、小舅子都带动起来，投入到脱贫致富的队伍。而今，堂弟媳妇——一个初中生，自学大专毕业后，看准"控辍保学"以及人们越来越重视孩子学习的趋势，也租了校舍，请了老师，在县城办起了中考、高考补习班；就连在江苏打工的外甥，也找他借钱开办了一个快递点，收入比打工强了不知多少倍……总之，大家的"内生动力"都被激发出来了，都想抓住机会，奔康致富。

"你都不知道木里那个地方有多穷。"陈树斌说，第一次去老丈母家，在山沟里转来转去，累得都快崩溃了，竟然还没到目的地。"我真的想不到还有比金阳更穷的地方，妈呀，太山沟了！"他说，在他的带动下，大舅子、小舅子才出来干了几年建筑，都在西昌城里买房子了。

"你是你们家族的致富带头人。"我说。

陈树斌愣了一下，笑答："也可以这么说。"

抓住机会站上风口，靠智慧和勤劳发了财的陈树斌，和大多数山区能人一样，把家搬出了大山。已经定居西昌市的他，却一直舍不得老家红联乡卢山村那一方水土，在他外出打拼的那些年，曾经有人出价 18万，想买断他们家的花椒地和老房子，但他顶住了诱惑，没卖。原因是卢山村有父母很深的记忆，是他走出大山的起点，是陈家的根。父亲三岁时死了爹，九岁时死了妈，一个幼年父母双亡的农民，靠着家里那十几亩坡地，养活几个弟弟和妹妹。他曾经也有机会到县林业局工作的，但是他放弃了，一直留在卢山村，把弟弟妹妹一个个地养大，供他们上学；紧接着又养娃儿。现在，娃儿们都有出息了，老家对他来说，就更有了无法割舍的意义。随着扶贫工作的强力推进，金阳县青花椒产业的发展势头一年比一年好，日渐衰老的父母亲，还在坡地上辛勤劳作，每年都能收一两千斤的青花椒呢！

陈树斌决定回卢山村把房子建起来，建得漂漂亮亮的，让父母有一个自豪的晚年，花了 10 多万建成之后，竟又被人看上了，找上门来出价 60 万，想把他们家的花椒地和房子买断：

"你看你父母都这把年纪了，不如把他们接进城去舒舒服服养老。房子没人住，空着不划算，干脆卖给我算了。"

陈树斌笑了笑，一个人就像一棵树，都是要有根的。老家是父母辛劳了大半辈子的地方，那是他们这一生最珍贵的回忆，那是他们老陈家的根。

这些年，父母通常是在西昌生活半年，又回老家生活半年。父亲都

70岁的人了，还坚持自己动手采摘花椒，不是舍不得花钱请人，而是闲不下来。等花椒卖了钱，马上就买两头猪，养到过年杀掉，熏好腊肉后，再背到西昌去一大家子人共享。

在红联乡卢山村，陈树斌就是一个励志的存在，所有的父母在教育自家娃娃的时候，都会以他为例，说："你看人家陈树斌，都干成大老板了！你再看看你自己，死懒又好吃，你说你这辈子能干成啥事？！"

"你还别说，这样教育娃儿还真有效。这几年，我们村很多人都走出来了。年轻人都想外出闯荡，都在努力往外走。有个人在县城做馒头，刚开始连店都没有，只是推个车满街转，现在不单有了店面，每天都要卖出上千个馒头；还有一个跑客运的，都买了两部客车了……"说起这个现象，陈树斌禁不住哈哈笑。

……

车到昭觉，陈树斌下车了，他要去"视察"昭觉的工地，再转车去越西。我从车窗探出头去，目送他敦实的背影渐行渐远。

此时，天空中飘起了零星的雨线，斜斜地打在脸颊上，我伸手抹了一把，感觉心头热乎乎的。

大凉山里的"孟母三迁"

老艾两口子是金阳县芦稿镇油房村人，为了供三个娃儿读书，为了走出老山沟，他们这辈子，身体力行地把"孟母三迁"的故事演绎了一遍——从油房村搬到对坪镇，又从对坪镇搬到金阳县城，再从金阳县城搬到西昌市。他们的人生经历，直到今天，仍然被无数山区群众反复上演。从当年不让娃儿读书，到今天争着把娃儿送到县城读书，甚至在县城租房陪娃儿读书，已经成了"金阳一景"。

1

2020 年 9 月 12 日，我在凉山州金阳县依达乡瓦伍村采访，偶遇正在村部做泥水工程的老艾两口子。

老艾名叫艾正明，老婆叫雷启英，两口子同龄，1968 年生，2020 年都已经 52 岁了。我们正式碰面的时候，中午饭刚吃过，当时，老艾端来半盆乌鸡炖洋芋（当地人叫"坨坨肉"），叫几个工人吃。看他上穿竖领黑绒外套，下着深色西裤，一身干净的打扮，不像是在工地上亲自动手的人，后来和他搭上话，果然所料不差，老艾是包工头，这个工程，就是他和他的亲兄弟小艾一起包下来干的。小艾也是快奔五的人了，胡子拉碴的，穿着一双长筒雨靴，满身的污尘，正顶着毛毛雨丝，泥一脚、水一脚，忙着往坝子上倒混凝土。而老艾之所以一身干净，不是他搞特殊，而是因为身体不好，干不得重活。

"累了一辈子，还是不敢歇。"雷启英一边收拾碗筷，一边长长地叹了一口气。原本，她在西昌有家米粉店，这些年生意还是挺不错的，只是没想到新冠肺炎疫情从天而降，米粉店不得不暂时关张。店关了，手停了，嘴却不能停，老艾跟她合计了半天，决定和兄弟小艾合伙做工程。2020年是脱贫攻坚奔小康的收官之年，农村有很多泥水活可以做，比如修厕所、建蓄水池、铺水泥路等等，对这些小打小闹的工程，干了几十年建筑的小艾是行家里手，兄弟俩一拍即合，带上各自的老婆，在金阳地界上撸起袖子干起来。算一算，他们这两对夫妻档，已经在瓦伍村干了两个多月了。老艾照管工地，雷启英负责给大家煮饭。两口子分工合作，为的就是多挣几个钱，把这日子往好里奔。

午后，毛毛雨还在飘，小艾两口子穿着长筒雨靴，和工人一起，继续往坝子上倒混凝土。而老艾，明明帮不上什么忙，仍顶着雨，站在工地上看着，连伞也不打。

在我的印象中，干建筑包工头，应该是很赚钱的，而老艾却摇了摇头，说："赚啥子钱哟，搞得不好就陷（四川话音：焊）起了。"

2

老艾两口子决心离开油房村，最主要的原因，就是因为穷。

穷到啥程度呢？一年干到头，连肚子都喂不饱。可是，同样是那几块地，怎么现在干就吃不完呢？原因，其实是因为懒。当然，懒也是有原因的。

"我也懒过，我告诉你我懒的原因。因为我心灰意冷。"老艾说，"你喂的猪儿他给你偷了，你喂的牛儿他给你偷了，你喂的鸡儿他给你偷了。换成你，你会不会跟我一样？干脆啥也不干，让他想偷都没得偷！"

讲起当年迫不得已的懒，老艾至今心有余悸。当年，乡下的风气太坏了，治安环境太恶劣了，比如你辛辛苦苦喂一年的猪儿，过年时候杀两头猪，很快就会有人跑到你家来坐着吃，几天都不走。有时还换着来人，这拨吃几天走了，又新来一拨，每天都有人到你家里来吃肉，你还得赔笑脸，有一个人专门为他们煮饭。反正不敢得罪，因为得罪不起。

老话说，穷易生盗，富易不仁。那个穷山恶水的环境，最不缺的就是二流子，他们隔三岔五到你家里来，你至少要煮一块腊肉给他吃。你要是不煮给他吃，他就会半夜三更跑来偷你家的东西。你没发现还好，要是发现了，搞得不好可能连老命都要丢掉。这些人动不动就会以暴力来解决问题，也就是弄死你。如此恶劣的生存环境，再勤快的人，也会心灰意冷，于是干脆啥都不干，大家一起穷困潦倒。

"不是我懒，而是我的勤快会带来麻烦，带来危险。"老艾说。

那个时候，老艾还不老，还很年轻，他最渴望的事，就是搬家，有没有户口都无所谓，只要你接收我，租土地也可以，租房子也可以，只要能离开油房村，只要能从油房村搬走，从此屙尿都不朝着这个方向，永远不再回来。可是，就算你想搬家也不知道搬到哪里去，不是没有地方可搬，而是没有能力搬。都生在这种地方了，也只能认命，同时横下一条心，啥也不想干，要穷大家一起穷。

可是，生而为人，哪有不干活的道理？再说自己也要吃饭啊，那么还是干吧，可辛辛苦苦做出来的东西，大多数被别人吃掉了，怎么样都不甘心，都想不通，最后就剩下一条路，想尽办法，搬家。

"现在这种情况已经没有了，所以我觉得现在特别好，这个社会特别好，就算是在村里做生意，也不怕偷不怕骗。除了治安好外，现在生活也好了，没有人会来骗你这点小东西。"讲起这些年的社会治安，老艾特别的激动，从他有些哆嗦的语气和脸上的表情，能看出他的当年，那真是往事不堪回首。

是的，退回去二三十年，老艾除了白天要干活，晚上还要守夜看小偷，每个生产队都差不多，家家户户都要出青壮劳力，晚上轮流值班。比如说一个生产队有多个路口，都要安排劳动力排班守住，每个路口三个人，轮流值夜。不管你是睡还是坐，总之你得在那儿守着，要不然，生产队喂的猪，喂的鸡，就会被小偷席卷一空。

"白天干活累得不得了，晚上还要熬夜防盗。你说这怎么搞？"老艾说，"那时候我20多岁，虽说很年轻，但还是很恼火。因为生活条件太差了，照这样搞下去，身体透支很厉害，真的是顶不住。"可是，不守又不行。不单要守，还不能打瞌睡，一个不小心就会被小偷钻空子。那时候，农户家里喂的一头猪、一只羊、一只鸡，要是丢了，就等于一年的家当都被偷光了。用老艾的话说，就是"真的很恼火"，老艾讲的是四川话，在四川话里，"恼火"不是发火，多是指事情已经到了很糟糕、很困难的地步，已经顶不住了。

所以老艾对当下的社会环境除了满意还是满意，在他看来，除了治安好，有关政策也特别好，比方说，在农村，如果谁家里出了小偷，犯案了，就会有案底，那么国家的各种优惠政策就轮不到他家。"这个会起到很大的（约束）作用。"他说，"还有就是娃娃读书、考学，都要（往上）调查几代人，要是哪家有杀人放火的案底，就会担心影响今后娃娃的出路，这个也有很大的威慑力。"在老艾的希望里，今后还得花大力气，把拉帮结派的情况"搞掉"，地方上的家族势力也要重视，不能任由其发展做大。

一个斗大的字不识几个的老农民，居然想得如此深远，真的是令我刮目相看，暗自称奇。

3

老艾和雷启英结婚的时候，是在猪圈的楼上。也就是说楼上是洞房，楼下是猪圈。那个时候真的是穷得啥都没有，穷得连洋芋都吃不起，就更别说大米饭。雷启英怀上女儿的时候，家里实在是没东西吃，老艾没办法，只能天天到地里去抠洋芋给她吃，那还是5月份，而洋芋要等到6月份才能成熟。都没成熟的洋芋，吃得两口子清口水长流。

在老艾的记忆里，那个年代的日子，真是含着眼泪过的。后来到隔壁镇上开锅盔店、米粉店，也是因为被饿怕了，真的是饿怕了。守在油房村，看到娃娃们一个个饿得猴精狗相，就算想杀只鸡给补补，起码也得等到过年。于是就想到镇上开个小吃店，自己开店，就算赚不到钱，至少不会挨饿。看到现在很多人不珍惜粮食，吃不完的就倒掉，每一次，老艾两口子心里都很难过，要是那个时候，有这些被倒掉的东西吃，该有多好！

"那个时候，真的是没有办法啊！就算你有力气都卖不出去，想打工都不知道去哪儿打。就算便宜到两块钱一天，人家都请不起你。"

年轻时的老艾，凭着有一把力气，总会揽到一些粗重活，比如帮别人背泥巴筑房子，一背篓的泥巴至少有一百五六十斤，每天背一两百背篓跟着房子转，干到背过气去，最后只能挣一块多钱。

"连背篓都背烂了，后背的肉皮都磨出血了，才挣一块多钱！"而今做了包工头的老艾无比感慨，说，"现在要是这么累，300块、500块钱一天都没有人跟你干。"

因为家里弟兄多，老艾分家后土地少，所以家境特别困难，两口子仗着年轻有力气，拼了命地在土里刨食，可土地贫瘠，种啥收成都很少，好不容易凑了十块八块钱放在裤兜里，汗水湿了一遍又干，干了一遍又湿，就是不敢花，必须要等到家里要买盐巴、买洗衣粉，或遇到小孩生病，才能动用这笔"救命钱"。

老艾说，有一年，快过年的时候，家里实在是没钱了，就主动找人合伙，一起借钱买一匹马儿，上山驮柴到镇上卖，虽说驮100斤也就卖几元，但总比两手空空要好。可是，这几元并不好挣，山高路远，一大清早出门，就算紧赶慢赶，当天也是回不了家，只能在山上过夜。两个人牵着马儿走到天黑，或者找一个崖腔，或者找一棵大树，把马儿拴好，将四周的杂草、树叶扒在一起，倒上去就能睡一觉。那过的是啥日子啊，而今想起来，都忍不住想流泪。

那个时候，国家对穷人还是有照顾的，比如说"返销粮"。雷启英记得最深的，是她在对坪镇开小吃店时，认识一个姓王的大姐，见雷启英那么困难，给她一个吃返销粮的机会。可是，就算王大姐把返销粮票送给她，就算价钱折一半，她也买不起、吃不起。

如果按后来贫困户的标准，老艾结婚的时候就是标准的贫困户。因为穷，因为不想穷，两口子为此努力奋斗了大半生，而今回头一看，这努力，竟让他们家与"贫困户"擦肩而过，想想也真是阴差阳错。

"我够贫困户的时候，国家没有扶贫政策；现在国家扶贫送房子了，我又不够贫困户资格了。"讲起这个，早已经苦尽甘来的雷启英哈哈大笑。

4

在油房村，老艾两口子是最早重视娃儿读书的人。原因很简单，因为他们吃过不识字的苦头，在对坪镇开小吃店做生意，有时需要填个表格签个字，每一次，两口子都是你看我我看你，不知从何下手。就算人家帮他们把名字写好，只是让按个手印，都不知道应该往哪个地方摁，最后还得别人拿着他们的手指，放到表格上的某个地方。总之是人家叫按哪里就按哪里。深刻体验过不认识字的难处，老艾两口子不用商量就达成了共识，无论如何，都要让娃儿上学、读书、认字，学文化。

"周作家，不怕你笑话，我嘛，说是做生意做了几十年，可我连菜单上的蒜泥白肉、青椒肉丝、回锅肉这些字都不认识。"雷启英说，有一次去成都，下馆子吃饭，想吃蒜泥白肉、鱼香茄子，可是，拿着菜牌却不认识字，又不好意思问，最后只能找价钱便宜的，随便用手指了两个菜。痛定思痛，她决定学认字，先是看电视，有字幕那种，不管好看不好看，都看，为的就是跟着电视学认字。通过这种死方法，学会了很多字。有时遇到不认识的、不会写的字，那就厚着脸皮问自家娃儿，还好，娃儿们很有耐心，一笔一画教她，这些年教会了她不少字。

老艾两口子都是20世纪60年代末出生的人，也就大我两岁，怎么就不识字呢？在我的印象中，我们这代人，至少也能小学毕业。实际上，在油房村这种老山沟，老艾这一代人，不认识字的人有很多。一个原因是学校太远，娃儿太小而大人没时间精力接送，所以很多人根本就没读过书；另一个原因，是家里太穷，娃儿得跟着大人去出工，出一天工可以挣一分半。因为要挣工分，所以大人也不愿意娃儿上学读书；还有一个原因，就是山区农村学校教学质量差，大多数娃儿读书成绩都不好，于是大人就说既然学不下去，那就回来放牛。每天上山放牛、放羊回家时，还可以砍一捆柴背回来，对家庭也是一份承担，一种贡献。

"我们为什么要到镇上做生意？除了想找一条活路，填饱肚子，还有一个重要的原因，就是为了孩子读书。"老艾说，本来，芦稿镇也是有学校的，但是隔油房村太远了，单程都要走两个多小时，山高路陡，靠娃娃那点力气，走起来还真有点吃不消，可大人又要上山干活，没有时间和精力天天接送，实在没办法，只能叫姐姐带着弟弟去，就算大冬天，娃娃们穿的鞋子，也烂得脚趾头都露在外面，看娃娃双手双脚长满了冻疮，要说不心疼那肯定是假的，而最让大人担心的是，沿路山上不时会滚石头下来，万一砸着娃娃，那可怎么办？万一娃娃一脚踩滑滚到沟里去了，滚到坡下去了，那可怎么办？！

唉，想想，娃娃读这个书太苦了，干脆搬到镇上去吧。可是，在油房村至少还有几分地，搬到镇上去，就等于坐在光石板上，一家人靠什么生活？

5

最终让老艾下定决心走出油房村的，是一个姓袁的同村人。

有一年，上面发通知说政策来了，人家想搬家的，可以迁走。老袁看准机会，带着一家人搬到湖南去了，本来是想搬去湖南过好生活的，没想到去了之后发现还是老家好，于是又举家搬回来了。但是，对老袁一直心怀羡慕的老艾，并没有见老袁回村，他觉得很纳闷，一打听，原来，老袁并没有回到油房村，而是在镇上摆了一个摊儿，卖锅盔。

老艾觉得这是一个大变化，人都回来了，为什么不回村里？说明他在外边找到了门路，他怀着好奇，特地跑到镇上去看，看到老袁在人来人往的场角角上摆摊烙粑粑（锅盔），他站在一边看了一阵，你还别说，真有人买！

老艾对老袁支在灶火上烙粑粑的那个平底锅产生了很浓的兴趣。刚开始他很是想不通，这个姓袁的从湖南搬回来，为啥子不回油房村，却到镇上摆摊卖锅盔呢？经过仔细探究，哎呀，原来卖一天锅盔，竟然能卖十多二十块钱！

赚了钱的老袁一脸喜色，直接就把老艾给惊呆了。烙个粑粑也这么赚钱？从此，他心里就有了一个梦想——我也要做生意，哪怕是和老袁一样烙粑粑。

是的，在农村，无论多拼命地做，最后的收成都不够吃，有时候断粮，一饿就是小半年。这到底过的是啥日子？不能再这样下去了！老艾围着老袁的摊子，鼓足勇气问他做锅盔的平底锅在哪里买的？老袁满脸笑，说这个东西是从外边带回来的。至于"外面"到底是哪里，金阳？西昌？成都？老袁一脸神秘，打死都不说。

不管老袁说不说，老艾都相信外面一定有得卖。他决定了，走出大山，去外面买一个平底锅回来做生意。天哪，只要支个小摊，每天就能赚十多块钱，爽啦！

老艾回家和雷启英商量："在油房村真活不下去了，我们也到镇上去烙粑粑卖吧？"

"烙粑粑真能赚钱？"

"能赚！你想，姓袁的为啥子不回油房村？就是能赚到钱嘛！"

雷启英看着老艾满脸的向往，想想，这看不到希望的苦日子也真是过够了，她也盼着哪天能够走出去。虽说烙粑粑卖只是小生意，但小小生意，也有可能闯出一条活路来。

"那就干吧！"她说。

两口子统一思想后，立即动手，把辛辛苦苦种了一年的花椒全部摘了，虽然低价脱手，也卖了五六百元。这么一大笔钱，买一个做锅盔的平底锅，应该够了。想想不久的将来，就能像老袁一样做生意了，真的是好激动啊！

那天晚上，为了藏好用青花椒换来的那几百元，老艾两口子想来想去，脑壳都想痛了，终于想到了一个把稳的办法——用剪刀把松紧裤子的裤腰剪开一个洞，然后，把钱裹成一卷儿，小心地塞在里面，再用针缝好。穿上裤子，拍拍裤腰里的那卷硬通货，老艾终于吁出一口气。就算丢了命，也要保住钱。

第二天一大早，老艾从油房村出发，沿崎岖山路，步行到金阳县城，然后再坐车到西昌。因为没读过书，不认识字，这一路走来，靠的就是一句老话——"口是江湖脚是路"。为了买到心仪的平底锅，到了西昌更是"问遍全城"：

哪儿有平底锅哪儿有平底锅？

可是，问遍全城，他也没有找到做锅盔的平底锅。

州府西昌都没得卖？这不是开国际玩笑吗！

可是，真没得卖。至少他没找到卖平底锅的地方。

怎么办？难道就这样空手而归吗？

老艾不甘心，一咬牙，西昌没得卖，那就去成都！

老艾的牛脾气上来了，他不相信成都也没有。

老艾一路问人找到了西昌火车站，然后买张车票，一火车赶到成都。

真是见鬼了，问遍成都，居然也没人知道他要的平底锅哪里有得卖。老艾蒙了，捏着裤腰里的钱，明显感觉越来越少，再这么下去，怕是家都回不去了。老艾痛苦地权衡了半天，最后只能垂头丧气，空手而归。

站在成都火车站售票窗前，老艾捏着回西昌的车票钱，感觉手都在发抖，拿钱出去那一刻，简直是心都在流血。几百块钱呀，那是一家人的救命钱啊，让自己这么跑一趟，差不多都被跑光了。而想买的平底锅，却连影子都没有见到。

跟着咣咣咣的火车回到西昌，老艾的心情，郁闷得就算跳车都解决不了。这一路上，胸口上就像堵了一块大石头，用拳头咚咚咚地捶，也缓解不了多少。他痛苦的表情，让邻座的大妈好几次都关心地问他是不是心绞痛，要不要叫乘务员找个医生。老艾心想找医生有屁用，要找也是找卖平底锅的。这个时候对他来说，医生顶不了一个平底锅。

西昌到了，老艾捶着胸口下车，他心情沮丧，情绪低落，混在人群里，就像一个丢了魂的肉身。出站之后，抬头看看，天蓝水清，碧空如洗，可是，这跟他有什么关系呢，他为了买个平底锅，跑金阳跑西昌跑成都，败光了全部家当，却是连毛都没见着，这算什么事儿啊！

心如死灰的老艾像个孤魂野鬼，在西昌火车站广场上晃晃荡荡。他很想回家，可是，他不敢回家，没脸回家。难道，这就是命吗？"我命由我不由天"，他表示不服。

太郁闷了，太沮丧了，太痛苦了，老艾站在火车站广场上，突然像饿狼一样仰天长啸："啊——！"

周边的人被老艾突然的长啸吓了一大跳，其中有些身手灵敏的，本能地拔腿就跑，眨眼间已逃出老远，然后又忍不住惊惶地回过头张望。

有几个保安赶过来问老艾怎么回事。

老艾说你见过平底锅吗？

保安盯着老艾看了一阵。

老艾冷静下来了，他发现一个情况：去成都时，他曾在火车站看见几个卖锅盔的摊子，而现在，他们都不见了。他们为啥没摆摊子呢？老艾有些莫名兴奋，他走遍火车站周边，最后找了一个最便宜的旅馆住下来。他要把这个情况搞清楚。

"老板，之前我看到有几个卖锅盔的，为啥都不见了？"老艾问。

老板回答说："这几天城管查得严，都躲起来了，不敢出来摆摊了。"

老艾说："那种平底锅，你晓不晓得在哪里有得卖？"

老板是生意人，就算一眼没看穿老艾的心思，第二眼也看出来了，于是问他："你是不是想买？"

老艾大喜，说："是啊，想买。我问遍了西昌，没有。又跑到成都去，可还是买不到！"

老板热心地说："我去帮你问问，他们一定知道哪个地方有得卖，或者就从他们手上买，不过，价格肯定比市场要高一点。"

老艾想自己跑这一趟，辛苦不说，还白跑，要是早知道这儿有戏，就算贵一倍又如何！然后就在心里悔起来，为啥当初不知道直接去问卖锅盔的摊主呢！就算他们像老袁一样严守秘密，那时再去成都也不迟啊！

"高点就高点，买！"老艾咬咬牙，说。

旅馆老板真的跑去打听了，很快回来对老艾说："我帮你问了，锅倒是有，就是价格有点高。"

老艾当然知道老板无利不起早，他下定决心了，多高都要买："好多钱一个？"

老板说："他们要 80 元。"

老艾心里咯噔了一下，一口锅，顶多也就三四十元，就算你是平底，也不可能贵一倍。但是，他不管那么多了，贵就贵，买！

最后，老艾用比市场贵一倍的价格——80 元买到了梦寐以求的平底锅。扳着指头算算，加上来回的车费、餐费、住宿费，这口锅的成本已经到了几百元。

拿到锅儿的那一刻，老艾百感交集，眼泪都差点流出来了。唉，为了这口锅，真的是太不容易了！

老艾找了几个蛇皮袋，又找了几张旧报纸，把锅儿一层一层地包裹起来，小心翼翼地抱在怀里，生怕碰着了，磕着了，打烂了。那可是他们一家新生活的全部希望！

老艾抱着来之不易的平底锅从西昌坐车回到金阳，又从金阳走回油房村。

焦急等待中的雷启英跑上前来问："回来了？"

"回来了。"

"锅买到了？"

"买到了！"

拍拍抱在怀里的锅，那一刻，老艾再也忍不住，眼泪哗的一下从眼眶涌了出来。

6

锅买回来了，接下来，就是找地方摆摊。芦稿镇就算了，老袁在那里，不要去抢人家生意。两口子合计了一下，刚好隔壁对坪镇上有一个亲戚，就托他租间房子，到对坪镇去干。

亲戚很快帮他们租了房子，80元一个月，然后，老艾找人焊了一个推车，紧接着两口子带着三个孩子，怀着希望，在对坪镇上，开始了崭新的生活。

虽说没有门面，只是推车摆地摊，但刚开张就有生意，一天干下来，居然跟老袁差不多，毛收入有二三十元，除去成本，净赚好几块钱，这可比在农村帮人背泥巴强多了。

第一天摆摊就赚了钱，两口子细数那一堆皱巴巴的角票和硬币，几乎不敢相信：这么轻松就能赚这么多的钱？是不是做梦啊？是不是真的呀？

"那时候，我们在对坪镇上摆摊卖锅盔，一天也就卖十多二十个，一个可以挣几毛钱，一天下来，能挣十元八元。"老艾说，已经好得很了，高兴得很了！"那时候，几元都能买好多东西。"

其时是1995年，双胞胎女儿五岁。就是这一年，老艾两口子把家里的粮食和两头猪全卖了，凑了1000多元，搬到对坪镇上租了房子，把一家人安顿下来。

两个女儿上幼儿园大班的时候，小儿子也到了读幼儿园的年龄。因为他们不是对坪镇人，想上学还要找熟人搞关系，人家才肯要。可是，等把生意这摊事搞完之后，再给几个娃娃报名上学，三五下就把钱花光了。因为娃娃交不起学费，学校的朱老师，刚开始天天追他们要学费。为这事，雷启英悄悄哭了好多回，最后实在是没办法，只能实话实说，真不是拖着不给啊，家里边真的没有钱啊！朱老师看这家人是真困难，最后答应让娃娃赊账读书，分期付款。

全家人的指望都在生意上了。于是，除了做锅盔，他们又开始卖米粉，两三块钱一碗，一天能卖出几碗都高兴得很。因为本钱太少了，连多买几个碗的钱都没有，为了提高资金的利用率和周转率，只能看菜下饭，仅有的几个碗周转着用，万一客人来多一个，这才临时跑出去买多一个碗回来。真的是一分钱都要掰成两半花。

就这样，卖几天米粉，凑了点钱，马上就去学校还账，反正不管怎么样都得让娃娃有书读。"那时候的学费也要 100 多元，对比现在那是很少，但当时也是很大一笔钱了。"雷启英说。

看老艾一家那么艰难，隔壁开士多店的老板，有天叫住他说："你想办法去弄点本钱，我们一起去拿烟，放在我店里搞批发。烟这个东西肯定是很赚钱的。"

老艾觉得有道理，两口子商量后，找大舅哥一起，凑了 2000 多元去拿烟，开始做批发生意。

谁想得到会上当受骗呢，初涉江湖的老艾，一出手就拿到一批假烟，质量差到刚卖出去就被消费者举报。

"假烟？"老艾感觉被人当头闷了一棍子。

原本以为这次完蛋了，不只是破财，可能还会有牢狱之灾，谁知天可怜见，工商局来人了，看他们两口子老实巴交苦哈哈的样子，也不大像倒假烟的人，再看那些假烟，嘿，还挺眼熟，这一看就看出了猫腻，不单知道他们上当受骗了，最后竟然帮他们把进假烟的 2000 多元追了回来。对这几个"大盖帽"，到今天老艾两口子还心怀感恩。

唉，本想把生意做大一点，多赚一点，没想到一脚踩在粪坑里，还差点吃了一嘴的屎。说起这个事儿，雷启英现在都还心有余悸，而老艾一声叹息，看来干啥事都得一步一个脚印啊！

好在老艾很知足，是的，他已经很满足了，就算卖锅盔、米粉，那也比待在油房村强多了。在油房村，别说苞谷饭、大米饭，就是洋芋坨坨也不够吃。而在对坪镇上的生意虽然很小，至少能吃饱饭。更重要的是，三个娃娃还有书读。这事对他们两口子来说，那是太重要了，他们两个都没有上过学，不识字，连自己的名字都不会写，出门就像瞎子一样分不清东南西北。可不能让娃娃们跟自己一样。

7

光阴似箭，两个女儿读初中了，靠一个米粉店已经供不起，老艾决定出去打工帮补家用。在苏州一家水泥砖厂，一个月累死累活，汗水都流干了，也就挣 1000 元左右。租房子外加生活费，差不多就用光了，全家人的开销，实际上还是靠雷启英在对坪镇开米粉店。

讲起老艾的打工经历，雷启英很兴奋，因为老艾他们刚到成都，就被两个北京来的记者盯上了。记者看他们扛着铺盖卷，背着包包，一副完全没见过世面的老农民样子，不知为啥就有了兴趣，跟着他们去了苏州，还一路拍摄他们打工的过程。当时，老艾一行有八个人，见记者主动过来搭话，别的人都以为是骗子，都很害怕。而老艾，当年为了买一口锅，单枪匹马到过成都，也算是出过远门的人，他才不怕呢。

"怕啥子怕，我们光屁股一个，啥子都没得，他能骗我们啥？"

是啊，能骗啥呢，骗钱没有，骗色更没有，唯一的财产就是一个铺盖卷。"就算他敢动手抢我们的铺盖，你说他们两个人，抢得过我们八个吗？"老艾讲起这事就想笑。

记者是几时下车的，记不得了，只知道等他们到了苏州，电视已经播出来了。那个时候，雷启英还守在她的米粉店里，盼着多卖几碗米粉，隔壁开馆子的熟人，突然从店里跑出来，惊喳喳地冲她大喊："雷启英，你们家老艾上电视了。"

上电视？她不大相信。看电视都不可能，莫说上电视。跑过去一看，呀，真的是老艾，背着包包扛着铺盖，真的上电视了！

那个时候，家里还没有电视机，看到电视上的老艾，雷启英真的又是兴奋，又是好笑。兴奋的是老艾居然上电视了，好笑的是，看他背着包包扛着铺盖的样子，憨头憨脑的，实在是太狼狈了。

电视上的老艾正在接受记者的采访。记者问他从哪里来，去哪里打工，家里的情况怎么样，有没有通电，有没有自来水。那时候，油房村周围有好几个生产队都还没有通水，老艾全都实话实说，一一回答。

没想到的是，电视播出没几天，村上的大喇叭就响起来了，像报喜一样，说上头准备给油房村架电线，给没有通水的几个队搞蓄水池，要让大家都吃上自来水。

后来很多人都说："你们家老艾，采访得好啊！要不是他，都不知啥子时候才能通水通电。"

"那个时候我们还不算最艰难，比我们住得更高的、山上的居民，他们很多连衣服都没得穿。孩子生下来，只是用裙子包着就可以了。真的是很恼火！"老艾说，没通公路时，到镇上赶一个场买一包盐巴，都要走三四个小时，回来又是几个小时，打个来回都要整整一天，直到晚上才到得了家。"那年代，就算你养一只鸡，长大了抱到金阳县城去卖，就算是国家工作人员，也未必买得起。其实大家都很难。"

记忆中，当年想看个电视，看个电影，必须从山上跑到山下，一个来回要四五个小时。没有电筒，只能举个火把，前面的人打着火把，后面的人就拉着前面人的衣服，连成一串在山路上，像蚯蚓一样扭来扭去。

直到搬去对坪镇之后两年，老艾家才买了一台电视，黑白的，14英寸。看电视的好处，就是上边有字幕，可以跟着学认字，可以学普通话，虽然不会说，但至少听得懂。

8

两个女儿要上高中了，可对坪镇上没有高中，雷启英只能拖着娃娃去金阳县城谋生。男人不在家，她一个女人，只能关掉在镇上的米粉店，拖着三个儿女，上金阳县城重起炉灶，继续卖米粉。

为了让女儿读上高中，又像当年在对坪镇一样，到处找熟人帮忙，最后还是读"议价生"。三个娃，单交学费差不多都要5000元。压力山大啊！

女儿上高二的时候，老艾回来了，常年在外打工，家里没个男人也不是个事儿，好在县城人比镇上多，米粉生意好做一些。于是两口子终年围着米粉店转，一门心思供娃娃读书。

高中毕业后，老大考上一个啥广播大学，老二考去成都读卫校，老三继续读高中，三个娃娃一学期的开支要2万多元，根本就拿不出来，每到交学费的时间，那感觉就像是在催命，生活压力越来越大，真的是供不起了。可是，艰苦这些年，不就是为了娃娃们能靠读书读出一条活路吗？所以，再供不起，也得咬牙供。

为了有一个更好的收入，也为了能更好地支持几个娃娃读书，2008年8月，老艾和雷启英再一次搬家，这一次，他们搬到了西昌。去西昌那天，落好大的雪啊！

到西昌能干啥呢，当然还是做老本行，开米粉店。手头没有本钱，那就求爹爹告奶奶，找遍了亲戚朋友，借了3万元，在凉山日报社附近的四牌楼南街租了铺子，把米粉店张罗起来，为了多挣几个子儿，这回连包子馒头也一起卖。

"说起来真的很丢人啊，没出过远门，也没见过玻璃是啥样子，在西昌看到那个落地玻璃，以为是门，一头撞过去，把头给撞起了包。"雷启英说，幸好没把人家的玻璃撞烂，不然还得赔钱。所以啊，每个人都要走出去见世面，"现在的西昌，比当年的老城区大了几倍，但不管走到哪条街，我都找得到路回来。"

只是，儿子这高中读得有些折腾，先后在西昌、德昌的学校都上过，毕业后考上了啥长江职业学院。其实几个娃到底考上了啥学校，老艾两口子也说不清楚，都没读过书的他们，搞不清楚这些。虽说经过几十年的努力学习，也算是能认自己的名字了，可拿起笔来还是不会写。

"不怕你笑话，我连自己娃娃是哪一年生的都搞不清楚。也不知道他们考的是啥样的学校。"雷启英说，好在而今三个娃娃都工作了。一儿一女在金阳县城，另一个女儿在西昌，2019年还创业开了一间幼儿园。如果不是突如其来的疫情，怕是都开始赚钱了。女婿也是读书人，在航天学校当老师。

说起这三个娃娃，雷启英感到有点遗憾的，就是他们的收入都不高，特别是儿子，一个月工资这扣那扣，到手就那么三两千元，本来大家都想工资高点，但是很难找到出路。有时也想往大城市去，又怕适应不了那个竞争。而老艾一声叹息，说而今的娃娃们，读了书却吃不了苦，太阳晒不起，雨淋不起，干不了苦工。要不然，就像他们两口子一样，搞个工程队，包点小工程，整上几年，说不定就发了。

"现在社会这么好，只要肯干，机会还是很多的。"老艾说，当年做锅盔的老袁刺激了他外出，而他们一家外出，又刺激整个油房村。大家都说他是村里最穷最困难的，可走出去之后，你看人家把三个娃娃都供出来了。

"为了供娃娃读书，现在的人非常舍得下本钱。"雷启英说，油房村因为没有学校，多数人都是留一个大人在家务农，另一个带着娃娃搬到镇上去租房子，带着孩子读书。"我们那个村，大部分人都是这样干的。"

讲起国家的扶贫政策，以及如何脱贫致富，老艾用他几十年的人生经验总结说："要走出去，一定要走出去！"那个时候，看电视里的人都把衣服扎在裤腰里，皮带上别着大哥大、Call 机，好奇得不得了，不知道那是什么东西，居然能够在里面说话。就因为好奇，因为新鲜感，所以特别想了解外面的世界，特别想走出去看看到底是怎么回事。

"哪里想得到，自己现在也有手机了，手机里面什么都有。"老艾说，现在很多人不愿意搬下山，不愿意走出去见世面，这是脱贫攻坚最大的问题。

2020 年年初，因为疫情，老艾两口子把西昌的米粉店关了，回到金阳寻找机会，他们发现国家扶贫工作推得很快，很多泥水小工程都需要有人做，于是和做了十多年建筑的弟弟合伙，做起了包工头，我们偶遇的地方，就是他们在依达乡瓦伍村的工地。我到村里采访的时候，看见他们正干得热火朝天。

"现在社会治安好，我们这种小生意，不用担心被二流子敲诈勒索。"老艾说，当年可不一样，在金阳，当年曾流传最广的一个段子，讲的就是一个开商店的外地人，新年快到的时候，有人来店里买东西，这时候店主放了一个屁，结果就惹了大祸。来人说要过年了，店主却放一个屁，这是对他的侮辱，非要店主赔偿损失费。扯来扯去没办法，最后赔了几千块钱。赔了钱之后，店主无论是走着坐着还是睡着都想不通，越想越想不通。我在我的店里打个屁，到底招惹你哪里了？竟然赔了大几千。我一个做小生意的，卖个东西能赚几毛钱？我要卖多少东西才能赚几千块钱？无论怎么想都想不通，于是就开始上告，不断地往上告。可能是这种事儿确实太荒唐了，上面派人下来查，还放了狠话，结果找借口勒索钱的二流子怕了，把钱还回来了。

"现在不会发生这种事了。"老艾说，只要手脚勤快，就算是在金阳这种穷山沟打零工，扎扎实实干一天，也能干到150元，要是拿回家买米，一家人都可以吃一两个月了。自从干上了包工地这活，老艾经常都会苦口婆心对当地工人说："多好的社会啊，就在家门口，干一天就有150元。你想想一袋米才多少钱，买一袋米回家，婆娘儿女要吃多久？要是你不干，揣起手手耍，只晓得喝酒、晒太阳，这钱让人家外地人赚去了，你说是不是很可惜？"

老艾之所以如此苦口婆心，是因为他发现山沟里的人对钱多钱少好像不太看重，好像他们过惯了艰苦的日子，感觉现在这生活已经很好了。好像他们从来不想什么努力啊，奋斗啊，打拼啊这些。

老艾说，有个买了拖拉机的，有人找他拉沙，很近的一点路，给他100元一车，除掉油钱能赚80元。可他说，没有200元，宁肯放着拖拉机淋雨生锈也不干。

"跑一趟赚80元，买一袋米全家人一个月都吃不完。为什么宁肯耍起？为什么宁肯晒太阳？为什么不干呢？"老艾想不通，直到现在也没想通。而每次遇到有人主动到工地上来找活干，老艾就特别高兴，在他看来，一个人，只要肯干，就有希望。

9

2020 年 9 月 12 日晚上，在瓦伍村的工地上，我和老艾聊到九点多还收不住口。

"现在这个社会，真的是很好了！"这句话差不多就成了老艾的口头禅。是的，在老艾心里，真的很好了，他的老家油房村，以前连洋芋都不够填肚子的村，2016 年都入选了农业部公布的第六批全国"一村一品"示范村镇名单，全国共 316 个村镇入选，四川有 17 个，油房村是凉山地区唯一获此殊荣的村。

曾经穷得没活路的油房村凭啥能入选？因为油房村家家户户都种植青花椒，种了 3000 多亩，每年能收 30 多万斤青花椒，价格好的时候，可以卖到 1000 多万元，按政府有关部门的数据，单种青花椒这一项，每个村民每年都有五六千元的收入。因为这一项，油房村不单摘掉了贫困村的帽子，还成了金阳远近闻名的青花椒种植专业村，江湖人称"金阳青花椒第一村"。

正聊得热闹，小艾从屋角扯出一个黑色塑料袋，打开递过给我看，说："这才是真正的金阳青花椒，小颗，开口白，外表麻子点多，不光滑。卖相不好看，但麻口重，麻味冲鼻子。"

"有的人咬一颗会麻得出不了气，要喝凉水才能缓解。"老艾接口说，"现在市场上打着金阳青花椒招牌的，好多都是从外地运过来掺杂过的。其实要识别也很容易，凡是大颗的，表皮光滑的，麻口一般的，都是假的。"

夜深了，雷启英说明天 7 点起床吃早饭，因为要开工干活，所以不能睡懒觉。老艾把塑料袋里的青花椒硬塞给我说："送给你了，这是我们家种的，麻得很，晚上还能驱蚊子呢。"

乡下的条件当然是比不上县城的，好在借宿处有一个热水壶，于是烧了一壶热水烫脚，烫得舒舒服服的，然后在满屋子的花椒麻味中，一觉睡到大天亮。醒来时能听见雨滴声，鸟叫声，起来开门一看，又是雨天，而且比昨天的雨还大些。听听周边的动静，估摸老艾他们也都还没有起床，因为下雨，就算起来了，也开不了工。

也不知过了多久，见起床后的老艾在雨地里，拿着手机唱歌，也不知唱给谁听。看看时间，已经是上午 8 点 55 分了，吃早饭时雷启英接到女儿的电话，说生病进医院没钱了，让她给打点过去救急。雷启英有些无奈，说现在老两口最怕女儿来电，每次来电话，都是要钱。对这事老艾看得开些，他说女儿创业开幼儿园，刚开始就遇到疫情，才招到40 多个学生，学费都不够房租。等疫情过了，相信会好起来的。

到上午 10 点 20 分，天一直都在淅淅沥沥地下雨。10 点 30 分，有几缕阳光从厚厚的云层中透出来，我从村部爬上后面的高台上，看见对面被浓雾遮盖的山峰，慢慢地露出了一点隐约的身影。山区的天就是这么神奇，变脸变得特别快，刚从云层中透出来一点阳光，眨眼间又被遮住了。

趁雨暂停这一刻，老艾抓紧机会为昨天打的水泥坝收浆。一夜的雨水，把水泥地面打出了星星点点的麻子，老艾怕交货不好看，所以抓紧时间补浆抹平。中午时分，天又阴了下来，没多会儿，天空中又飘起了毛毛雨。

援建篇／扶贫路上

扶真贫、真扶贫，把钱真正用到刀刃上，真正发挥拔穷根的作用。

——习近平

瓦伍村：赶着牛羊奔小康

　　依达乡位于四川省凉山彝族自治州金阳县境西北部，距县城54公里，面积55.9平方公里，人口0.3万。金昭公路过境。辖保尔、依达、瓦伍、沙洛、嘎克5个村委会。瓦伍村是西昌方向进金阳的第一个行政村，全村共有农户176户、749人，其中建档立卡贫困户81户、406人，已于2018年实现整村脱贫。

　　瓦伍村海拔2600~3000米，全村面积18平方公里，耕地仅有1595.4亩，而草地有1.45万亩。由于高寒气候影响，全村种植业以苦荞、燕麦、洋芋为主，经济效益极低……在脱贫攻坚、乡村振兴的国家战略中，瓦伍村的命运将走向何方？

　　自东西部扶贫协作开展以来，佛山与凉山金阳县完成产业合作项目25个，投入资金5123万元，带动贫困人口3.6万人。尽管2020年遭遇新冠肺炎疫情影响，金阳依然一派产业兴旺、稳定增收的景象。其中就有瓦伍村充分利用广袤的草地，赶着牛羊奔小康，实现乡村振兴的矫健身影。

1

南北朝有一首民歌叫《敕勒歌》："敕勒川，阴山下。天似穹庐，笼盖四野，天苍苍，野茫茫。风吹草低见牛羊。"可谓脍炙人口，家喻户晓，世代流传。

看，那蓝汪汪的天空下，像大海一样无边无际的草原啊，翻滚着万里绿色波涛；那风吹过草的低处啊，一群群的牛儿、羊儿，时隐时现，就像随时可以从地里长出来……此情此景，别说亲眼看见，就算望文生义，都能美到人心颤。

真的想不到，这北国草原壮丽的风光，居然会以另一种形态，在四川大凉山深处，得以完美呈现。

2020年9月，当我在金阳县依达乡瓦伍村看见漫山遍野的牛羊，脑子里的第一反应，便是"天苍苍，野茫茫，风吹草低见牛羊"。

天空布满透明的蓝，山野遍绿，风卷林涛，云雾缭绕。悠闲的牛羊，在山坡上，在小溪边，在松林里，自由自在，或散步溜达，或低头吃草，偶尔会掉头过来，望一眼从山顶盘旋而下的省道S208线，看坐车路过的人类，他们从车窗里探出头来，发出惊喜的叫声：

"哇，好多牛啊！"

"哇，好多羊啊！"

"哇，还有马儿，你看，还有马儿！"

紧接着就是纷纷举起手机，对着牛羊们一通猛拍。

对这来自人类的惊呼，瓦伍村的牛羊早已见怪不怪。是的，它们都是见过大世面的牛羊，不会因为山外来的几辆车、几个人就好奇得大呼小叫。倒是这些山外来客，在他们固有的思维模式里，总是把大凉山当成穷山沟，除了天生穷，还世代穷。就连没有什么不知道的百度，也会告诉你："凉山彝族自治州位于四川省西南部，总面积6万多平方公里，辖17个县市，有14个世居民族，总人口515万，其中彝族占总人口的51.7％。是国家深度贫困地区。"

总之，大凉山的外号，就叫"穷山沟"。

2

可是，大国扶贫都这么多年了，那么大的扶贫力量进入凉山，难道这穷山沟就不能有一点点变化吗？

当然会有变化，而且还是翻天覆地的大变化。

比如瓦伍村。村支部书记马海克惹对我说："现在，我们村没有一户人种粮食——可以说是'颗粒无收'，成了无粮村。"

"无粮村？"我吓了一大跳，"洋芋呢，不种了吗？"

"不种了。"

"苦荞呢，不种了吗？"

"不种了。"

"燕麦呢？也不种了吗？"

"不种了，全都不种了！"

……

我倒吸了一口凉气，早就听说，初时，扶贫政策被一些懒人钻了空子，这伙人一天到晚啥都不干，只管喝酒晒太阳，然后坐等政府救济，所以才有了之后的"扶贫不扶懒"。难道，这么多年的大国扶贫，真的扶出了一帮懒汉？"颗粒无收"的瓦伍村，七八百名村民，难道都窝在家里"等靠要"，成天围着国家"啃老"吗？

"农民不种粮吃啥子？"我担心地问。

老实说，我问这话的时候，心情很不好。中国扶贫，那可是举国之力啊，全国 800 多万扶贫干部抛家别子奔赴一线，数以千亿计的资金投入，最后要是换来这么个结果，可就太令人心寒了！

马海克惹见我一脸沉重和不解，忍不住大笑，说："我们村以前种洋芋萝卜、苦荞燕麦，现在'种'牛'种'羊，你看——"他指着四周的山野林间，"我们村'种'的牛儿、羊儿，满山都是……"

"你晓得它们的价钱不？"马海克惹故意顿了一下，问我。

我摇头，老老实实回答说："不晓得。"

马海克惹用指头比画着说："一只羊，三千；一头牛，一万多！你说是种粮食划算，还是'种'牛儿、羊儿划算？"

我恍然大悟，他说的"无粮村"，原来是这个意思啊！这老头，挺有趣的嘛。

3

2020 年 9 月 12 日，一大早起床，发现从昨晚开始落的雨还没有停。是毛毛雨，山风吹过的时候，穿着夹克也有点凉。大约早上 9 点 30 分，马海克惹到丙底乡接我，比我们头天约定的时间晚了半个小时，他解释说车坏掉了，临时叫村民吉打尔者开私家车过来，所以耽误了。

猫在这老山沟里的村民，竟然有私家车？我问吉打尔者："这是你的私家车？"

吉打尔者可能没料到我会像刘姥姥进大观园似的满脸好奇，他愣了一下，腼腆地说："是啊，我家的。"

"村里很多私家车吗？"我更好奇了，又问。

马海克惹哈哈笑，插话说："这个不算啥子。我们村有几户，除了家里养牛养羊，还在西昌打工架电线，一个月工资上万块，个个都有小车，经常开着到处耍，潇洒得很。"

这之前，我知道瓦伍村已经脱贫摘帽了，但马海克惹所说超出了我的想象。

这是曾经的贫困村吗？贫困到很多村民可以开着私家车到处潇洒？

4

在小小瓦伍村，马海克惹绝对是一个传奇人物。1963 年出生的他，1982 年应征入伍，到甘肃兰州当兵，正好赶上对越自卫反击战。这真刀真枪的干仗，对年轻的马海克惹来说，当然是大姑娘上轿头一回，真的是没有任何经验，但要说跋山涉水，在山沟沟里钻来钻去，则完全不是问题，甚至还是他的强项。毕竟他是在大山里长大的娃，打小就得苦练脚板功夫，加上强劲的高原紫外线早就把他晒成了"天然黑"，光线不好的时候，猫腰钻进山林里，怕是用望远镜都发现不了。要说翻山越岭打夜战，一般人还真干不过他。当时民间传说越军最怕四川兵，因为他们个头普遍不高，一个个短小精悍，尤其精通摸"夜螺蛳"（夜战），一摸一个准。在四川兵中，从小就满山跑着长大的马海克惹，当然更有优势，结果，他在枪林弹雨中立个三等功，成了实打实的战斗英雄。

退伍回来后，马海克惹干过保安、派出所辅警等，还外出打过工。2005 年，他当选瓦伍村村主任，2008 年起任村支部书记。

讲起瓦伍村的前世今生，马海克惹用他的彝家四川话说："周作家，你不晓得，以前我们过的那是啥子生活！如果不是国家精准扶贫这个政策，很多人连肚子都吃不饱，一年到头就是洋芋、苦荞、燕麦。要想吃顿大米饭，除非等到过年。"

5

凉山州是被国家列入"三区三州"的深度贫困地区，位于四川和云南交界。瓦伍村，这个猫在大凉山深处的小村落，身陷莽莽大山，海拔2600~3000米，是典型的高寒山区。因为土壤和气候条件限制，种什么都不会有好收成。农作物产量低、价格低，想靠种植过好生活，根本就是白日做梦。倒是这贫穷的命运，真的像是上天注定，就算借一杆马良的神笔也无力改写；因为山太高，路太远，村民想出去打工挣点钱帮补家用，也不是那么容易，要不是后来省道S208线刚好打村口经过，村里很多人，可能这辈子连金阳县城都没有机会看上一眼，更别说去州府西昌、省会成都见大世面。

走不出大山的人们，视野自然受限，所以，瓦伍村在他们眼里就是全世界。就算是年轻人精力旺盛能干事，但眼界窄、见识少，最终也只能蹲在村里，守着一个祖传的穷窝窝，除了喝啤酒、晒太阳，真的是找不到人生方向！

什么是脱贫致富？至少，在大国扶贫之前，听都没听说过！大伙都以为天底下所有人都一样，都是早出晚归种洋芋、苦荞，每天也只吃两顿——早饭和晚饭。一年干到头，他们最大的梦想，就是捞个肚儿圆。但理想很丰满，现实很骨感，很多人连"吃饱"这么个梦想都实现不了。

与大凉山很多乡村比，瓦伍村的地理环境其实不算太差，它是西昌方向进金阳的第一个行政村，被称为"金阳县北大门"，但是，由于高寒山区的气候影响，地里只能种些苦荞、燕麦、洋芋，别说经济效益，能填饱肚子就谢天谢地了。就算遇到丰收年，洋芋、苦荞、燕麦又能卖几个钱呢，那价格，都低到沟里去了。再加上超级不方便的交通，靠人背马驮出山售卖，怕是豆腐都盘成了肉价钱！吭哧吭哧一趟跑下来，不亏成狗算你有本事。也因此，不管是丰收年还是歉收年，地里所有的收获，都只能存在家里吃。

本来，山沟沟环境恶劣，穷也就算了，可是，风气还不好，明明兜里没钱，却一个个极好面子，特别是在婚丧嫁娶方面，大操大办，攀比成风，有条件要比，没有条件创造条件也要比，哪怕欠一大屁股的债。当然，也不单瓦伍村这样，据说整个大凉山的乡村差不多都这样，没钱的时候攀比，有钱了更攀比，这种观念根深蒂固，一时半会儿改不过来，结果呢，就算在扶贫政策支持下口袋里有了几个钱，也多半经不起几次婚丧嫁娶的请客送礼，很快就会因此囊空如洗、负债累累。

大国扶贫开始后，为了改变瓦伍村的贫穷面貌，扶贫工作队和村民一起努力，想了很多办法，终于在 2018 年的时候，实现了整村脱贫。但是，脱贫之后如何防止返贫，这是脱贫奔小康必须面对的一个严峻课题。

是啊，怎么样才能让脱贫的乡亲有一个持续的经济来源？

6

2019 年，在金阳县林业局的筹划下，村里搞起了养鸡场，养了4000 多只鸡，原本希望通过养鸡场带动村民养殖增收，却没想到，那些个小鸡仔都没来得及长大，就遇到天降瘟疫——养鸡场一夜之间遭了天灾，真的是亏得人心里拔凉拔凉的。唉，好不容易燃起来的致富火苗，就这样被老天兜头一盆冷水给浇灭了。

接下来该怎么弄呢？

"一人打工，全家脱贫"，劳务输出好是好，可问题也很多。比如说家里的青壮年都出去打工了，那就会有留守儿童、留守老人、留守妇女……这些社会问题如何解决？谁来解决？所以，脱贫的根，最终还是要深深扎入家乡的土地才靠谱，所以要因地制宜，在瓦伍村发展适合的产业，只有把产业搞起来了，村民增收才有保障，接下来的乡村振兴才有源源不断的动力。

据国务院扶贫办统计资料，在全国建档立卡贫困人口中，有三分之二以上的人之所以得以脱贫，主要有两条路可走，一是外出务工，二是发展本地产业。很多成功的例子都证明了——一个贫困地区，之所以能自主脱贫，往往都是因为当地成功发展了产业，产业起来了，村民增收的方式就多了，除了土地入股分红，还可以跟着产业链自主创业或者就近务工；而脱贫难度大的地方，也多半是遇到了产业发展不起来这个拦路虎。

那么，像瓦伍村这种穷山沟，养只鸡都给养死了，能发展什么产业呢？

广东（佛山）对口凉山扶贫协作工作组驻金阳县工作小组组长南策炳，挂职金阳县委常委、副县长，跑遍金阳实地调研之后，他说，产业扶贫，其实也没想象中的那么复杂，关键是要遵循八个字："因地制宜，长短结合。"

所谓"因地制宜"，就是要结合当地的实际情况开展工作，不能搞那种描绘起来很美，但无法进入实操的空中楼阁；而"长短结合"呢，就是要紧紧抓住"见效"这两个字，兼顾短期和长期产业，用短期能见效的产业保障村民信心，同时又布局长远和可持续性，以谋求更多的可能性。

"要是照搬发达地区的做法，啥事都着眼长远规划，村民老是看不到希望中的效果，可能就沉不住气，就会失去信心。而村民的脱贫信心和致富欲望，是脱贫攻坚和乡村振兴中最重要的内生动力！"南策炳说。

在流行减肥的"胖子时代"，戴眼镜、长相斯文的南策炳满身书卷气，一件纯白 T 恤穿在身上，让他的个子看起来显得有些单薄。很难想象这么一个文弱书生，能真正沉下去与村民打成一片，并站在他们的角度想问题，搞清楚他们心头在想什么，希望什么，又会怎么做。但是，就是这个文弱书生，到金阳才 47 天，就跑遍了全县 34 个乡镇，和村民"混"在一起，听他们说自家的困难和心中的希望，给他们讲外面的精彩世界……

"听群众讲自家的困难，才知道如何帮扶；给他们讲外面的世界，目的是通过强烈的对比，激发他们脱贫致富的内生动力。"南策炳说，只有这样，才知道贫穷的原因在哪里，又该发展什么产业去帮扶。任何事业都得有持续性，扶贫攻坚更是如此，只有牢牢抓住产业扶贫这个"牛鼻子"，因地制宜选准项目，找到对路的产业，才能做到长治久安。

是的，路子对了，见效就快，收益就好。群众看在眼里，当然就会支持，就会主动加入进来；要是路子没走对，甚至搞反了，那肯定就会水土不服，事倍功半，甚至功败垂成。对发展产业来说，精准扶贫就是要搞对路，只有这样才能为产业发展按下"快进键"。

7

那么，具体到瓦伍村这样的高寒山区，能干啥呢？连苞谷都长不好，除了穷，还能干啥？

是的，瓦伍村是典型的高寒山区，除了退耕还林，好像种啥都没个好收成。但是，请注意，瓦伍村面积达 18 平方公里，除了 1595.4 亩耕地，还有 1.45 万亩草地，能不能在这万亩草地上做文章呢？老话说靠山吃山，既然瓦伍村的耕地种粮食不行，那可不可以种别的呢，比如说，种草。

种草？是我耳朵有毛病，还是你脑子坏掉了？

您耳朵没毛病，是的，种草。

听说村里想把耕地拿去种草，大伙都蒙了，有没有搞错？就那么点坡头山地，辛辛苦苦干一年，粮食收上来经常连肚子都吃不饱，要是都拿去种草了，大家吃啥子，喝风吗？

"不是喝风，是吃肉！"瓦伍村支部书记马海克惹说，种草养牛养羊，发展特色产业，这才是看得见、摸得着、行得通的路子。为了这个事，扶贫工作组邀请专家到瓦伍村，已经实地考察了 N 次，又论证了 N 次，从海拔到土壤，从气温到地形，所有的情况都仔仔细细地"摸"过了。不种粮食了，改种草——搞"千亩人工草场"。

为了打消村民顾虑，争取大家的支持，扶贫干部还专门给村民算了一笔细账：

种一亩草场，包括种子、肥料、人工等费用，种植成本大约 260 元，这笔钱投进去，可产出草料 2000~3000 公斤，按照"放牧 + 补饲"的模式，一年可以喂养 1~2 头牛或 4~5 只羊。而养 1 头牛，每年平均可长重为 100~150 公斤，1 只羊每年平均可长重 25~30 公斤。初步预算，一亩土地要是用来种草养畜，再按市场平均价把牲畜卖出去，可以产出的直接经济效益达 4000~5000 元，比种植洋芋、荞麦等农作物，产值提升了 5 倍以上。

瓦伍村的草地资源本身就很丰富，建设"种草养畜产业园"的条件，可以说得天独厚。可是，为什么以前他们不知道多养牛羊脱贫致富呢？原因很简单，因为没有条件。比如说，瓦伍村的草地以前就有一万多亩，看起来蛮大，但实际情况是，一到干旱季节，山坡上的草地没水浇灌，割了一茬就没了，就那点草料，连村民散养的牛羊都不够吃。

8

无论脱贫攻坚还是乡村振兴，都离不开因地制宜的产业推动，如果没有产业持续给力，就算你千辛万苦脱贫了，之后也有可能重新返贫，而乡村振兴，更是无从谈起。

那么，瓦伍村种草养畜的思路，行得通吗？

为了真正做到精准，依达乡一次次邀请农牧专家，到瓦伍村现场调研，反复论证。为充分征求农户意愿，扶贫工作队和村干部一起，走村入户，一个人一个人地交流。连外出打工的，已经迁往外地居住生活的，都要通过电话、微信等方式一一沟通。有了民意基础和专家指导，瓦伍村种草养畜项目建设拉开了大幕。这就是马海克惹所说"无粮村"的由来。洋芋、苦荞、燕麦、萝卜，都不种了，都改种草。不只是村集体种，群众也在华山松林下套种燕麦草、黑麦草，再套养牛和羊……

现在，让我们闭上双眼，放飞想象的翅膀，在脑子里想象一下：上万亩的水丰草美，那得养多少牛羊啊？牛羊吃的是草，长出来的可都是肉啊！几十块钱一斤的肉，比几毛钱一斤的洋芋、萝卜如何？傻子都知道牛肉羊肉比洋芋萝卜强多了。

资料显示，瓦伍村种草养畜项目总投资 1047.55 万元，其中上级财政专项资金650万元，占62%；农户自筹资金397.55万元，占38%。项目的主要内容是标准化、规模化生态养殖牛羊。

生态养殖大家都懂，万亩草场，绿波荡漾，纯天然无污染。

可是，什么是标准化？什么是规模化？

文质彬彬的南策炳取下眼镜，捏了捏疲劳的鼻梁根，又重新戴上眼镜说，规模化，就是由村集体经济带头示范，开展生态养殖。单户村民毕竟力量有限，靠散养无法形成规模，所以这个"火车头"，还得村集体经济来当；而标准化，指的是在村集体经济的带头示范下，通过财政奖补方式，带动农户，依葫芦画瓢，跟着村集体的养殖模式，有样学样，自行开展标准化养殖。

规划中的"种草养畜示范村"，将种植"千亩人工草场"，建设标准化养殖畜圈，采取"放牧+补饲"方式开展科学化牛羊养殖，实现"养殖—沼气—有机生物肥—种草—养殖"的有机良性循环。

为确保种草养畜项目顺利实施，给群众带来实实在在的利益，瓦伍村多次邀请金阳县农业农村局专家，到村里组织村民开展科技示范养殖技术培训班，特别是动物疫病防治培训，接连办了10多次，手把手教群众高标准、规范化养殖牛羊。尽最大可能开阔村民视野，更新传统的养殖理念，增强了群众规模养殖的信心。

而"千亩人工草场"，则种植燕麦草、黑麦草、皇竹草，这些草不只是本地黄牛和山羊爱吃，外来的西门塔尔肉牛也喜欢吃，而且长肉也快。为了"后继有羊（牛）"，村里还同步配套建设了一所冻精站。

啥子是冻精站？这从来就没听说过的新鲜玩意儿，当时还在村里引起过热议呢！

"其实还远远不止这些问题。"南策炳说，在瓦伍村建设种草养畜项目，面临四大痛点，全都得想办法一个个地解决。

第一个痛点：村民没本钱买牛买羊。所谓一分钱难倒英雄汉，连"牛羊本"都没有，还谈什么养殖脱贫，致富奔康。

那么，如何解决这个痛点？答案很简单：用扶贫资金把这个痛点打通——村上垫钱！谁家想买牛的，出一半钱就 OK 了，另一半，由扶贫资金无息垫付。等牛养大了，卖了钱，再还村里垫付的本金。如此反复，滚动操作，良性循环。

第二个痛点：牛羊养多了，没地方关。那么，建专门的牛圈、羊圈如何？别说没钱，就算有钱，村民也没这个习惯。以前养得少，家家户户人畜共居，即便是这几年移风易俗讲卫生，需要人畜分开，顶多也是在房前屋后搭个牲畜棚子，那么个棚子，又能养多少呢。所以，想发展养殖，得先把牛圈、羊圈建起来，让牛羊们"安居乐业"。

第三个痛点：就山坡上那点草料，根本不够吃。老话早就说过了，马无夜草不肥。牛和羊也是一样的，要想它们长得快，晚上是需要加料的。特别是冬天，冰天雪地，要是没"宵夜"吃，就算之前长了满身的肉，要不了几天也会成功"减肥"。这个事比买牛买羊、建牛圈羊圈复杂多了，山遥路远的，总不能跑到外地去买草料回来吧。如果真那样干，养殖成本还不直接涨停板？所以，最终还得因地制宜，把草场的浇灌系统搞起来。在这个世界上，不只是鱼儿离不开水，草儿也离不开水。只要不缺水，原本只能收割一次的草，就可以像韭菜一样，割了一茬又一茬。

第四个痛点：草长出来了，谁去收割？靠一把镰刀一个背篓，弯腰驼背地往家里背，谁家里有这么多劳动力？所以，村里得购买割草机、拖拉机等现代化的生产工具，提高效率。

在建设"千亩人工草场"的同时，再购置4台秸秆加工机械、10台旋耕机、4台拖拉机，以及兽医器械和饲养工具等。以后养殖规模上来了，还得继续添置。

……

在瓦伍村秋意渐深的夜晚，我守着安静得有些冷清的山谷，望着村委会对面黑蒙蒙的山峰陷入沉思。我相信，翻开人类几千年历史，查遍世界所有的文献资料，如此贴心的"中国式扶贫"，可以说绝无仅有。它发生在今天的中国，也只能发生在今天的中国。

好在，一切付出都是值得的。按当时初步预计，瓦伍村这个种草养畜项目顺利实施后，每年至少能出栏肉牛300头、优质肉羊600只，年平均销售收入肉牛300万元、肉羊120万元，户年人均新增纯收入将在6000元以上。也就是说，这个"种草养畜示范村"要是形成了气候，不只是瓦伍村的群众受益，周边乡村也可复制这一模式，一起赶着牛羊致富奔小康。

"这几个痛点，一个一个地解决了，村民的积极性自然就上来了。增产增收，脱贫奔小康就有希望了。"南策炳说。佛山扶贫资金的"好钢"，就要用在这些刀刃上。而在全面实现小康后的乡村振兴中，还得引进实力雄厚的养殖公司，进行规模化养殖，形成"公司＋农户"的养殖模式。在他看来，那才是真正意义上的产业。

"不管搞什么产业，销售问题必须解决。虽说现在村里养的牛羊不愁卖，但从长远来看，隐忧还是存在的。比如说，这两年猪瘟厉害，猪肉供应少了，是不是牛羊好卖的原因呢？等这一阵过了，一切正常了，瓦伍村的牛羊还会这么好卖吗？所以，光靠村民散养散买不是长久之计，当务之急，是趁这个时机，引进实力公司来当龙头，带动村民扩大养殖规模，真正做到科学养殖。只有规模上去了，出栏品质保证了，牌子擦亮了，影响打出来了，你在市场上才有话语权。"

人无远虑，必有近忧。每每想到这些，南策炳就有一种抽烟的冲动，于是就会下意识地伸手摸烟，没摸着，这才想起自己已经戒烟了，可是，讲起这些事他总是禁不住激动，激动的时候就想点根烟，狠狠地吸一口。这个"种草养畜示范村"，还得培育一个真正意义上的牛羊交易市场，还得规划建设肉类深加工产业链，以规模带影响，彻底解决销售问题，只有这样，才能保证瓦伍村及周边养殖产业可持续发展，这也是乡村振兴中发展产业的希望之光。而时间不等人，在金阳扶贫一线战斗了两年多，按组织规定，还有几个月他就要撤回佛山，可是，不把这些东西搞起来，他总感觉心里像悬着一块石头似的，真的是放心不下。

"老乡们只是看到现在有人上门收购，以为只要养大了就行了。他们不会想得太长远。未来呢？要是哪天市场竞争激烈了，卖不起价了，甚至卖不出去了，怎么办？"南策炳偏头问他的扶贫战友加得力助手梁敬远，"有烟没？"

梁敬远也是佛山派到金阳县的扶贫干部，挂职任县委办副主任，这两年跟着南策炳，跑遍了全县大大小小的穷山沟，他理解这位挨得苦、想干事、能干事的"顶头上司"。他摸出一包烟，抽出一根，笑问："搞一根？"

南策炳像下了很大决心似的，伸手接过烟，豪气地说："搞一根！"然后又自嘲，补充说："一想到这些我就想抽烟……"

南策炳点燃香烟，深吸一口，然后，在袅袅升起的烟雾中抬眼望向远方。远方是连绵起伏的莽莽大山，他知道，在这莽莽大山之中，有数千名扶贫干部和数百万大凉山人，正在为脱贫攻坚这场世纪之战夜以继日，全力以赴……

谁的手机铃声突然响了起来，是一首熟悉的老歌：

"战友啊战友，亲爱的弟兄，当心夜半北风寒，一路多保重……"

10

亲历瓦伍村巨大的变化，作为村里的老书记，马海克惹内心的高兴是掩饰不住的。这天中午，他特别叫吉打尔者杀了只鸡，就在村部背后，用几块空心砖砌了一个灶，往上面搁一只大锑锅，生火烧水，烫鸡拔毛。

他说："周作家，你那么远从佛山来我们瓦伍村，一定要请你吃我们彝族的坨坨肉。"又怕我吃不惯，还专门和正在村里做泥水工程的老艾两口子商量，特别给我做了一个青菜汤。

高寒山区的天气就像小孩儿的脸，说变就变，刚才还以为它一会儿就要转晴呢，没想到雨点子突然又变得大起来，滴滴答答地打在锅盖上，而一大锅的坨坨肉煨洋芋，热气腾腾的，把鸡肉的香味，升腾得到处都是。

饭熟了，坨坨肉也端上桌子了，我和马海克惹、吉打尔者等几个人挤在狭小杂乱的厨房里共进午餐。马海克惹不停地叫我："干啊，干坨坨肉。"一边说，一边还不停地给我夹。其间他喝了两杯散装白酒，把自己整得有点微醺。带着酒气的他，不停地对我说："周作家，你在我这儿多住几天，你放心，现在生活好了，不会饿着你的，你放心，一百个放心，一千个放心！"

……

雨淅淅沥沥下了半天，午后，有一点太阳光从厚厚的云层中透出亮来。我爬上瓦伍村委会驻地后坡，看一帘浅灰又白的雾气朝着山腰飘去，而对面云绕雾遮的山峰，在阳光下露出了隐约的身影。山区的天就是这么神奇，那孩儿脸真的是变幻莫测。趁雨停这一刻，工程队的老艾抓紧机会为昨天打的水泥坝收浆，把雨水在混凝土地面打出来的麻子点补浆抹平。老艾两口子是金阳芦稿镇人，原本在西昌开米粉店，因为突发的新冠肺炎疫情，不得已把店关了，回到乡下包小工程干。他告诉我说，现在国家搞精准扶贫，乡村基建这一块机会蛮多，只要勤快肯干，赚个饭钱不是问题（关于老艾两口子的脱贫故事，我已在另一篇文章中详述）。

下午5点多，一个叫马海赤日的小伙子从村里出来，问我想不想去看看牛羊回圈。因为省道S208线就在村口，而今的瓦伍村交通非常方便。马海赤日站在村口对我说，每天傍晚，牛一般都沿公路从山上下来，而旁边的山坡小路，羊走得比较多。这条小路以村口为界，可以把羊赶下溪沟边吃草，也可以把羊放到山上去，山坡上的草也长得很好。

我在村口站了约莫20分钟，不时就会看到牛群和羊群从沟里、从山上、从省道边漫步回来。马海赤日说，在瓦伍村，只要勤快肯干，靠养牛养羊，一年下来收入几万元是没有问题的。他家就养了50只羊，3000元一只，如果都卖掉，一年毛收入就有15万元。

"这个收入比打工强多了。"马海赤日说。他曾经去广东深圳、东莞、佛山等地打过工，但因为学历不高，又没有什么技能，找的工作工资都不高。听说村里搞起了种草养畜项目，他心动了，想来想去，最后选择回家养羊。

"打工太辛苦，按时上下班不自由不说，动不动还扣钱，到最后也剩不了多少，现在村里条件这么好，想想，不如回家养羊。"他说，虽然在农村生活会单调、无聊一点，但现在有手机，上面什么好玩的都有，所以也不觉得有什么。而城里边虽然花花绿绿的，什么都有，但是如果没有钱，那些繁华热闹跟你一点关系都没有。总之，就像老话讲的那样，千好万好，还是不如家里好。

或许是为了证明他的选择是明智的，马海赤日还特地带我去参观村里正在建设的羊圈和牛圈。他说，牛羊圈由国家统一建设，村里的养殖户，都分了羊圈和牛圈，每天早上八九点，开门把牛羊放出来，晚上五六点，再把牛羊赶进圈就 OK 了。牛羊满山坡，吃草又不花钱，总之，轻轻松松就把钱赚了。

马海赤日的情况，就像在瓦伍村采访的《科技日报》记者林莉君感慨的那样："村民在政府的帮扶下，养牛养羊走上致富路。一些在外务工的村民了解到当地的好政策后，回到村里，既能顾家又能赚比外出务工更多的钱。"

也许这就是中国广大乡村的希望所在。乡村振兴需要更多出门读过书，打过工，见过世面而又热爱农业、懂技术、懂经营的人才返乡创业，回流乡村。在大凉山扶贫一线采访，我发现每一个村庄都有农民夜校，这些农民夜校的意义，远不止于培训种养技术，在我看来，农民夜校更大的意义，是它培养了新时代的农民，而这些新农民将传承生态农业理念和生态种植技术，并且在城镇化进程中寻找平衡点，重建人与土地的传统连接，让"两山"（绿水青山就是金山银山）理论中的农民，成为令人骄傲、向往的职业。

对种草养畜这个"金点子",马海克惹赞不绝口,把以前种洋芋、苦荞、燕麦的土地全都用来种草,不仅保证了牛羊每天吃得肚大腰圆,还可以割回来晾干,存在老房子里备用。总之,瓦伍村的草料,足够给牛羊们过好一个富足的冬天。

"现在我们村养了差不多 800 头牛、1500 只羊,要是全卖成钱,该有多少钱?"马海克惹问我。

我心算了一下,说:"差不多,有 1500 万元吧。"

马海克惹高兴地说:"这个是以前种粮食的几倍,甚至是十几倍!"

11

中国村落的乡土文化有个特点,就是"生态,生产,生活——三生合一"。什么样的环境,就会决定什么样的生产方式,从而形成独特的生活方式。山水田林湖草,决定了村落的布局,对这些生态资源进行综合规划,系统开发,可以保障村民的生活。以生态促生产,以生产保生活——这,就是乡土文化的内涵。

瓦伍村是一个彝族聚居村,和所有的高寒山区一样,光靠种洋芋、苦荞,村民肯定是生活得不好的。祖先当年选择高山落脚,有其特殊的历史背景。当时光流淌到了今天,社会环境、自然环境和人文环境都在改变,猫在山上种地,已不再是唯一选择,于是,为了生存,或者说为了生活得好一点,很多有力气的年轻人,要么外出打工,要么带着老婆娃儿举家外迁,慢慢地,很多以前的耕地没人种了,时间一长,就造成了土地大量丢荒,而杂草漫山遍野。

能不能把这些丢荒的土地用起来,重现乡村"三生合一"的景象呢?经过实地调研,广东(佛山)对口凉山扶贫协作工作组驻金阳县工作小组，认准了这个见效快、效益好的循环产业——种草养畜项目。既然认准了，那就撸起袖子干吧！遵循好钢用在刀刃上的一贯原则，佛山扶贫资金先后投入 300 万元，为种草养畜项目配套建设引水灌溉设施，带动村民规模化、标准化养殖牛羊。

于是，在大凉山深处的瓦伍村，便有了风儿轻、草儿绿、牛儿壮、羊儿肥的田园牧歌式现代乡村图景。

现在，让我们把镜头对准瓦伍村，看看村民们的日常生活吧。

每天早晨 8~9 点这个时间段，村里的养殖户就会陆陆续续打开圈门，放牛、羊上山。于是，在松林间、云雾里、溪水旁、星星点点的牛羊"长"满山坡，悠闲散步的，低头吃草的，抬头远眺的……不时还能听见母牛唤儿，看见小羊羔找妈。总之，此情此景，如果不是亲身经历，你根本就想象不出来。而如此美好动人的场景，是瓦伍村每天都要"现场直播"的固定节目。是的，每天，村民们都会按时打开圈舍，把渴望自由、向往绿水青山的牛羊放出来，把它们赶到村里的天然草场去吃草长膘。为了发展特色产业脱贫致富，村里不单统一建好了牛羊圈，还在村庄侧边的山坡上，开辟了大片人工草场。那片坡地有点高，海拔直达 3000 米，平时人爬上去连气都喘不匀，如果是以前，每当过了雨季，土地干渴得连草都长不出来，但自从佛山扶贫资金搞起了引水灌溉设施，草们有了水的浇灌和滋润，一年四季都在茁壮生长。

在村民马海拉博的记忆中，没搞种草养畜项目前，他们一家老小的生活，除了种地糊口，真的想不出还能有啥好办法，那日子过得，现在想起来都觉得嘴巴里尽是苦涩。而现在，他们家牛都养了十多头，还是山外引进来的西门塔尔牛，那骨架子，大气结实，天生就适合长膘。

"我们家五口人，以前就围着几亩山地转。每天吃完早饭就上山干活，直到天黑了才回家。中午都没得饭吃。就算这样，一年忙到头，一年累到头，还是赚不了几个钱。"马海拉博说。现在，他已经是村里有名的养牛高手了，每天早上把牛放出去，之后他就会抽出空来打扫牛圈。扶贫干部说了，不只是人要讲卫生，牛也要讲卫生，保持牛圈的干爽与清洁，对牛有好处，牛也长得快。因为牛和人一样，心情好，就少生病，没病没痛的，那胃口还能不好吗。胃口好，吃嘛嘛香，想不长肉都难啊！

对扶贫干部说的话，马海拉博无条件相信。这些外地人，不沾亲不带故，千里迢迢，隔山隔水地跑来瓦伍村，给贫困户建新房子，还搞这个养殖产业园，忙得连回家看老婆都没时间，他们图个啥？不就是希望村民的日子好起来嘛。虽说他们讲的那些政策、那些道理，有时候也让人搞不明白，但是，就冲他们干的这些事，就冲这些年来村里发生的巨大变化，相信他们就是了。所以，马海拉博每天都把牛圈打扫得干干净净的，打扫完后，要是有时间，他还会爬到对面山上去割草。虽然太阳火辣辣的，但丝毫不影响他的干劲，在他看来，他手里抓着这一把一把的草，其实不是草，而是实实在在的钞票，因为这些草晾干后存起来，就是牛们过冬的干粮。牛吃了干粮长肉，肉长得多卖的钱就多，这个道理他懂。所以，不管太阳多大，晒得多痛，他都不在乎，对比从前，这点苦累根本就不算事儿。一想到自家养的那十多头"外国牛"，他就觉得浑身充满干劲。

"自从佛山帮村里搞定了缺水这个大难题，草长得好了，牛养得壮了。以前每年收入只有几千元，现在我们家一年收入七八万元，翻了好几倍。"马海拉博说，不仅如此，他还在农民夜校里跟专家学会了科学养殖技术，感觉养牛比种地轻松得多，虽说家里养了十多头牛，其实也不费多大劲，平时只需老婆一个人就能搞定。而抽出空来的他，还可以在附近打打工，干一天，能赚 150 元呢。

马海克惹说，佛山援建的灌溉设施可以让草场一年种两季草，而有了充足的草料作为后勤保障，农户就可以继续扩大养殖规模。目前瓦伍村已建成了 37 座大圈舍。其中有户村民，一口气养了 130 只羊，首批出栏 50 只，就卖了十多万元。

"种草养畜"发展特色产业，让瓦伍村人的日子芝麻开花节节高。

2018 年，瓦伍村人均年收入 4000 多元。

2019 年，瓦伍村人均年收入增长到 6000 多元。

2020 年，瓦伍村人均年收入能冲上万元大关吗？

马海克惹笑呵呵地说："周作家你算，你帮我算！"

12

在瓦伍村，还有一个人，值得浓墨重彩地书写，他的名字，叫吉克木日。

吉克木日之所以传奇，因为他从前是一个贫困户，在扶贫政策的支持下，他不仅脱了贫，还蜕变成了养殖大户。而他更喜欢把自己定位为"创业者"，原因是他曾经为了生活外出打工，后来返乡创业搞养殖，得到村上养殖扶贫基金的支持，在牛羊身上做出了一篇脱贫奔小康的大文章。

"今年（指 2020 年）我已经卖了 4 头黄牛、14 只羊、挣了八万块。"吉克木日说。这个从前连洋芋都吃不饱的贫困户，现在呢，都抽得起中华烟了。他一边说，一边摸出一盒中华烟，弹出一根递给我，我婉谢之后，他把烟叼在嘴里，顺手哧的一声摁开打火机，熟练地点燃。

在淡淡的烟雾升腾中，吉克木日打开了话匣子。

2017年前，和周边村落一样，瓦伍村村民主要靠种植洋芋、苦荞、燕麦等讨生活，当然，也会有人养牛、羊、猪，养鸡、养鹅，但都不成气候。特别是高山上的人家，那日子，真的过得不是一般的艰难。全村总共才176户、749人，建档立卡贫困户就有81户、406人，占了一半。而吉克木日，便是贫困户之一。

吉克木日家住瓦伍村体空尔资组，这个村小组分布在山顶上，土地瘠薄，干旱缺水，辛苦一年下来的收成只够糊口，根本没有多余的可卖。以前，他也想多养些牛羊来改变现状，但自然环境和经济条件，都不是凭他一个人的力量能改变的，就算使出吃奶的力气，最多的时候也就养过两头牛、一匹马和几只羊。而无法多养的原因太复杂，比如说没有本钱，比如说草料不够吃，再加上不懂养殖技术，牛羊生病了也不知道该怎么办……真的是不敢养多。当然，还有一大原因，就是即便你辛辛苦苦把牛羊养肥了，上哪儿卖去？能卖啥价？又卖给谁？从交通运输到市场信息，都是大问题。可以说，大多数村民都跟他一样，养了牛羊除了就近消化，根本就不知道往哪里销售。所以，苦干一年下来，那些养肥的牛羊，多半都杀来招待亲戚朋友了，真正能换钱的少之又少。而在农村，除了种地和养殖，还能有啥收入来源呢？

但是，吉克木日不甘心这样一直穷下去，他要想办法，把穷帽子甩掉，让穷日子慢慢好起来。2015年，他走出大山，去广州打工。几天几夜的长途汽车，头都颠昏了，屁股都坐痛了，累得他真有点后悔这趟旅程。但是，到广州没几天，他就喜欢上广州了，国际大都市就是不一样，与瓦伍村相比，那真是机会多多，记得当时在一家电力公司做架线小工，干一个月就有 3500 元，顶他在家干半年了。

头一个月收工资，吉克木日抓着一把钱，指头蘸着口水一口气数了好几遍，一个月就能挣这么多钱啊，这钱也太好赚了！那个时候，政府还没有宣传"一人打工，全家脱贫"，但是，数着红彤彤的百元大钞，他已经真切地体会到了打工脱贫的无比快乐。是的，数钱的快乐真的是无法形容，如果在家种燕麦、苦荞，一年到头加起来也就万把斤，就算不吃不喝全部卖掉，充其量 1 万多元。而打工，才干一个月，就有几千元！他对在外打工的收益非常满意。要是照这么干下去，要不了多少年，岂不就发家致富了？就算这样想一想，他都觉得浑身充满干劲。

然而，才干了 6 个月，他就不得不打道回府，原因很简单，家里边上有老下有小，作为家里的顶梁柱，他没办法老是漂在外边。可是，他真的是很喜欢广州啊，广州不只是生活好，钱也好挣，只要勤快肯干，一个月赚个几千块钱真的不难，但是，如果回到瓦伍村，别说一个月赚几千，一年赚几千都得看老天的脸色。总之，在瓦伍村赚钱，那不是一般的难。

本来，他是有两个哥哥的，但都分家出去了。父母跟着他过，还有老婆娃儿，这一大家子人，都离不开他，所以，他只能从广州回到瓦伍村。还好，打工这半年，他足足存了 1 万多元，也就是说，他跑这一趟广州，等于一个家庭种一年地。太有成就感了！

吉克木日回来的第一件事，就是到处打听母牛的价格，他想好了，手头这 1 万多元，不能乱花，得想办法让钱生钱。而买母牛的目的，就是希望它不断地给家里生小牛，如此这般，本钱就滚动循环起来了。毕竟他是去过广州的人，是见过世面的人，很多观念都跟以前不一样了，对生活，对未来，他都有了主动的谋划和盘算了。

通过多方打听和比较，最后，他花 9500 元买了一头母牛。9500元哪，厚厚的一沓，红彤彤的钞票，一张一张地数出去，真的是数得手都在颤抖。但是，舍不得孩子套不着狼，在他看来，这沓钞票换回来的不是一头母牛，而是一个"银行"，属于他们家的私家银行。

母牛买回来了，接下来就是精心喂养，让它一年下一头小牛，然后再把小牛养大……到现在，吉克木日已经卖出去三头了，当年买母牛的本钱早就赚回来了。但母牛还养着，他要让它再接再厉，继续给自己家生小牛。

2018 年，国家开始给瓦伍村修公路、建新房，吉克木日一家也从山上搬下来，搬进了公路边的集中安置点。也就是这年年底，靠着两头牛、八只羊和平时务农、打零工的收入，他摘掉了贫困户帽子，成功脱贫。

终于不再是贫困户了！可是，一大家子人，凭这点收入，顶多也就够个温饱，还有啥办法能多赚点钱呢？

松了一口气的吉克木日，蹲在空荡荡的新房子一角，陷入了沉思。

转机出现在 2019 年。这一年，瓦伍村开始打造高山生态种草养畜项目。为了扶持这个因地制宜的特色产业，帮助村民们实现"产业在山上，居住在山下，发展在四方"的目标，金阳县筹集产业扶贫资金 650万元，种植"千亩人工草场"，建设标准化养殖畜圈，采取"放牧 + 补饲"方式科学化开展牛羊养殖。

听说村里投了几百万元搞种草养畜项目，吉克木日的第一反应，就是这里边会不会有机会？以前交通不便，草料不足，想多养点牛羊，都没那个胆量，现在呢，省道 S208 线就在村口，亮堂堂的柏油马路，西昌向左，金阳向右，牛羊养大后，卖去哪儿都成，方便得很。

　　要是能多养些牛羊就好了，新闻里经常介绍养殖大户、致富带头人啥的，那些励志故事和人物，让吉克木日向往得不行。可是，本钱就这么点，能养多少呢？想来想去，头都想痛了，从心里发出来的，还是一声叹息。

　　但是，政府投入几百万元扶贫资金种草，总不会往山沟里白扔吧？种那么多草，要是没牛羊吃，长得再好又有什么用。按理说，这个项目应该就是为村民养畜脱贫才搞的，所以，得去问一下，能不能借点本钱，买多几头牛、几只羊？

　　这一问，真让他问着了，这650万元的产业扶贫资金，其中就有300万元"牛羊本"。为了鼓励村民积极养殖牛羊，不管是谁，凡是买一头牛，这个养殖基金就先给垫付一半的本钱，不只是垫付，还免息。垫付的本钱嘛，等卖了牛再还。

　　听到这个消息，吉克木日心里的梦想就像弹簧一样，啪的一声蹦起老高。他敏感地意识到：机会来了！

　　吉克木日很快在心里算了一笔账：买一头小黄牛大概3000元，如果养殖基金垫付1500元，那自己出1500元就OK了。也就是说，相当于自己花1500元就买到一头小黄牛了。而且，牛圈都是村上建好了的，只要自己用心喂养，精心管理，养10个月就出栏了。出栏的黄牛，一头至少能卖9000元，扣除自己出的1500元本钱，再还养殖基金1500元，净赚到手6000元。这样一来，养1头牛，相当于每个月都有600元工资。哎呀，想想都有点小激动呀，要是养10头牛呢？要是养更多呢？那就太划算了！

　　吉克木日只读过初中，他不大相信自己的心算能力，他满屋子找计算工具，最后，在孩子的书包里找到一支笔，本来想再找个作业本，想想，那是孩子写作业用的，弄脏了老师要骂人。干脆写手上吧，便伸出手，摊开手掌，打算在手板上用笔算一次，无意间碰到腿上硬硬的什么东西，那是放在裤包的香烟，于是顺手摸出香烟，抽出一根点燃，深深地吸了一口，平静一下心绪后，把剩下的几根烟倒出来，撕开空烟盒，摊在膝盖上抚平，然后一笔一画地算。

接连算了好几遍，我的天，真的是，养一头牛，往少里算，一个月600元工资，养10头，一个月就是6000元！

吉克木日兴奋得真想骂粗口。他决定了：一个字，干！

吉克木日真的兴奋了，他翻箱倒柜，找出家里的存折，所有的积蓄加起来，一共3万元，少是少了点，但是别灰心，还有养殖基金呢，加上这个，那就直接翻倍——6万元。这么一大笔钱，可以买20头小黄牛啦！

按住胸口，先平静一下心情。不管再怎么兴奋，他也知道鸡蛋不能放在一个篮子里，为了让计划更可行，他专门为这个事跑去找畜牧专家请教，最后，他决定把这笔钱拿来分散投资——于是，2019年，他养了6头黄牛、4头西门塔尔牛和80只羊。"养殖大户"的梦想，像极了夜空中的月亮，在他心里升起来了。多么令人沉醉的大地月光啊！

"以前哪敢想自己家养这么多牛这么多羊啊！山坡上的草，杂七杂八不说，一年还只能割一次。现在好了，佛山拿钱帮我们把水搞定了，草长好了，一年可以割两次。草够吃了，就不怕养多几头了。"吉克木日说，"有句话是咋个说的？打仗，要先准备粮草……"

"兵马未动，粮草先行。"我接口说。

吉克木日伸出大拇指说："对，就是这个意思。"

有了产业扶贫政策，有了茁壮生长的青草，有了牛圈和羊圈，有了牛和羊……一切都是如此美好，可是，不够，远远不够。村民散养牛羊，还有一个"死穴"，那就是缺技术。特别是牛羊养殖过程中的疫病防治技术，这个可不能粗心大意，搞得不好，有可能全盘皆输。所以，村里办的农民夜校，吉克木日必须要参加，县上的畜牧专家，隔一段时间，就会来瓦伍村，组织村民培训养殖技术和牛羊防病技术等。每一次，吉克木日都学得极认真，事关赚钱大事，开不得玩笑。技术在手，心里就更有底了。至于上山放牛放羊，对习惯了大山生活的他来说，还真不算啥事。虽说自己家已经搬到山下集中安置点了，但山上建有牛圈和羊圈，放牛牧羊这事，只需老父亲一个人就够了。每天，他只是在早上和傍晚跑去帮帮手，等牛羊回圈之后，老父亲就"下班"了。

"政府种好草之后，我得空时，就去割草，割回来放着，牛和羊晚上回圈后，有时要补饲料，俗话说马无夜草不肥嘛，牛儿羊儿也是一样的，到晚上要给它们吃宵夜。"吉克木日说，因为以前是贫困户，所以从高山上搬下来，现在一家人住在集中安置点，80 多平方米的新房子，只花了 1 万元，而且就在省道 S208 线公路边，进出非常方便。不过，要是遇到天气不好，晚上爬上山去给牛羊补夜草，还是挺费神的，但是，一想到牛羊长肉就等于长钞票，他就感到身上有使不完的劲。

2019 年，吉克木日靠养殖赚了 5 万多元，到 2020 年 9 月我采访他的时候，单牛羊出栏他就赚了 8 万元。

从当初的 3 万元本钱起步，在养殖基金的助力下，才一年多就赚了 13 万元。短短几年时间，吉克木日经历了从一个"贫困户"到"脱贫户"再到"养殖大户"的奔小康过程。对党和国家的精准扶贫政策，对村上的种草养畜项目，对贴心的垫资买牛养殖基金，吉克木日赞不绝口。

现在，他有一个强烈的愿望，就是再加把劲，多养牛羊，成为瓦伍村的致富带头人。为实现这个梦想，他连学习的榜样都找好了——在瓦伍村另一个组，有一户才 3 口人，就养了 150 只羊，他要向这样的榜样学习，创造条件，继续扩大养殖规模，做一个脱贫致富的好榜样。

13

真的是没有做不到，只有想不到。如果我不到瓦伍村深入生活，怎么想得到一个村庄会突然决定不种粮食，改种草了？我又怎么想得到，如果村民想多养几头牛而本钱不够，政府 300 万元扶贫基金直接堆在哪儿：不够本？好，一人一半，先给你垫上，谁养殖就扶持谁，不要利息，循环使用，永不落空。

不算利息，不要回报，却不等于甩手掌柜。因为给你垫了钱，担着资金的风险，所以还得方方面面地操心，得聘请养殖专家，教村民科学养牛，防疫治病；得跟踪每只牛羊的生长情况，确保它们茁壮成长，顺利出栏，销售赚钱。

这就是"中国式扶贫"，人类历史上从未有过的壮举！

14

每次讲起瓦伍村的巨大变化，支部书记马海克惹——这个曾经的战斗英雄总是抑制不住内心的感慨，他告诉我，通过保姆式的贴心帮扶，瓦伍村人脱贫奔小康的积极性像雨季的青草一样，长得特别快，现在已经有 71 户农户搞起了养殖，成了创业达人。

为了帮扶更多村民走上致富之路，这两年，瓦伍村不仅新建 17 栋 37 户标准化畜圈，还帮 34 户村民维修了旧畜圈。人工种植燕麦草、黑麦草和皇竹草等达 5800 亩，是实打实的"千亩人工草场"，2020 年全村存栏牛近 800 头、羊 1500 只，经济价值超过千万元。

扶贫春风已经吹绿了瓦伍村的山野，此时不干，更待何时！所以，马海克惹决定组织更多村民加入到种草养畜的队伍中来，每户种植 10 亩以上的草场、养殖 10 头以上的牛或 40 只以上的羊。

清晨的瓦伍村，云雾缭绕。山风吹过，林涛阵阵。站在村委会门口，眺望对面山坡上自由自在的牛羊，想想这两年来瓦伍村翻天覆地的巨大变化，马海克惹心潮起伏，久久难平，他突然想找人喝一杯，说说心中这无尽的感慨。

……

而这个时候，吉克木日准时来到瓦伍村体空尔资组标准化养殖羊圈前，打开圈门，他将随手摘来的两片树叶含在嘴里，鼓起腮帮子一吹，立即就发出了清脆的"吱吱……"声，那是他通知羊们上山吃草的口哨，我听不懂，但畜圈里的羊听得懂，它们听到口哨后，就像虎归山林一般，呼的一下弹出圈门，欢叫着，朝着近在眼前的高山生态草原，飞奔而去……

尾 声

老话说，靠山吃山，靠水吃水。在广袤的中华大地上，所有的村落布局，都是由山和水决定的。近山，就结合山系，依山而聚；近水，就借助水系，临水而居。聪明的古人在选择聚居地的时候，从来都是遵循天人合一的自然理念，根据山水体系和"三生合一"理念来决定族人聚居地。而瓦伍村，这个中国版图上的小小村庄，它在八百里大凉山中引水种草养畜，用实际行动诠释"生态—生产—生活"的关系，诠释华夏数千年乡土文化的内涵。

……

告别瓦伍村的时候，我又想起了那首流传千古的民歌《敕勒歌》，突然觉得有些手痒，于是东施效颦，信手涂鸦一首《大凉山扶贫歌》："蜀道难，大凉山。精准扶贫，潮动金阳，芳草绿，碧连天，赶着牛羊奔小康。"

微信扫码

借鉴精准扶贫经验，
解读脱贫攻坚精神。

波洛山上的"彝绣工坊"

1

2020 年 11 月 7 日，凉山州金阳县热柯觉乡丙乙底村，发生了一件破天荒的大事：一个名叫惠昳萍的成都姑娘，隔山隔水，不远千里跑来这个小山村，开了一家公司——金阳县"彝绣工坊"纺织有限责任公司。丙乙底村第一书记甘路，习惯性地管这个公司叫"彝绣工坊"，为了这个工坊，驻村扶贫工作队可真没少操心。

之前的 9 月初，我在丙乙底村采访的时候，惠昳萍的团队刚好从成都运机器过来安装调试，甘路直接把我带进这个从大城市跑进深山老林来创业的团队，介绍我认识了曾胜和惠昳萍（人称萍妹）。

曾胜是成都可沐科技发展有限公司负责人，也是惠昳萍的母亲，之所以从成都跑到丙乙底来，主要是给女儿萍妹站台。说得再明白点，就是扶上马，送一程。萍妹生在成都，长在成都，又去北京读大学，从来就没离开过大城市，也从来就不知道山区是啥样子，连学的也是城市才用得着的珠宝设计，这样的娇娇女，直接把她放到老山沟里独当一面，作为母亲，她还真有点不放心。

但是，这个从小到大一直在温室里晃悠的姑娘，在她从前的世界里，压根就不知道什么是贫穷，什么是艰难。曾胜觉得，女儿的成长不能没有风霜雪雨的历练，是时候让她走出温室，直面现实冷暖和人间磨难了。

促使曾胜作出这个决定的人，是一名四川省经合局派往凉山的扶贫干部，他的名字叫魏世民。现在，我们让这个金阳县热柯觉乡综合帮扶队队长正式登场。

2

魏世民在热柯觉乡挂职任副书记，为了搞产业扶贫，这几个月他真的是头都想痛了。驻村帮扶，最大的难题不是驻村，而是帮扶。帮什么，扶什么？怎么帮，又怎么扶？可以说，这些东西已经占据了他的全部心思。不是说他天生就对这些东西感兴趣，而是，职责所在。单位派他来就是搞扶贫的，老乡们还眼巴巴地盼着脱贫奔小康过好日子呢，他不想办法搞点名堂出来，还真有点难为情。

可是，面前这连绵起伏的穷山包，一山更比一山高，能有啥招儿破解产业扶贫发展难题呢？山高路远的丙乙底，到底发展什么产业才对路，又该如何争取社会资金、项目和技术支持？琢磨这些啰唆事情，差不多就是他每天的必修课，有时候真觉得脑瓜子都想痛了。左想右想，前想后想，最后，他盯住了当地最常见的东西——苦荞。苦荞这个东西，种的时候辛苦，卖的时候却喊不起价钱，一亩苦荞也就卖 1000 多元，村民忙碌一年，投入与产出根本没法成正比。那么，能不能用这个苦荞做文章呢？比方说深加工做成苦荞茶行不行？反正中国人爱喝茶，如果把这个东西开发出来，再与 10 万亩索玛花结合起来，整成一个乡土旅游品牌，也不是不可能。这个想法把魏世民搞得有些兴奋，他经常是一见人就忍不住要说他的宏大计划，不只是在朋友圈里说，也不只是在金阳说，每每回成都，更是四处串门到处说。结果，2020年4月，通过朋友的朋友，他把这事"说"进了曾胜的耳朵。

其时，魏世民正在谋划打造"波洛云"系列苦荞产品，他想利用热柯觉苦荞加工厂的苦荞壳，做一批枕头，名字都想好了，叫"波洛云"，这名听起来有些许诗情画意，但是，随便弄一个布袋，装一袋苦荞壳就是"波洛云"了吗？这年头消费者的眼睛雪亮，谁都别想蒙他们。所以魏世民想找人往枕头上绣花，做成绣花枕头。对，你没听错，就是绣花枕头。魏世民想做绣花枕头，然后再卖绣花枕头。

在老辈人口中，"绣花枕头"——从来都是"中看不中用"的，但是，魏世民要用行动为绣花枕头正名，他要把"波洛云"做成绣花枕头，然后，再卖个好价钱，开创"旅游+农产品深加工+文创"模式，为丙乙底村集体经济和村民创收。

回到成都的魏世民遍访新朋老友，见人就打听一件事：哪儿有绣花的？我想做一批绣花枕头。

3

真是应了那句老话——无巧不成书。巧了，这些年，曾胜的公司一直在做健康养生，其中就有各种药枕。于是，魏世民在朋友的介绍下，曲里拐弯地找上门来。

"听说他是搞扶贫的，要做一批枕头，我还以为他要找我们公司赞助，心想可以嘛，我就帮你做几万块钱的枕头嘛。反正公司有这个产品，做起来轻车熟路。"曾胜说，谁知道见面聊开了才搞明白，魏世民远不是搞点赞助这种小格局，他的心大着呢。原来，他要搞一个文创品牌，不是为了写汇报材料好看，而是真想把这个品牌做起来。他的梦想是——等他扶贫期满回了成都，这个品牌也能为当地经济持续给力。

"曾总你一定要抽空到丙乙底看一下哈，我不骗你，满山遍野都是索玛花，10万亩索玛花！还有那个云，那不是天上的云，那些云都挂在山腰上，哎呀，漂亮得不得了！我保证，你在成都一辈子都见不到。"魏世民如此卖力游说曾胜到丙乙底，当然不只是请她来游山玩水，他心里想的是把她的资金和资源引进来。

面对魏世民的热情邀约，曾胜有点蒙，她只知道西昌，从没听说过金阳。远天远地的，我跑去金阳干啥子？转念又想，反正因为疫情在家关了几个月，那就过去看看呗，就当旅游了。

2020年4月底，曾胜呼朋唤友，开着车旅游来了。没想到，这一来，就跟丙乙底村结了缘，搞了半天，魏世民的心愿，是让她来接手承建计划中的"彝绣工坊"。

曾胜在成都有自己的公司，她哪有闲工夫跑到大凉山来搞这么个小作坊，但是，她突然想到了女儿萍妹，何不借此机会，把这朵温室里的小花移植到穷山沟去？好让她独自面对人世间的风吹雨打，收获不一样的人生经历。特别是走进村民家中，看到那些在成都根本就想象不出的穷，她又产生了一个大胆的想法——希望女儿能通过进村创业，带领村民走出大山。

"妈，以前听人讲走出大山，真的不知是咋回事，这次到山区才有了亲身感受，原来真的有这么偏远，这么穷的地方啊！"惠昳萍说，"这地方真的是太穷了！"

女儿萍妹这话让曾胜浮想联翩，女儿学的是珠宝设计，都已跻身成都宽窄巷的高档卖场了，相信她的审美和水平，在彝绣文创产品开发上能派上大用场，要是靠她的能力，带一帮人（的思想、观念、见识）走出大山，这将是她一生的财富！这种机会，还真不是每个人都能碰得到的。

这么一想，曾胜很快就决定了，利用成都公司的客户资源和渠道，先把平台搭起来，再让女儿萍妹来领头干这事。

"金阳，一个来了就走不脱的地方。"讲起这趟莫名其妙的旅游，曾胜至今都觉得很好笑，虽说"纯属意外"，但却收获满满。

4

对交通不便的贫困山区，人们习惯称之为老山沟、穷山沟。其实，大凉山11个深度贫困县，大多数穷地方都不是在山沟沟里，而是在高耸入云的山上。丙乙底村就是一个典型，村子蹲在终年云雾缭绕的波洛山上，平均海拔3200米，离金阳县城都有35公里远，如果不是"10万亩索玛花"吸引人，这种高寒山顶，怕是鸟拉屎都不会上这儿来。

但是，远在成都的曾胜来了，惠昳萍也来了，她们可不是来走马观花，旅个游照个相的，她们是带着团队，带着情怀来的。她们把金阳县"彝绣工坊"纺织有限责任公司开到了村里。

刚来的时候，还没深入贫困人家，不知道山区的穷是真穷。看到坡上一片整齐划一的新房子，第一感觉还蛮惊喜，哎呀，想不到这老山沟里还有这么漂亮的地方。先不说自然风光，单看那些农民住的房子，简直就是成都有钱人住的别墅啊，几百万都不一定买得到。

农民都住别墅了，还是贫困山区？大家都表示不相信，叽叽喳喳地议论说："如果这是贫困，那让我来贫困好了，让我住在别墅里贫困一辈子。"

一边惊叹一边跑进村口牌坊，见街口坡上竖着两块巨石，左边石头上刻着"索玛风情一条街"，右边石头上刻着"佛山新村"，初时不明白什么意思，张口一问，哦，原来是广东（佛山）对口凉山扶贫援建的，抬头眺望，天哪，这么一大片别墅，得花多少钱哪！

前来迎接的甘路说："如果我告诉你，每户最多只花 1 万元，就得这么一栋小别墅，你信吗？"

"1 万元？你是说住一个晚上吗？"

没有人相信甘路，都以为他在说笑。

甘路说："只要是贫困户，按家庭人口算，一个人 2500 元，1 万元封顶。"

"啥意思？"见甘路一脸认真，大伙都愣了，随之而起的是强烈的好奇心，"你能不能说明白点？"

"打个比方说，你是贫困户，你们家有 6 口人，按一人 2500 块算，那就是 15000 元对不对？"

"对啊，你你、你接着说。"

"但是，1 万元封顶，就算你家有 7 口人、8 口人、9 口人，也是 1 万元。"甘路故意变了嗓音，"你，明白？"

"不会吧？这不等于白送嘛！"

"天底下怎么会有这等好事？"

甘路笑着说："天底下的中国，就有这样的好事。"他跑前几步站在坡上，转身面对大伙，左手往身后一挥，大声说："各位成都来的老板请看，您眼前崭新的小别墅，每栋绝不超过 1 万元！"

"天哪，这都是真的呀？那我也要当贫困户！"大家终于相信之后，一边大发感慨，一边叽叽喳喳地好一阵热议。

后来才知道，其实，除了房子漂亮外，很多村民的生活还是蛮困难的，虽说 2018 年就全村脱贫了，但如果没有产业支撑，返贫那是分分钟的事，这也是魏世民为啥要费这么大劲把她们请进来的重要原因。其实，魏世民介绍给她们的扶贫项目——"波洛云"彝绣专业合作社，也是佛山对口帮扶搞起来的。这个项目由佛山扶贫资金先期投入 25 万元，计划利用合作社名下的两套老房子，通过内部装修进行功能调整划分，然后采购现代化的缝纫刺绣加工设备和配套设施，组建"波洛云"彝绣专业合作社。最终目标，就是组织当地妇女学习彝绣技艺，把热柯觉乡产的黑苦荞壳加工成文创产品，卖到山外去，卖到全国各地去。

思路听起来很美，但是，这事由谁来具体落实呢？

问得好，魏世民为什么要把曾胜从成都请来丙乙底村？原因很简单嘛，就是想让她来接这个项目嘛。现在，曾胜来了，还把她的女儿萍妹也一并带来了。

5

通过扶贫工作组出资承建的项目公开招标，26 岁的成都姑娘惠映萍到丙乙底来了，陪她一起来的，还有现代化的缝纫刺绣加工设施。母亲曾胜已经和她商量好了，由她出任"彝绣工坊"法人代表，把她在大学里学的设计专业用起来，把这个扶贫事业干起来。

是的，"彝绣工坊"是扶贫事业，曾胜说，如果不是因为"扶贫"这两个字，她还真下不了这个决心。在她看来，能让女儿萍妹成长的平台，除了赚钱，还需要爱心和情怀，女儿就像一张白纸，初时画成什么样，对她的一生很重要，而"彝绣工坊"的扶贫性质，刚好与她对女儿的期待吻合。一想到今后"彝绣工坊"不断发展壮大，将为数以千计、万计的贫困家庭妇女提供就业岗位，让她们的生活现状得到改善，她就觉得这事值得干。

"如果只是为了赚钱，我在成都开个店不就完了，干吗费这么大劲跑到老山沟里来？"曾胜说，"原先的确是想让萍妹吃点苦，哪个想得到，这个山旮旯也太苦了，连饭都煮不熟，如果不用高压锅，怕是每顿都得吃夹生饭。真是遇到起喽！"说完这话，天性爽朗的她哈哈大笑。

"彝绣工坊"就在漂亮的"佛山新村"旁边，隔了一条小街，那是一处老式庭院，从里到外，无处不在的彝族特色，让人对民族风情体会更深。就是在这个房子里，学设计的惠映萍针对彝绣的特点，把彝绣技艺和本地特产黑苦荞壳结合起来，设计了旅行枕、手包等文创产品。那些带有彝绣技法、图腾元素的产品，非常招人喜欢。

为什么会想到搞"彝绣工坊"呢，驻村第一书记甘路说，和很多少数民族一样，彝族人有一个天生的特点，就是很爱美，一般家里有姑娘的，打小就会跟着母亲学刺绣。刺绣手艺好，说明心灵手巧，长大了嫁人，都容易找到好人家。所以，就算是一块手绢、一双绣袜，那都是千针万线，投入了感情的。一方面，彝绣在民间有很好的基础，另一方面呢，说白了，这就是个手工活，随时随地都可以做，居家灵活就业，又不耽误种养生产，总之它能最大限度地为农村妇女提供一个赚钱的机会，对脱贫攻坚有很大帮助。特别是刚起步的时候，可以通过以购代捐、消费扶贫这些方式，那效果，绝对是立竿见影。等今后市场打开了，贫困户靠勤劳的双手，坐在家里就增收了，这样的脱贫不只有尊严、有温度，还有持续性。

2020 年 11 月初的丙乙底村，天气已经转凉，波洛山秋日的傍晚，因为季节的变化越发美不胜收，晶亮的阳光将丙乙底村口老树的影子拉长，坡上沟下的羊群，在主人的吆喝声中慢吞吞地往回走；大人还在地里劳作，小孩则在街巷间追逐嬉戏。在洋气的"佛山新村"，烧柴火做饭的人不多，街后半坡上传统农家的屋顶上，才会有淡淡的炊烟轻轻缭绕。慢慢地，暖色调的村子安静下来了。而此时，"彝绣工坊"还很热闹，彝族绣娘白吉尾，还没有收工回家的打算，和她一起的几个村里姐妹，在落日的余晖里，一针一线地绣着。也许她们不一定明白，手上细密的针脚，绣的就是彝家人的新生活，但她们一定懂得，从今以后，坐在家门口，晒着太阳聊着天，都可以赚到钱。

有一次，一位媒体记者慕名前来采访，看见"彝绣工坊"那两间小房子，不免有些疑惑。他问曾胜，这个小作坊，一年能有多少产值？曾胜随口回答说："等步入正轨了，一年 500 万到 1000 万这个样子吧。"记者愣了，瞪大眼睛望着她，怀疑自己耳朵出了问题。曾胜见记者一脸的不敢相信，回过神来笑了，说："你以为我就这两间小房子？哈哈，我这只是总部，我们做的是带动千家万户的妇女居家就业，让她们在家里创造自己的美好生活！"

记者没搞清楚，这两间小房子，其实是一种以家庭刺绣工艺品为基础的创新生产模式——利用好"彝绣工坊"这个平台，把裁剪、刺绣等技术教给当地彝族妇女，让她们"打工不离家，得空就绣花"。不仅如此，按魏世民的思路，还得围绕彝族什拉罗文化、沙玛文化、波洛云海、狮子山等当地内容讲故事，不断研发文创产品，向市场化、标准化发展。用"公司技术指导＋绣女＋线上线下销售"的合作模式，带动彝族妇女在家就业，创富增收。

见记者还是一脸蒙，曾胜干脆给他简单算一笔账："你上淘宝店，京东店看下，那些卖枕头的，一个月走3万个算不算多？不多吧，138元一个，3万个是多少钱？我们的'波洛云'刚开始做，就算单品，少说点，一个月走1万个行不行？1万个就是100多万元对不对，一年12个月，你说是不是1000多万元？"曾胜心想，何况我们规划的还是系列产品，老板就是设计师，推新品是她的拿手好戏。而且都是高附加值哦，市场打开之后，这点产值算啥？！

"这就是'彝绣工坊'的意义。"甘路说，"彝绣工坊"在丙乙底村开张后，立即着手培训工作，很快为热柯觉乡五个村300多名彝族妇女提供了专业培训，支持鼓励她们居家就业。"居家就业的好处就是灵活，得空就做，不得空就放着，反正是计件制，多劳多得，你做得多，工资就高，这样一来，很容易就调动了大家的自觉性和积极性。谁不想多赚点呢？"

"我们的定位是旅游产品，更多的优势在于结合10万亩索玛花海和波洛云爱情故事，把这些元素融进产品研发，把它产品化。"魏世民说，"刚开始低调点，目标定低点，希望年销售额200万元以上。"就算是按这个标准，手脚麻利点的"绣娘"干一个月，每月挣三四千元是没问题的，这笔收入对山区家庭来说，是很大的支撑。

"下一步我们还要加大宣传，在彝族文创服饰上下功夫，打造网红产品。等销路打开了，我们就可以培训更多的妇女居家就业，就能帮助更多的家庭增收。"魏世民说这话的时候，满脸的向往和信心。

7

与"佛山新村"投入上千万为贫困户解决住房问题相比，对"波洛云"彝绣专业合作社的这点投资，可以说是"湿湿碎"，但是，扶贫干部"四两拨千斤"的中国智慧，却让这个项目有了无限的可能。魏世民说，之所以下大功夫搞这个"波洛云"系列彝绣产品，很大的一个考虑，是因为热柯觉乡苦荞加工厂，会剩下很多苦荞壳，如果直接当废品倒掉，实在是太可惜了，所以才挖空心思想办法，看看能不能把苦荞壳利用起来变现。最后想出了开发彝绣文创产品这个"变废为宝"的招数，一下子把黑苦荞的加工利用价值提升到了一个新的高度。当然，这个也不是拍脑袋就开干的事，之前的市场调研是必须的。在调研中魏世民了解到，每100斤黑苦荞，加工后会脱出来35斤荞壳，这么大比重的荞壳，只能拿去喂鸡养鹅做家禽饲料，而且因为交通不便，运输成本高，很多时候还卖不掉，最后只能倒掉了事，但是，做成文创产品就不一样了，把苦荞壳做成彝绣"波洛云"，那就是豆腐卖了肉价钱，商业附加值连续涨停板，等于坐上了火箭。

当然了，点子好不等于就能躺赚，光靠几个扶贫干部，要想把"波洛云"彝绣专业合作社搞起来，并且长期经营下去，那是不现实的，所以要拓展思路，积极主动引入社会资本，做成可持续的市场行为。这个时候，前文提到的曾胜和惠映萍正式登场。

8

"波洛云"彝绣专业合作社与曾胜的成都可沐科技发展有限公司签订战略合作协议，目的是提高合作社的产品设计能力和生产组织能力。根据协议，可沐公司为合作社提供产品研发力量，并派员到丙乙底村指导"波洛云"彝绣专业合作社设备采购、安装调试,为彝族妇女提供技能培训,形成产能。

"彝族文化有着独特的魅力,彝绣发展历史久远,我们公司投资150万元建立妇女培训基地,主要开发彝绣文创产品,用这个拉动当地妇女就业。"曾胜说,"波洛云"的定位是现代旅游产品,对接北京服装学院,运用现代设计理念和裁剪技术,融合彝族服饰特色,研发旅游市场欢迎的产品,销售渠道则采用"互联网+"的思路,目前已经通过淘宝专卖店、微信公众号等营销手段获取了大量订单。"波洛云""云衣霓裳"等40多种彝族特色商品,已经有序走进市场,为深度贫困地区的产业扶贫持续给力。

9

2020年9月初,我曾前往丙乙底村采访数日,其间住在"佛山新村"街口的玛薇客栈,客栈下方是即将竣工的金阳索玛花广场,总投资超过2000万元,据说是凉山州最大的乡村广场。每天傍晚,我都会约上甘路,顺着还没完工的"波洛云海栈道",爬到山顶上去看云雾升腾。据说这个栈道投资也上千万元,为的就是配套丙乙底的旅游产业。魏世民、甘路、曾胜和惠昳萍都相信,等旅游业发展起来之后,他们的"波洛云"系列文创产品,将会迎来更好的成长期,也将为丙乙底脱贫奔小康后的乡村振兴带来更加强劲的动力。

杨涛土沟扶贫记

　　土沟乡是金阳县下辖乡，1962 年设立，1972 年改公社，1984 年复置乡，位于县境西南部，距县城 68 公里，面积 39.5 平方公里，人口 0.3 万，辖日克地、土沟、吉洛、仲子 4 个村委会。农业主产马铃薯、苞谷，畜牧业以养猪、羊为主。吉洛村是土沟乡政府驻地，全村户籍人口 157 户、719 人，贫困户达 89 户。其中 15 户多年前自主搬迁到西昌等地乡镇，现有 74 户共 454 人在村里生活居住。

　　2018 年 1 月，金阳县检察院副检察长杨涛扛着铺盖卷，从县城出发，到土沟乡吉洛村蹲点扶贫。5 月，他被正式任命为第一书记（驻村工作队队长）。杨涛心里清楚，肩膀上的担子和使命，绝对不是开玩笑，也开不得玩笑。

　　走马上任后首先要干的工作，当然是走村入户，详细了解各个贫困户的贫困程度，做信息比对。

　　吉洛村一共有三个村民小组，其中的下嘎托组，真正是落到了土沟里，至今都没有通公路，从吉洛村驻地出发去下嘎托组，只有下坡一条道，一直往下走，都要走四五十分钟。下坡倒也不觉得有多累，但返身往回走，那就是一路爬坡，就算走惯山路的老乡，想回到村驻地，紧赶慢赶也得两个半小时。这就是老山沟的地理环境，由不得你不服气。

山路崎岖，沟深坡陡。有一次，杨涛与几个扶贫工作队员去下嘎托组，队员向文没走过这样的山路，每走一步小心翼翼，有时候连腿都在打颤。杨涛深知，对这些从城里来的扶贫干部来说，走山路是非常严峻的考验，突然面对与城里截然不同的艰苦环境，就算决心比天大，也得有一个适应的过程。于是他伸手拽住向文，尽量让他每一步都走稳。

几个走村入户的扶贫干部，手拉着手互相鼓励，走了将近一个小时，终于到达下嘎托组，杨涛松开向文的手，同时也松了口气。

进到村里，光顾着访贫问苦，比对贫困户的有关信息，就没料到土狗不认陌生人，那个家伙不声不响地摸过来，突然朝向文扑过去，差点一口咬住他，向文吓了一大跳，本能地躲闪，慌乱中一脚踩滑，从土坡上摔了下去，手和腿都摔伤了……工作刚开始，队员就受伤了，你说这算什么事儿！危急中，杨涛没时间多想，救人要紧，赶紧跑上公路拦车，送向文到附近的医院处理伤口。不管怎么样，不能让远道而来的年轻人出任何差池。

其时，是2018年8月。杨涛上任才三个月。

杨涛曾经看过一个新闻报道数据，说全国共有800多万名扶贫干部，而在扶贫路上牺牲倒下的，就有好几百人。如何保证队员的安全，是他这个队长要考虑的头等大事。可是，生活中很多事情，真的是无法解释，有时候，你怕什么他就会来什么，千防万防还是防不住。这个受过伤的向文，后来又出事了。

2020年7月20日晚上，八点半左右，杨涛和扶贫工作队员刘辉正在走村入户，突然接到乡上雷书记打来的电话。

"杨书记，出事了！"

杨涛吓一跳："出啥事了？"

雷书记说："工作队的车翻了。在南瓦到土沟的路上，翻车了。你快过去！"

听到这个消息，杨涛吓蒙了。工作队的车翻了？车上坐着五个人呢，这还得了！他赶紧放下手上的活，带上队员刘辉，顺着曲里拐弯的公路，朝着南瓦乡方向飞跑，等他喘着粗气第一时间赶到现场，眼前的情景吓得他心都揪紧了。小轿车从狭窄的公路上翻下去，掉沟里了。下边是一个几十米深的土沟，坡陡天黑，车里边是啥情况，根本就看不见。杨涛赶紧跑到附近村民家中借手电筒，一边跑一边大声喊人过来帮忙，然后带着大家下沟救援。

杨涛举着手电，一边照明，一边参与救援。他一眼就看见向文了，唉，这个年轻娃娃，又遇上事了！车翻下土沟，他躺在地上一动不动，整条右臂都是血糊糊的。杨涛赶紧脱下外衣裹住他的伤口，向已经赶到的卫生院医护人员了解情况，得知向文疑似骨折和脊椎受伤导致不能动，正在等待医院担架。还好，接警后的"120"也及时赶过来了。最后，四个伤势较轻的队员被送往金阳县人民医院。为安全起见，伤势较重的向文直接被送往西昌凉山州第一人民医院救治。

"小伙子不容易，现在还在住院呢。"杨涛说，这些年轻人，都是不远千里从外地来帮着土沟群众脱贫的，如果他们在土沟出了啥事儿，不只是扶贫工作队的损失，更主要的是对不起人家。"总之，人家是来帮我们的，不能出事。"

驻村第一书记，要考虑的事很多，除了带好扶贫工作队，尽最大努力保证队员的安全，更难搞的，是做村民的思想工作。"总之，这活不好干。"性格开朗的杨涛呵呵笑说，他刚刚上任第一书记时，村民李木尔则就给了他一个下马威。

当时，由广东省佛山市出资援建的集中安置点"佛山新村"，需要征用村民的土地，其中就有李木尔则家的，而她坚决不同意。

"这是一块硬骨头，不好啃。"杨涛所说的李木尔则，30多岁，其实只是一个弱女子，说她是"硬骨头不好啃"，倒不是她有多么难缠，而是这个事涉及人家的土地。杨涛当然知道，土地向来是农民的命根子，谁要是敢动农民的土地，他就会和谁拼命。

但是，"佛山新村"需要建设用地。人家佛山跟你远隔千里，既不是你家姑爷，也不是你家二舅，素昧平生，却划了千万元资金过来给你建新房子，别的村民听说有这等好事，高兴都来不及，偏偏这个李木尔则，就像四季豆，油盐不进。村支书拿她没办法，打电话给杨涛诉苦说，这个"顽固分子"软硬不吃，无论你说啥，反正她就是不同意把土地让出来。

"杨书记，你有啥好办法没得？"

杨涛接到电话的时候，人还在西昌，但是，"佛山新村"这么大的事，那是一刻也拖不得。资金过千万元的扶贫项目，别说吉洛村，就是土沟乡，也是老祖辈人都没遇到过的好事情。要是因为一个"钉子户"，就把项目搞黄了，害得盼着住新房子的几十户贫困户美梦泡汤，那他这个第一书记就是吉洛村的罪人，不，简直就是整个土沟乡的罪人。

杨涛不敢怠慢，连夜包车往土沟乡赶，从国道上下来，就是坑坑洼洼的机耕道，车身东倒西歪，险象环生，可他顾不上这个，一个劲催着司机开快点，搞得司机都很不高兴，说再快就开沟里去了，你以为我开的是飞机啊！

杨涛赶回土沟，马上召集乡上的调解员哦底尔格，村文书木尔尔吉，一起去李木尔则家做思想工作。

在赶回来的路上，杨涛已经通过多方电话，大致搞清楚了李木尔则不同意的原因——建设"佛山新村"，她家的土地被占的面积比较多，已经长成了的青花椒树，还指望着收成卖钱呢，眼看就要被砍掉，心里实在是痛得很，再想到自己损失比别家大，就更不爽了，所以她死活不同意。

杨涛理解李木尔则，她老公不务正业，和一帮狐朋狗友瞎胡混，最后竟染上了毒瘾，而今还在戒毒所里猫着。她一个女人，独立支撑一个家，很不容易。所以，不能光跟她宣讲政策，得设身处地，想想她家的难处……杨涛把自己想成李木尔则，如果自己遇上这情况，要怎么样才想得通？换位思考是扶贫干部的必修课，他相信，只要站在群众的角度想问题，很多问题就不是问题。

于是，杨涛避开单刀直入式的宣讲政策，而是和李木尔则家长里短，闲扯生活的不易与希望。最后，李木尔则说："杨书记，我晓得你来找我的意思，我也不是不讲道理的人，我不会因为我一个人，就搞得大家住不成新房子。"

沟通的结果是，李木尔则答应了杨涛，支持"佛山新村"的建设方案。

"佛山新村这么大的集中安置点，多好的事啊，你就是削尖脑袋也争取不到的呀，可不能因为我们工作没做到位就黄掉了。"

做通了李木尔则的思想工作，让杨涛长长地松了一口气，同时也很为这个女人的艰难挂心，他想帮她做点啥，以报答她识大体顾大局，感谢她对扶贫工作的支持。

可是，怎么帮呢？脑子里乱糟糟的，没个头绪。杨涛站在"佛山新村"地块的山坡上，习惯性地摸出一根烟，点上火，深深地吸了一口。周围都是连绵的山峦，高大雄健，云遮雾绕，把土沟乡搞得好像与世隔绝。对面是昭觉、布拖边界，这个鸡鸣三县的地方，按理说应该商贸频密，市井繁华，可现实是，如果不是大国扶贫，如果不是东西部扶贫协作，要改变现状怕是很难。

能不能为李木尔则找个公益岗位呢？杨涛想了很久，最后想到了县人社局在吉洛村设置的公益性岗位——八个保洁员指标。

可是，保洁员都是一个萝卜一个坑，早就填满了的……能不能争取支持，增加一个指标？毕竟李木尔则的困难实实在在摆在那里，而且，人家为"佛山新村"的顺利开建，是作了牺牲的。

杨涛决定去县里为李木尔则争取。跑一趟不行，那就跑两趟；跑两趟不行，那就跑三趟。要么成功，要么就努力到无能为力。

杨涛开始跑县里，一趟趟地跑，最后，他获得了上级支持，李木尔则做了村保洁员——每个月工资350元。

别看不起这区区350元，对种洋芋、苞谷为生的山区困难群众来说，这350元，要是买成洋芋、苞谷，那得吃多久啊！

因为祖祖辈辈、世世代代都靠种洋芋、苞谷过活，吉洛村村民对新生事物，从本能上多会持怀疑态度。2019年2月，村里引进项目，发展金银花种植，需要征用部分村民的土地，但村民不知道金银花是什么东西，也不知道它的前景会怎样，都不愿意把土地拿出来。为了做通村民的工作，杨涛带着扶贫工作队的队员们，一家一户地谈，经常谈到三更半夜。不只是宣讲政策，还要描绘市场"钱景"。

"为了这个事，我们没日没夜地谈，整整花了一个星期，才做通了大家的思想工作。"杨涛说，种金银花的地块，当时转让费是一亩每年

500 元。要是用来种洋芋、苞谷，别说 500 元，要是遇到年景不好，颗粒无收都有可能，所以，刚开始听说土地转出去，每年干收钱，都没有人相信，直到钱拿到手，大家才相信这是真的。

"我们土沟这边土地少，土肉薄，以前都是种洋芋，种苞谷。这些东西产量低，而且，根本卖不起价钱。要脱贫，就得想方设法，创造条件，种经济作物。"杨涛说，真希望金银花能开出金子银子一样值钱的花来，那样，土沟乡吉洛村脱贫不成问题了。

做扶贫工作，成天面对的都是些让人揪心的事。村民吉木子打是杨涛的帮扶对象，他们家是典型的"三无一多"——无技能，无资金，无门路，偏偏就是娃儿多。一家 9 口人，7 个娃儿。真的是越生越穷，越穷越生。但是，尽管穷成这样了，吉木子打还是没有放弃希望，他一直想通过努力，摆脱贫困，改变命运。而农民改变命运的唯一途径，就是尽可能地供娃儿多读书，吉洛村虽穷，但一直有重视读书的传统，所以再穷的人家，都会把娃儿送进学校。吉木子打就有三个娃儿在昭觉读书，这三个娃儿读书产生的费用，当然就成了这个深度贫困家庭必须要面对的拦路虎。

作为扶贫干部，还是第一书记，碰到这种情况，能咋办呢，再穷也不能耽误了娃儿上学受教育，只能"简单粗暴"地给钱给物，缓解一下燃眉之急。杨涛从包里摸出 500 元塞给吉木子打，还给娃儿每人买了一套衣服。他知道，自己一个人的力量很有限，但是，面对这些困难家庭，他真的做不到无动于衷。

想到吉木子打，有时候杨涛也会很郁闷，你说你都穷成这样了，还生那么多娃儿来干啥？生下来又没有办法给他们好的生活条件，这不是坑娃嘛！但是，转念又想，猫在这老山沟里，每天睁开眼看到的除了大山横亘，就是土沟深陷，祖祖辈辈的命运都被群山阻隔了，都栽这土沟里了，你说他们能咋办呢？

金阳、布拖、昭觉……这些令人向往的，热热闹闹的"大城市"，全都被连绵起伏的大山挡住了，挡在了山的那边。这土沟里的很多人，连西昌都没去过，至于成都、北京，天哪，那得有多远啊，就像梦境一样远。他们，除了指望娃儿好好读书考大学走出去，还能有啥法子呢？也许，这就是吉木子打们"多子多福"原始的想法吧。娃儿，其实就是他们全部的希望。

每当想到这些，杨涛就会下意识再摸出一根烟，点上火，望着挡在前方的连绵群山，深深地吸一口。

廖海湃：从墨脱到凉山

　　墨脱县位于西藏东南部，是雅鲁藏布江进入印度阿萨姆平原前，流经中国境内的最后一个县。

　　1959年7月，墨脱建县。2015年3月，墨脱县归属新设立的林芝市管辖。

　　我们的故事，就从这里开始。

1. 墨脱留痕

　　2015年4月的一天，廖海湃从佛山市顺德区北滘医院出发，前往墨脱。听说墨脱之前是福建在帮扶，然后由广东接力。他是这次广东援藏队伍成员之一。

　　在出发之前，廖海湃就听很多人说，墨脱的交通环境极其恶劣，以前连公路都没有，进出都靠人背马驮，就算后来通了公路，沿路山壁陡峭，流沙滚石，不管你是开车还是骑马，随时都可能被从天而降的飞石砸成肉饼。刚开始他还不大相信，后来上网查了很多资料，见一个个都说得有鼻子有眼的，才有点信了。但也没觉得有多可怕，毕竟不是亲身经历。

　　出发当天，和队友们从白云机场飞成都，再转机往林芝。从盆地到高原，一路上的蓝天白云，春光明媚，那感觉，还真没多少援建的严肃气氛，沿途风光给人的感觉，倒有点像旅游途中。但是，从林芝坐汽车前往墨脱时，情况就有了变化，那六个多小时的车程，用惊心动魄来形容一点都不为过。危险主要来自沿途特殊的地质，公路两边的山头，几乎全是沙泥结构，只要一下雨，很容易崩塌成泥石流。刚坐上车大家就议论开了，说现在林芝到墨脱的公路，已经修过两次了，因为头一次修通的公路，还不到一年就被泥石流给毁了，没办法，只能再次组织人力物力，重修。

如此说来，之前的很多"听说"，并非空穴来风？

这个时候的廖海湃，还是没觉得害怕，心里边反而生出许多好奇，想看看这一路之上，到底会有多吓人。而大自然很快就满足了他的好奇心。前往墨脱，哪里是坐汽车，简直就是放大版的过山车——公路的一边紧贴着山壁，随时都可能发生山体滑坡、泥石流，而另一边就是雅鲁藏布江。那路窄得哟，好像过一辆车都不够位。这个时候最怕的就是对面有车过来，要是有车迎面而来，还不连人带车给挤江里去？真是怕什么来什么，对面真来车了，我的天哪，会车的过程，就像有只魔手，直接把你的心抓起来，悬在空中甩秋千。两车司机都不停地探头出去，前看后看，左看右看，那脚简直就不敢从刹车上挪开。车开得越慢，心就悬得越高，所有的人都不敢随意发出声音，好像说句话都会吓着司机从而酿成大祸。于是只能睁大双眼，大气也不敢出，只盼着两辆车快点擦肩而过。那家伙，要是司机稍微一个不小心，或操作失误，马上就可能扑通一声，栽到江里边去。

如此惊险的体验，当真还是人生的第一次。直到进了墨脱县城，拍拍胸口抻抻衣服，发现一切都好，悬在半空的心才像石头一样落地。这时候，才敢长长地呼出一口气。

下车后的第一印象有点奇特：呀，这是县城吗？好小啊，小到仿佛站在坡上伸出手，一巴掌就能把它拍在地上。除了小，还脏，那些个垃圾，遍地都是。跟他生活的全国卫生城市相比，简直就是一个在天上一个在地上。

这些人为什么这么不讲卫生呢？答案是：交通太差了。听了这回答，他在心里替交通表示不服：这个跟交通有什么关系？

怎么没关系，垃圾每天都在增加，却没办法及时运出去处理。

那么在当地建垃圾处理厂？除了得有钱外，那些个设备啥的，不也得从外边运进来嘛！这跟交通也有关系呀。

想想，好像也有道理。很多事情，说起来容易，但要说落实，还真有点难。

墨脱县城真的很小，人口才 1 万多。因为地处偏远，外面的东西运不进来，里面的东西运不出去，所以搞得这个小县城的物价，完全可以跟发达地区比肩，主要原因，就是运输成本太高。廖海湃试着从这个角度去理解，算是勉强接受了看见的一切。

放下行李稍事休整，紧接着就是去墨脱县人民医院报道，虽说心里早有准备，明白这儿的工作环境肯定不如佛山，但目之所及，还是出乎意料：手术器械、药物等，就像走鬼市场一样，全都是随心所欲地乱摆乱放；没有正规的手术室、没有规范的流程……医院是什么地方？是救死扶伤的地方，是性命攸关的地方，怎么可以乱成这样？面对眼前的一切，廖海湃简直就哭笑不得。从学医到执业，都这么多年了，按理说他是啥都见过了，可是，现实还是超出了他的想象。

好在，医院的硬件设施还算不错。也就是说，缸里有米，现在需要的是勤妇或者说巧妇，把柴火找回来，把灶火点起来，让炊烟升起来。

"那么，就让我来做这个勤快的巧妇吧。"

廖海湃上班后干的第一件事情，就是按佛山标准，按正规操作流程，把摆得到处都是的器械、药物等全部整理归类；无菌区、半无菌区、生活区全部规划……就地取材，分门别类，就他一个人，一双手，很快就弄成了一个像样的手术室。等他整完这一切，抹着汗水审视自己的劳动成果时，发现有几个还不熟悉的同事好奇地跑过来看，这一看，都愣住了，呀，原来手术室也可以收拾得这么干净整洁啊！

手术室整出来了，可医院没给他配助手，麻醉科就他一个人，大事小事亲力亲为。也就是说，他只是一个光杆司令。

看这医院说大不大，说小也不小，全院老老少少加起来也有两三百人，咋就不给配多个人手呢？一问才知道，在他空降之前，医院虽然也有麻醉科，但没有专门的人。也就是说，麻醉科是一个空挂户，一个空壳子。原因很简单，不是没有人，是没有人才。之前所有的手术，都是由主治医生兼麻醉师"一肩挑"了，现在廖海湃来了，人才来了，专业麻醉师来了，那这个科就交给你了。

站在一个人的麻醉科里，廖海湃差点就没忍住笑，他真的就忍不住笑出声来了，这也太搞笑了吧，一个人，一个科……回头想想，光杆司令也是司令，人在旗在，他这个光杆司令，必须把麻醉科的大旗扛起来。

然后他就发现，医院里没有先进的消毒设备。怎么办？能怎么办，自己想办法。于是就满医院找，真的就找到了一个高压锅。真是谢天谢地，这不还有一口高压锅嘛，臭氧消毒指望不上，那就用高压锅来消毒。听同事说，因为没有做手术的条件，所以当地医院很少做手术，在广东接力福建之前，福建同行好几年时间才做几例手术，不是说没有病患需要做手术，而是当地医院条件不行，做不了，所以，遇到需要做手术的，大多往外边送。

本来，往外边送也挺好，毕竟外边的大医院条件好很多，但是，在往外送的这个过程中，不确定的因素太多了，不可预知的情况也太多了。在没通公路之前，从墨脱到林芝，翻山越岭要 4 天时间。其中有一处叫蚂蝗溪，经过的时候，无论你怎么防护，那些蚂蝗不是无孔不入，而是无孔也入，反正不知怎么搞的，都会钻到你身上来缠住你，吸你的血。这都不算什么，中途还要爬雪山，高达 4000 多米的海拔，所有的物品都靠人背马驮（主要是骡子），如果病人情况稍微急一点，而当地又做不了手术，那就只有两条路可走：一是等死；二是死在往外送的路上。

"路程太远，又难走，所以，得了急病，基本上是送不出去的。就算往外送，多半都在半路上就没了。背出去的，其实就是一具尸体。"同事平静的语气中，透着些许无奈和感伤。

一路悬着心进来的廖海湃当然明白同事所言不虚，别讲以前，就算现在通了公路，又有几个需要抢救的病人，能在路上颠五六个小时，坚持到林芝的大医院？所以，从援建这个角度讲，在医院建设一个无菌手术室，不只是"非常重要"，甚至已经迫在眉睫。

那就从麻醉科开始吧，所有的药物全部归类、摆放整齐。手术室焕然一新，初具规模。没有的药物，直接从佛山寄过来。

专业医生有了，手术室有了，做手术的条件有了，可以做全麻手术了。

全麻？

对，全麻！

听说过，但没见过，更没做过。以前的手术，都是半麻或局部麻醉，没人敢做全身麻醉。

"没人敢做，那就由我来做！"廖海湃是专业麻醉师出身，对他来说，全麻手术，"湿湿碎"啦！

然后，医院开启了第一例全麻手术。

"如果医院能做手术，对当地群众来说，就像是神的恩赐，因为急点的病例，往几百公里外的林芝送，真的不现实。"廖海湃说，有一次，医院来了一个孕妇，怀的是双胞胎，情况很危急，需要马上做剖宫产。当时，急得她的老公都快疯了。

但是，老天开眼，医院麻醉科正规的手术室已经建起来了，广东来的大医生是麻醉专家，做个剖宫产手术保大人小孩平安，真的不是问题。当母子平安的消息传进耳朵，等在手术室外的男人禁不住抱头痛哭。

还有一个怀孕的，血管破裂，大出血。而医院根本就不具备输血条件，怎么办？这手术，做还是不做？如果不做，直接往林芝送，肯定得死在路上。

那么，做？

是的，情况危急，做也得做，不做也得做。不做，就是等死；做，至少还有几丝希望。紧急情况下只能采取紧急措施，廖海湃顾不了那么多了，他必须跟死神抢时间。

那就"顶硬上"！

这一台手术，简直就是一场生死大战，当患者转危为安，当婴儿的啼哭像天籁一样响起来，廖海湃感觉自己虚脱了一般，他慢慢走出手术室，瘫坐在角落的椅子上，双腿软软的，好长时间都动弹不得。

在墨脱，廖海湃只待了三个月，在短短的三个月时间里，令他记忆最深的，是一位50多岁的妇女，来医院的时候，挺着个大肚子，就像怀孕了五六个月。而实际上她没有怀孕，她的大肚子，是因为腹部长了一个巨大的肿瘤，这让她看起来像怀孕。本来，这情况早该住院手术，但是，因为家里经济状况太差，没有条件去林芝就医，而按墨脱的医疗条件和水平，做这个手术又是有很大风险的。那么，拖着不做，让肿瘤继续长大，可以吗？不可以，因为那样会有更大的风险甚至是生命危险。

听说广东来了大医生，患者带着满腔希望来到医院："医生，您看，我这个病，它，能治吗？"

能治吗？当然能治。不过，医院条件太差了，风险很大。

但是，因为有风险就对患者说，"你这病治不了"？

廖海湃牵起患者的手，用力握住，安慰她说："你不要着急，不要怕，我会把一切安排好的。"

这个手术，做还是不做？这个风险，冒还是不冒？不做这个手术，对他来说当然就不会有风险，但是，他是医生，是大国扶贫背景下广东派来的医生，仅仅因为医院条件差，就放弃一个技术层面问题不大的患者？对不起，他做不到……廖海湃开始为手术做准备，他要把方方面面都考虑得周全详尽，确保手术万无一失。

把患者推进手术室那一刻，廖海湃看起来还是像平常一样，但他心里知道，这可比在北滘医院做手术压力大多了。他在脑子里把所有细节迅速过了一遍，然后，开始手术。

这是一个在全麻状态下的手术，整个医院，除了他，没人能做，也没有人敢做。

打开患者腹部，一眼就看见了那个坑人的肿瘤。他握紧手术刀，细心地把肿瘤切下来，托出患者腹部。天哪，这个血糊糊的东西，竟然像篮球那么大！

手术成功了。患者得救了！

患者康复出院后，又专程回来医院，给廖海湃送上洁白的哈达。

"墨脱人给我的感觉，很纯朴，很懂得感恩。"廖海湃说。

由于在墨脱时间很短，廖海湃最想做的事，就是带徒弟，带团队。在他去到之前，当地医院曾经派过一位医生到佛山中医院进修，他知道，当地医生基础比较差，如果回来之后没有实操机会，学的东西很快就会还给老师，于是，他找到这个医生，主动教他，在离开之前，最好能把所有的经验和技术都交给他。于是，在这三个月时间里，他带着这个"徒弟"做了七八十例手术，让医院同事大开眼界——我的天，佛山医生怎么这么厉害啊？！

墨脱和印度交界，人口少，边界长。特别是乡下林区，按民间的说法，狗熊都比人多。在荒无人烟的地方，边民的重要性不言而喻。甚至可以说，只要住有中国人的地方，那就是中国的地界。所以，当地老百姓还有一个不成文的使命，那就是屯守边疆。虽然他们不是军人，却代表中国。当廖海湃意识到这个"独家发现"后，他的心里，突然对当地群众产生了一种说不清的感情，尤其是看他们在那么艰苦的环境下，还那么乐观；看到他们在那么困苦的生活中，还那么善良，他就觉得自己必须尽一切力量来帮他们。

于是，廖海湃每个星期都要下乡义诊，到村里去，到村民家中去给他们看病，周末也去。他只能以这种方式，表达对他们的尊敬。

当地的村庄，很多都以寺庙为中心，一般有寺庙的地方，就会有一个村庄。每次下乡，早上很早出发，走上大半天的路，才能到达一个村庄。通常是到寺庙里，很快就有需要看病的村民闻讯而来。有时还需要穿过原始森林，那可是狗熊出没的地方，要是运气不好碰上了，还真不知道该怎么办。

下乡多了，慢慢地就对当地有所了解，他发现当地人的性格，好像天生坚韧、乐观。而且特别懂得感恩，谁要是帮了他，他一定会牢记在心。

有一次，廖海湃和同事一起到乡下义诊，高原的紫外线，那是谁的面子都不给的，太阳坐在天上，一个劲地往地上洒阳光，晒得人根本就不敢抬头看它一眼。进到村里，当他忙着跟病人检查的时候，突然感觉头顶上一下子阴凉了，初时还以为是天气变化，随即就发现，原来，有一个小男孩，不知从哪儿跑过来，在他的头上撑开一把伞，替他遮挡毒辣的阳光。男孩的小脸蛋是两团标准的"高原红"，在紫外线的照射下，红得就像刚刚绽放的花朵。那一刻，廖海湃的心温软得就像一汪水，他情不自禁，抬手摸了摸小家伙的头，那感觉，就像抚摸自己的孩子。

2015年7月，三个月的援藏时间到了，他要回佛山了，走的前晚，医院特别为他开了一个欢送会，一个女同事，平时都不怎么说话的，却在欢送会上站起来，红着脸，一定要为他唱一首歌。那是一首他没听过的，也听不懂的藏语歌，女同事刚一开口就把他给镇住了，真的是天籁呀！这感觉中挺害羞的同事，唱起歌来却是情感充沛，发自肺腑。那份舍不得的感情，全都饱含在歌声里了，像极了雅鲁藏布江的滔滔江水，远大，辽阔，直抵人心。

那天晚上，一个见惯了生离死别的大男人，在女同事的歌声中泪流满面。"我居然被一个小姑娘唱歌给唱哭了！"现在想起来，廖海湃都觉得那天晚上的反应有点不可思议。

"回来广东之后，我不时也会打电话过去了解情况，听说医院已经从当年的零，发展到三个麻醉医生了。我很欣慰，真的很欣慰。"廖海湃说，虽然只有短短三个月时间，但是，他把"火种"留下了。星星之火，可以燎原，这话可是伟人说的。他对此深信不疑。

2. 金阳记忆

在东西部扶贫协作的大背景下，佛山对口帮扶凉山当然不只是给钱建房子，发展种养搞产业这么简单，支教、援医，文教卫系统一样重任在肩。2019年10月中旬，北滘医院向全院职工发出了支援凉山的报名通知。看到通知，廖海湃稍稍想了一下，决定报名。原因很简单，他有援藏经验，做起来会比较顺手。

"当时北滘镇医院说要派麻醉科医生援凉，我曾经去支援过西藏墨脱，在当地医院建起了一个完整的麻醉科，在支医这一块有点经验，所以就主动申请过来了。"

实际上，那个时候，他的甲亢治疗才两个月，虽说病情比较稳定，但毕竟是带病之身。所以，这个决定，还是得和妻子商量，妻子想了想，给了他一个标准答案："行，我支持你。"至于孩子，才上高一，还没到高考的紧张时刻，用不着家长操心，那就趁这个"空档"，去凉山干一年再回来陪孩子冲刺高考。

从佛山飞往西昌，然后前往金阳县人民医院报到，这距离，竟然和当年从西藏林芝到墨脱极为相似，汽车在山路上爬坡下坎，跑了差不多6个小时。那天刚好碰到大雾天气，能见度非常低，从丙乙底"佛山新村"往下走，盘山公路左一转右一转，绕来绕去，感觉就像在《西游记》里腾云驾雾，就算把眼睛瞪到最大，把云雾往死里看，到最后还是无法知道下面的万丈深沟到底有多深。更神奇的是，连熟悉道路的司机，也是车子开一会儿就得停下来，探着头看看这路到底该往哪儿走，等看明白了，才敢接着往下开。那些个平时见惯了的万丈深沟，换成天气晴朗之日，一眼望穿，本来也没什么可怕的，问题在于大雾弥漫，云山雾罩，搞得你什么都看不见。不知道山沟到底有多深，甚至根本看不见路，这才是最吓人的。好在动身之前做过功课，在网上看了很多资料，所以也不会觉得有多大落差。要不然，真的，那路，能把腿给你吓软。

早就听说，金阳是一个挂在半山腰上的城市，到站下车一看，果然是名不虚传，一条小街，紧贴在山壁上，抬头仰望陡峭的山壁，心里莫名就会涌起几分担心，这么高的山，要是遇到暴雨天，突然来个山体滑坡，这满城的人该往哪儿躲？

"躲啥躲，它滑它的，你睡你的，不要理它！"

真的特别佩服当地人的豁达，好像他们从来就没有过这样的担心。而实际上，环境就这样子，你担心又有什么用呢，还不如把心放在肚子里，坦然面对。在后来的工作见闻中，廖海湃发现，当地人面对艰难困苦，甚至于生死，差不多都是这种"豁达"心态。是天生就啥事都看得开吗？仔细想想，这种"豁达"，其实更是一种面对恶劣环境而又无力改变时，渗透血液的、深深的无奈。

廖海湃想为金阳做点实事，就像当年为墨脱做实事一样。所以，到金阳的第二天他就上班了。目测金阳县人民医院，应该有二级甲等的规模，因为佛山援助了很多先进设备，所以在硬件方面，廖海湃凭第一印象给打了高分。心想毕竟是 2019 年了，时代的车轮滚滚向前，再落后的地方也会有进步。

但是，很快他就发现问题了，相比之下，医院的"软件"如观念、理念和习惯等，与佛山的差距那真不是一点点。一个县级医院的麻醉科，竟然连交班制度都没有，迟到、早退、旷工，好像大家全都习以为常。

不会吧？廖海湃惊讶得张大了嘴巴。他真的不知道，接下来还会有多少"惊讶"在等着他。

真的还有很多"惊讶"在等着他。廖海湃很快又发现医院没有病患服。患者住院，全都是穿自己的衣服，连做手术的时候都一样。

"怎么会这样？"

"什么怎么会这样？一直都这样啊！"

同事说，山区艰苦，有的人买了新衣服，会一直穿到破，中途都不会脱下来洗一次。要是生病住院动手术，衣服脱下来那个气味，就算你戴双层口罩都顶不住。在这种情况下，你能用什么方法降低感染风险？除了先用酒精帮患者把身体擦一遍，还能有什么好方法。

廖海湃搞不清这是段子还是真的，但他真的因为同事这话再次"惊讶"了。然而，不管还会有多少"惊讶"，他都得立即投入工作，把很多必需的制度建立起来，完善起来，执行起来。

"当然了，工作还是要讲方法的，突然间要建立执行规章制度，肯定会引起一些人的不满，所以要先找主任商量，请他出面安排、宣布和落实。他是主任，这是他的权力，也是他的职责。"廖海湃笑说。

很快，麻醉科有交班制度了。

很快，手术室无菌规章制度建立起来了。

很快，麻醉科和手术室的工作流程也执行起来了。

以前，谁上班谁不上班，谁上早班谁上中班，不知道，不清楚；现在，谁交班谁接班，都得签名，打开交接班记录，一目了然。

以前，手术室没有固定的清洁护工；现在，不仅有了固定的清洁护工，还为他们提供了专业的术前、术后清洁工作培训。

以前，手术床上只有一张薄薄的一次性床单，无法达到无菌要求；现在，严格按手术床的无菌要求，订做了布质床单及胶质中单。

以前，大家都不太注意手术拖鞋的换洗及换鞋等无菌细节；现在，每个人都必须严格遵守和执行相关规定。

你一个外来和尚，凭什么这也管那也管，提恁多的要求？真的以为外来和尚好念经？

外来和尚不假，但不是靠外来和尚这个招牌念经。要想把经念好，当然得身怀绝技，没有两把刷子，谁敢到河边洗衣服！

廖海湃是佛山来的，"佛山功夫"可不是靠"吹水"。无痛胃肠镜的麻醉，做过吗？至少，在金阳县人民医院，没人做过。那就找麻醉科主任，找胃肠镜检查科的负责人，找相关科室商量，我们也搞吧，这活，我能干，我们大家一起努力，把这事干起来。

于是，2020年5月10日，金阳县第一例无痛胃肠镜麻醉成功开展。然后，短短4个月，又接连开展了80多例。

"这佛山来的医生，还真有两下子！"

既然认可了，那就跟我学——学纤维支气管镜的使用；学气管插管复合全凭静脉麻醉；学动脉穿刺和锁骨下深静脉穿刺……想留给金阳的技术太多了，只要你想学，就毫无保留地教给你。是的，不只是他廖海湃，各行各业的"传帮带"，从来都是这样干起来的。所以，在工作中，他从不忘给当地医生传授传统麻醉技术及新技术；就算是工作之余，也会拿出大量时间来给当地医生和护士讲授基础知识和新技术。

然而，忧心的问题还有很多，其中最大的忧心，就是缺人才。到金阳没多久，廖海湃对当地的贫穷与落后就有很深的感受了，从扶贫角度讲，他认为除了物质方面的帮扶，更艰巨的任务，还在于改变人们落后的观念和习惯。也就是新闻报道里常说的"扶贫先扶志，扶贫先扶智"。他希望能用自己的专业医学知识与技能，为金阳医疗事业助一份力。可是，他能干些啥呢，除了为患者看病，他最大的愿望，就是多教几个学生，多带几个徒弟，为金阳多培养几个医学人才。

可是，和大多数山区一样，金阳最大的问题就是留不住人才。他刚来的时候，麻醉科除了主任能单独完成手术，还有一个30多岁的年轻医生，也能独当一面，可是，没几个月，这位年轻医生突然辞职跑掉了，一打听，原来人家调到乐山工作去了。

如此一来，科里除了主任能单独做全麻手术外，就再也找不到第二个了。本来还有一个返聘医生的，可他只能做半麻。如果从全麻手术角度讲，整个县医院，加上廖海湃和另外一个扶贫医生，总共就两三人。此外倒是有两个进修的，可他们连医师资格证都没有……于是就会经常出现这样的情况：主任有事出去了，别的医生就没办法做手术。甚至连费老大劲才建立起来的交班制度，因为领导不在，也没有办法按章执行。

更有意思的是，另外那个帮扶医生，都没见两面，很快就休假去了。要是哪天主任不在，科里就剩下廖海湃和两个没有执业资格证的进修医生，再加一个不能做全麻手术的返聘医生。看起来比当年在西藏墨脱当光杆司令时人多，但实际上，整个医院，手术这一块，还是只有两三人。

唉，廖海湃忍不住在心里一声叹息，所有的穷都是有原因的，没有人才，能干成啥呢？用个网红热词形容，就是"太难了"。

这一难，就难了整整一年。特别是 2020 年 7 月，那个忙，真的是忙得要死。有一天主任不在，他从早上八点半上班干到第二天凌晨 4 点多，不歇气地做了 11 台全麻手术。骨科手术、急诊阑尾手术、胆囊手术、胃肠镜手术等等，凡是要全麻才能做的，都得他上阵。差不多 20 个小时连轴转，真的是累得半死，好不容易下了手术台，回到宿舍都没睡熟，手机又响了，科里电话，叫他回去做手术。

这算什么事儿啊！那一刻，他真想对着空气爆粗口。

7 月 11 日那天更奇葩，正在专心做手术呢，氧气压力突然不够了，当时的他，脑子里嗡的一声，那个紧张，真的是不知道该怎么形容，因为从没遇到过这种情况，整个人一下子蒙了。

没了氧气还做啥手术！紧急之中，赶紧手动供氧，直到把手术做完。事后想想，真的是后怕呀！

是的，是后怕。手术医生面对的是病人的生死，任何一个环节没做好，就算没要病人的命，也可能给病人造成巨大的伤痛。廖海湃说，还有一次手术中，竟然停电了。那是一个腔镜手术，没有电根本就没法做。好在备用供电及时，要不然，后果不堪设想。

"那次真的是吓死人了。"他说。在医院，像他这样的外来援助医生有 20 多个，为表尊重，院方专门设置了一个专家饭堂。每天，其他科的医生一般都能够准时到饭堂吃饭，只有他这个手术医生，都干了快一年了，从来就没能准点到饭堂。

当然了，所有的忙都是有价值的。这一年，单他个人主持的手术麻醉就达 500 多例。也就是说，他的忙碌，每天都在帮病患减轻痛苦。

廖海湃是地道的"老广"，饮食习惯讲究的是清淡和软，而川菜大油味重，对此他真的是不习惯，加上经常不能按点吃饭，结果连胃病都搞出来了。而居住环境也够呛，宿舍靠近山壁，湿气很重，搞得他周身关节痛，能想到的招都用过了，都没多大用处，最后只得去买一个暖炉回来烘烤除湿，连夏天都要开着。

但这些都浇不灭廖海湃想做事的热情，到金阳短短一年时间，他不仅规范了麻醉手术的操作细节，还开启了腰硬联合麻醉、动脉穿刺、锁骨下深静脉穿刺置管等以往金阳县人民医院无法开展的"首例"。与此同时，他还身体力行地给同事传递人文关怀的理念，教他们如何安慰术后的病人，缓解他们的焦虑等。

"以前他们一般都是做完手术就算了，不太会关心患者的感受。"廖海湃说。也因为他重视跟病人沟通，懂得安抚他们的恐惧情绪，所以经他做过手术的患者，对他的印象都很深，都觉得他跟别的医生不一样。他们很多人私下里议论说："这个医生就像是从电视上走下来的。"

每当听到这样的评价，廖海湃的内心既感温暖，又五味杂陈。像哄孩子一样耐心对待病患，是他从医多年的习惯，也是每个医生都能做到的，可是……

2020 年 9 月 19 日，当我在金阳县城遇见廖海湃的时候，他正处在"退役"前的焦虑中，焦虑的原因，是他马上就要回佛山了，可医院一直找不到人手来接他的工作。这也是他一年来最忧心，最放心不下的。人才的缺乏和流失，在他看来，就是贫困山区解不开的结。

曾经，他是那么想把自己的毕生所学教给年轻人，可是，小城生活的慢节奏，年复一年地消磨着年轻人的学习热情和斗志，他们好像很享受原有的生活状态：上班、下班，就是一天。完全没有发达地区业余时间你追我赶的学习氛围。

后来他发现，这种生活，差不多就是小城常态，在学习、工作和事业方面，人们大都没什么想法。这个发现让他很是惋惜，要是大家多花些时间和精力在学习上，该有多好！

有一次，主任安排一位年轻医生跟他一起值班，傍晚 6 点的时候，他打电话告诉对方 7 点有手术，对方说知道了，可等到 7 点却不见人来。等他再打电话过去问，对方竟说自己喝醉了。

那天，挂了电话的廖海湃，站在原地冷静了好一会儿。他真的是很无语，真的是想不通，金阳县人民医院包括他在内的 20 多个外来援助医生，哪个不是经验丰富的专家？大伙儿不辞劳苦，远天远地跑到深山沟里来教你，这是多么难得的机会啊！可是，这些年轻人，对此好像并不上心，好像从来就没想过要抓住机会，努力提高自己的医学水平，成为医术高超的人才。

"如果没有帮扶医生，他们怎么办呢？难道不做手术了吗？"我问。

廖海湃苦笑："你别说，还真是这样。如果没有帮扶医生，很多需要手术的患者只能往西昌送，因为没有人做嘛，事实上也做不了嘛！"

廖海湃不知道问题的根子在哪里，但是，他知道必须想办法改变这样的现状，必须想办法激发当地的内生动力。唯有如此，脱贫才有希望，小康才有希望，山区才有希望！

资料显示，佛山对金阳县的医疗支援，可谓不遗余力，金阳县卫生健康局副局长咪色里呷有一个工作本，上面记录着一串佛山支援数字：

2018 年下达艾滋病专项资金 1070 万元，下达卫生人才专项资金 300 万元；

2019 年下达卫生人才专项资金 160 万元；

2020 年下达卫生人才专项资金 100 万元……

人才！人才！人才！在佛山资金的支持下，金阳引进了一名高级职称神经外科专家、一名副高级职称骨外科专家、一名中医科副主任医师等，还建起了重症医学科。可以说极大地提升了金阳县卫生健康事业发展水平。

广东（佛山）对口凉山扶贫协作工作组驻金阳县工作小组组长南策炳介绍说，佛山在金阳共举办 82 场专业技术培训班，培训当地老师、医生等专业技术人员 2281 人次，其中 2018 年举办 49 场，培训 482 人次；2019 年举办 33 场，培训 1799 人次，有效促进佛山与金阳的学术交流，提升了当地教育、医疗水平。

这对急需大量高素质人才的贫困山区来说，就像黎明前的曙光！

……

2020 年 9 月 27 日，晚上 10 点 30 分，当天前往广州的最后一班机从西昌青山机场起飞，援助期满返回佛山的廖海湃偏头从窗口望出去，久久地望。他不知道自己在想什么，或者根本就什么都没想。

群峰耸立的凉山大地，在深沉的夜色中，在他无声的目光中，渐渐远去。

李建国：我在金阳教徒弟

2020 年 9 月，佛山传媒集团融合报道组记者路帅、陈宁静、王骏在《支医送教，编织医疗防护网》中写道："只有人人健康，才有全民小康。对贫困地区的群众来讲，因病致贫、因病返贫是必须解决的迫切难题。广东（佛山）对口凉山扶贫协作工作组驻金阳县工作小组用实际行动，为贫困山区的老百姓编织了一张有温度的医疗防护网。"

这张"有温度的医疗防护网"到底是怎么编织的呢？其中一条，就是"把最优秀的人才派到金阳去"。

本文的主人公李建国医生，便是广州医科大学附属顺德医院派出的援凉专家，2019 年 10 月前往凉山州金阳县支援创建 ICU，实现了群众"大病不出金阳县"。

1

2020 年 9 月 21 日上午，我从金阳宾馆出发，沿南街一路往下走，没几分钟就到了金阳县人民医院。昨天就和李建国约好了，这天上午去医院采访他。

虽说中国已经大体控制住了疫情，但是，就算金阳这种老山沟，医院的防控工作仍然抓得严，进门除了必须戴口罩，还要填一张个人信息表，等护士测了体温才会放行。

重症医学科在二楼。我到达的时候，李建国不在办公室，从广汉来支援的叶护士长说他会诊去了，请我在办公室稍等。重症医学科医生去会诊，那就意味着有重症病人，我估摸着，上午的采访会因为这个会诊而泡汤。

昨天约的时候，他说没什么事的，但是——实际上，我知道我的采访已经开始了。

我在有些狭窄的医生办公室坐了一阵，李建国急匆匆地从外面进来了。很快，护士从外面推进来一个患者，一个需要抢救的患者。

"不好意思啊，今天早上刚好有一个会诊。"李建国急匆匆地和我打招呼，都没听到我回应就指挥科室里的医护各就各位，立即投入抢救。

患者是一个妇女，看起来年纪并不大，据说先是住在妇科，突然出现了紧急情况……这是我人生中第一次目睹抢救全过程，开始只是两个男医护替换着按压患者胸口做心肺复苏，没多久就累得满头汗；后来女医护也加入进来，有的个子不够高，还得爬上去跪在床上按。其间还用了电击，看样子情况很不乐观。现场医护有十来个人，也许是他们见惯了生死，神情都比较淡定，现场气氛没有影视剧里抢救病人时那么紧张。有时我会伸长脖子，眺望那个电脑显示屏上的心跳曲线，因为隔得太远，实在是看不清楚，只能听到一些医疗设备连续不断的滴滴声，像警报，又像是尖叫，搞得我比医护人员还紧张。

我在心里祈祷老天保佑。那个躺在病床上的妇女，我不知道她是谁，也不知道她能不能挺过这一关，但这是我这辈子目睹的唯一一次生死抢救。我希望李建国能把她从鬼门关拉回来。我目不转睛地关注着，包括观察医护人员的各种反应，希望能从中获得积极的信息。时间一分一秒地过去了，抢救还在进行……有一阵子，好像情况有所好转，患者的生命体征有了明显的恢复，医护们也暂停按压动作……病人转危为安了？我长长地松了一口气，悬着的心也慢慢放下来。然而，实际情况并不是我希望的那样，很快，情况出现反复，刚停下来的医护又围到了患者身边……我的心又悬了起来。

时间过得很慢，就像腿上绑着沉重的沙袋，就像一分一秒都可以像橡皮筋一样拉长；但时间又过得很快，抢救已经接近一个小时……最后，事与愿违，病人没能抢救过来。我感到心里像压了一块沉重的铅块，灰灰的，一直灰下去，灰到了极点。

事后听说，那位妇女死于恙虫病，这种病山区比较多，在田间劳作的农民，或者从事野外作业的伐木工、筑路工、地质勘探人员、野训部队和探险旅游者等，这些群体都容易被恙虫咬袭，稍有不慎就会发生感染。而金阳当地农民在摘花椒、收苞谷的时候，也不时会被恙虫咬伤，因为比较常见，大家并不太注意。本来这个病不至于死人，但如果医治不及时，引起其他并发症，那就不好说了。

人竟然会被虫咬死？或者说，虫都咬得死人？我有点不敢相信。我想搞清楚，这个恙虫到底是个什么东西？

《易传》说："上古之世，草居露宿。恙，噬人虫也，善食人心，故俗相劳问者云无恙，非为病也。"《风俗通》曰："恙，毒虫也，喜伤人。古人草居露宿，故相劳问，必曰无恙。"原来，恙虫这个东西古已有之，一般都出没于乡间田野，古人草居露宿，也经常被它咬伤，所以见面时都会互相询问，没遇到恙虫吧，没被恙虫咬伤吧。成语"别来无恙"中的恙，本意讲的就是这个恙虫。

但我还是不相信一只小虫子能把人咬死，查阅资料得知，恙虫病其实是一种伤寒，别名叫"丛林斑疹伤寒"，是一种自然疫源性急性传染病，不管是人是兽，只要被恙虫咬了，就会出现发热、皮疹等临床症状。最麻烦的是，这个病有潜伏期，一般被咬后要5~20天才发作，无法及时发现。而夏秋季节，农民在野外田间劳动时间比较久，可以说天天跟野草打交道，容易被咬得病，却不容易及时发现，等到发病时，都是突然之间发高烧，体温迅速上升可达39℃~40℃。由于缺乏认知，很多人都以为只是感冒，以为喝点姜汤，拖几天就会好，等发现情况严重了，不得已才会到医院看，却往往已经错过了最佳治疗时间……

一个生命就这样在我的眼前消失了，轻飘飘的，像一粒尘土，像一缕青烟，像金阳河谷里飘浮的雾气，它是那么脆弱，那么无助，那么孤单……我的心情灰到了极点。我难过极了。

2

1976年出生的李建国，是土生土长的新疆人，乌鲁木齐是他从小到大的完整记忆。从新疆医科大学本科毕业后，他进入乌鲁木齐市友谊医院，做了一名医生。刚开始李建国是干急诊的，后来调去搞重症，这一干就是十多年。干重症，好像就是他一生的宿命。

2019年6月，李建国调往位于广东佛山的广州医科大学附属顺德医院，10月，医院通知说需要派一个重症科医生去援助凉山，刚好就跟他所在的科对口。

派谁去呢？不可能派科室主任去，他得负责全科的正常运作呢。其他医生呢？一眼望去，全都是些小青年，有个还刚谈了女朋友，让他们去，把人家搞成牛郎织女，好像也不人道。李建国左右看看，只有自己符合条件。在大国扶贫的背景下，新疆本身是被帮扶地，现在，自己一个新疆人有机会去帮扶四川凉山，完成一个从被帮扶到帮扶的角色转变，想想还是挺有意义的。

那就报名吧。

10 月 20 日，李建国随佛山援凉医疗队伍飞往西昌，稍作逗留再赶往金阳县人民医院报到。

金阳县人民医院以前没有重症医学科，后来得到四川广汉市援助才开始筹建，李建国报到的时候，重症医学科还没搞好。李建国被暂时安排在内科当扶贫老师，每天带着当地医生查查房，跟年轻医生讲讲课啥的，工作轻松倒是轻松，心里却不免有点急。他是来干重症的，不是来图轻松的，所以，没事的时候，他总会忍不住跑去 ICU 看一看，看看啥时候才搞得好。

广汉市对医院的援建，主要体现在资金、医疗设备方面，而佛山派出的专家，主要负责医疗技术层面的帮扶。李建国想干的事情，就是尽快让这个 ICU 运转起来，等一年援助期满时，最好已经"桃李满科室"，经他带出来的"徒弟"，个个都能独当一面。

虽然 ICU 还没建好，但李建国已经在心里开始规划 ICU 的未来。因为心怀未来，所以很多问题都不是问题，比如那些援助捐赠的医疗设备，因为用不着，或不会用，在仓库里放好多年了，也不懂如何保养和维护，现在要用了，拿出来才发现问题蛮多，但是，所有的问题都可以解决。"对一个县级医院来说，有这么多先进设备，已经算很好了！"李建国没时间想别的，只想快点把这个 ICU 做起来，最好能做大做强。当他发现重症医学科只规划了 5 张病床，心里边还有点小小的遗憾，在他看来，金阳县人民医院是二级甲等医院，有400多张床位，按比例，重症医学科的床位太少了。但他没想到，如果按合格的医护配置，这5张床已经算很多了，因为没有人手。准确点说，医院没有办法给新成立的重症医学科配置合格的医护人员。

这可就要了命了。"护理到位了，医生不到位。原来说有规培的大夫，但一直在基层上不来。从3月份开科，直到9月份才到位。"这时的李建国才意识到，制约贫困山区发展的最大瓶颈，不是别的，就是人才。

3

没人怎么办？没人就从外边引进嘛！真是说得轻巧，捡根灯草。请问这穷山旮旯哪个人才愿意来？就算拿枪顶他脑袋上逼来了，那也不过是人在曹营心在汉，总会寻机会走掉的。所以最好是就地取材，把现有的资源盘活，人尽其才。

那就先给领导汇报，争取支持，然后到医院各科室挑人。几百人的医院，不可能个个都不行。

说干就干，第一时间找领导要人。

领导有点为难。但转念想想，佛山人民那么支持金阳人民，金阳人民没理由不支持佛山人民啊，那好吧，放权给你，你到医院挑，看上谁就领走。

领导的表态让李建国信心大增，但他很谦逊，他不会真的拿着令箭自己跑去挑人。总之，一切都听领导的。然后，领导就从骨科挑了一个医生，说那个谁谁谁，你觉得怎么样啊，要是看得上，那就给你好啦！李建国一看，哇，还是一个副高职称的，和自己一样，专家级别！不由得心想，领导就是领导，站得高看得远，这么重要的科室，是得有专家坐镇才成，他李建国虽说也是专家，但自己是来支援的，不是来干一辈子的，一年到期就会撤出金阳回佛山，所以，挑一个副高，更利于一年之后的交接班。

那就撸起袖子加油干吧。

只是没想到，副高专家不愿意。人家在骨科干得好好的，凭什么去搞重症啊！这事最后没搞成。

没办法，"来之能战"的熟手不愿来，只能退而求其次，从培养的角度，挑几个年纪小一点的。李建国觉得，年轻医生因为实战机会不多，经验不够，都是需要自我提高医学技能的，所以会比较听话一点，只要听话肯学，再加上年轻，相信他们会很快上手，这样也符合他想为金阳县人民医院培养人才的初衷，从这个角度讲，给科里配几个年轻医生，未尝不是好事。

那就接着挑吧。于是，在骨科挑了一个，在妇产科挑了一个，加上规培的张兴梦医生，重症医学科团队就组建起来了。想想这个团队也蛮可怜的，这三个年轻人中，只有张兴梦是大学本科生，而且学的也只是呼吸危重症，相当于呼吸内科，并没有在真正意义上学过专门的重症。而另外两个，一个是执业助理，一个连执业助理都不是。

唉，挑个人，组个队，咋就这么难呢？叹完气之后再想想，这不就是山区的困境嘛，要不然国家派那么多精兵强将到贫困地区帮扶个啥，不就是想先输血然后成功造血嘛。这么一想，也就想通了。

但李建国还是特别着急，特别郁闷。因为医学是经验科学，不可能像六祖慧能那样"顿悟"，也不可能一夜成才，所以，当他给科室里的小伙伴讲 ICU 操作规范的时候，除了规培的张兴梦能听明白他在讲什么，其他人大都睁着认真但迷茫的眼睛，望着他，似懂非懂甚至云里雾里。总之不知道他在说什么，如果用广东话说，那就叫——"都唔知讲咩"。

"这个不能怪他们，他们重症方面的基础实在是太差了。"李建国说，没办法，只能手把手地教，就跟带徒弟一样，把全套的 ICU 操作规程教给他们。

尽管在重症这边只是"学徒"，但人家在原科室仍然是抢手的宝贝，记得当时妇产科给人的时候，主任就很正式地说，给人可以，但只能给一个月。

只给一个月？李建国愣了。

对啊，一个月。

李建国差点就要苦笑了，你以为这是在搞接力棒比赛吗？这是 ICU，重症医学科，紧急抢救！

他愣在那儿，问妇产科主任："为什么呢？"

妇产科主任说："我们科里也缺人啊！"

李建国真的笑了，是哑然失笑，想想，人家说的也不是没有道理。缺人才！也许这就是山区贫困的命门。

李建国顾不上多想，他得先把这帮小伙伴带上轨道再说。他没想到的是，一个月之后，妇产科主任真的来要人了。李建国这才想起人家当初是打过招呼的，他禁不住笑出声来，然后，坚决不放人，理由当然会很充分："我这儿刚培训好，你给拿走了。哦，我又找一个新人，又得培训。大姐，我这儿是重症医学科，又不是重症培训科。"

抢救重症病人，岂能当儿戏！李建国铁了心了，要人，没有！反正就两个字——不给。

缺人才，当然不只是重症这一个科室，而是整个医院。好歹也是一个县级医院，可从上到下捋一遍，正儿八经的大学本科生只有三个。真的是太少了！在李建国看来，不管是什么科，每个科室总该有一两个能独当一面的骨干，能够在未来的任何时候接主任的班。

为此他还专门留意过各科室的配员情况，像他理想中的——学历比较高、能力比较强，能独当一面，顺理成章接班的人，实在太少。为什么会这样呢？他认真分析过，最后得出两个原因，一是很多科室主任都是从外面聘请来的，因为种种原因，没有很强的归属感，带不出像样的徒弟；二是年轻医生除了基础差外，上进心还不够，没有形成你追我赶的学习氛围。本来，大国扶贫是一个绝佳的学习机会，20多个援建医生，都是各方面的专家，在一年援建期内，就算每人带两个徒弟，那也是很可观的数字。年轻医生在岗位上跟师学一年，比在大学读一年要强，因为这种手把手教带出来的，全都是实战经验，绝对不是坐在教室里纸上谈兵可比得的。但问题是，你就是想培养都找不到苗子。再退一步讲，就算你找到了有点潜力的苗子，可人家不想学，或者没心思学，你能怎么办呢？

这才是李建国最着急，也最感无奈的。因为他发现科里的小伙伴们蛮听话，你说什么他都听你的，都按照你教的去做。但是，当你叫他独立操作的时候，他又什么都不会做了，就好像根本没学过一样。这是因为他们笨吗？李建国不这么认为，他认为是小伙伴们不走心。

"你说连心电图都不会看，连片子都不会看，还怎么提高自己的医疗技术？"李建国苦笑，不懂可以，不会也可以，但如果不学……答案只有一个，不可以！

特别是重症医生，不学怎么可以？就算你天天学月月学年年学，也不能说自己就啥都搞得定。而如果不学，或者学皮毛而不走心，别说及时救命，怕是连能不能"识别"都会是一个很大的问题。

什么情况下算重症，什么情况下不算重症？你来告诉我。这些都是需要实战经验的，对没有经验的医生来说，要做出准确的判断，那玩意儿，比蜀道还难！

为了解决这个问题，李建国决定到各科室"报到"。

你一个重症医学科的，还只是帮扶医生，去人家科室报什么到啊？神经短路了吗？

不不不，是真的来报到，各位大佬各位同事，本人李建国，佛山来的帮扶医生，专业是重症，我的手机24小时开机，如果有什么把握不准的情况，请及时打电话给我，保证随叫随到。

哦，原来是这样。大家回过神来，都觉得这佛山来的专家有点意思。

"才来没多久我就发现，因为有援建捐赠，医院的硬件还是不错的，这里更需要技术的帮扶。"李建国说，但问题来了，好多帮扶医生都遇到一个有趣的现象——当他们带着医护查房的时候，刚开始还有人跟着，可查到最后，掉头一看，发现身后早没人了，那些个年轻医生，东走一个西走一个，都不知跑哪儿去了。这情况李建国也遇到过，刚开始还以为只有他一个人遇到，有时会当成趣闻跟同事闲聊，没想到每聊一次都有人共鸣，从广汉来的护士长叶老师，为这个事也笑得弯腰，说咋回事啊，我也是这情况，护士小姐姐们也是刚开始跟着，然后就中途溜号，到最后等你回头一看，前无古人，后无来者，就自己一个人还在那儿絮絮叨叨。

"这个情况实在是让人感到很无奈：年轻人为什么没有学习的热情和劲头呢？不知道问题到底出在哪里。"叶护士长叹了口气。

小伙伴们的学习热情上不来，就会引发诸多的后遗症，比如说，很多在李建国看来很简单的东西，总是要反反复复地强调，反反复复地说，反反复复地教。但是，过两天，小伙伴们又全都给忘了，也不知道他们是没有用心学呢，还是确实是学不进去。

"我发现这地方，很多人把上班、下班的概念分得特别清楚，真的是工作就是工作，生活就是生活。上班是工作，下班就是耍。"李建国说，所以很少有人会用下班的时间去学习、去钻研、去提高。特别是对重症，大家都觉得这是个很难搞清楚的东西，就算学破脑袋怕也搞不清楚，所以就没有了学习的热情和劲头。万一患者来了，反正有外来的援建医生，他们搞定就是。

"可是，我们打的是助攻，不是主攻。"李建国有些忧心，"什么是技术帮扶？就是你不会的，我们教会你。你做不到的，我们帮你做到。我们把这些技术教给你，然后，你们把学会的技术保留下来，延续下去。这才是帮扶医生的意义。"

但现实真的令人着急，李建国发现，这么大一个医院，连住院医生制度都没有，最多就是轮流值个班。而住院医生制度的好处在于，医生住在医院，有什么事随叫随到，不只是应对患者突发状况，同时也是医生快速提高医疗技术，快速成长的必经之路。更令李建国惊讶的是，有一次，他还遇到了一个神奇的"慢郎中"——那次，内科有一个病人出现急性心肌梗死，按要求，半个小时内要抽血送检验科并出结果。本来说好了上午9点出结果的，可是，到了中午12点还没见到，叫人不断地去催问，对方居然回答说"还没抽血呢"。

从医几十年，这种事真的是闻所未闻！这回李建国是彻底无语了。

5

李建国是佛山派往金阳支援的专家，有着丰富的重症医学临床经验。他千里迢迢来到金阳，最想干的就是把 ICU 科室搞起来。虽说困难重重，但他相信办法更多，在他的艰苦努力下，2020 年 3 月 16 日，金阳县人民医院 ICU 正式开科。

科室建起来了，但这只是指硬件方面。而软件方面几乎就是一张白纸，一切差不多就是从零起步。

医生不会使用呼吸机，他手把手教；

医生不会插管，他亲自上阵做示范；

科室里缺少人手，他向医院积极争取；

他坚持 24 小时不关机，不管哪个科室，只要有需要，一个电话，5 分钟之内必到科室……

2020 年 5 月，金阳县天地坝镇 64 岁的刘太芬老人，因为吃药超量，导致中毒了，当时那情况，真的挺吓人——呼吸急促、全身浮肿，被紧急送往县人民医院，住进了重症监护室。

当时，ICU 刚开科不到两个月，对李建国能不能收治这样的病人，很多人心里都打着鼓，但李建国相信自己，抢救危重症患者，本来就是 ICU 的专业。

血氧饱和度不足，先上呼吸机帮助呼吸；

CT 显示双肺弥漫性病变，马上启动抗细菌治疗；

为了确保万无一失，再联合省级医院远程会诊……事后复盘，真的是要感谢中国发达的互联网，即便偏远如金阳，也一样可以通过远程会诊，享受到发达城市高水平专家的指导和服务。最后，李建国用自己十几年的经验综合各方建议，制订出一套科学有效的治疗方案，硬是将刘太芬从"鬼门关"抢了回来。

事后，刘太芬家人专门为重症医学科送来锦旗。对这个美好的结果，不只是他们不敢相信，连刘太芬自己也不敢相信自己还能走出医院。佛山医生的"功夫"，从此传开。

2020 年 9 月 16 日上午，刘太芬老人专门到医院找李建国复查，得到"各项指标正常"的答复后，她和家人都很开心。现在的李建国在他们一家心里，就是神一般的存在。

"以前我们医院没有 ICU，一些危重症患者只能转院到西昌大医院，路程需要 4 个小时，一些病人没能坚持到西昌就去世了。"金阳县人民医院副院长马庆明说，一座代表县城最高水平的医院没有 ICU，可以说是极大的遗憾。佛山派来专家之后，ICU 终于搞成了，到 2020 年 9 月，短短半年时间，李建国和他的团队已经累计治愈 63 名危重患者。"在重症医学的支持下，以前我们不敢做的外科手术，现在都可以在县人民医院做了，实现大病不出县，手术量比以前增加了许多，同时也得到病人很高的评价。"

治愈危重患者令人高兴，得到病人的高评价也令人高兴，但更让李建国高兴的，是他教的"徒弟"，在他的高压政策下，慢慢养成了主动学习的习惯，并且学有所成。

张兴梦是金阳人，也是李建国的"徒弟"，刚开始听说医院要搞 ICU 时，她和很多人都一样，根本就不敢相信。后来跟着李建国，从科室制度、收治标准、操作规范等一点一点地学，这个过程不只是让她掌握了重症监护技术，更重要的是，她也因此终于相信，有了大国扶贫的政策，再偏远的山区，也一样能实现梦想。

在被李建国"强制学习"的过程中，有一次经历让张兴梦特别难忘——那是她第一次为病人实施中心静脉置管，当时，她要做的，就是把 20 厘米长的针管插入病人的胸部。可是，她没干过这活，完全没有手感，心里实在是没底。要是把病人动脉或者肺部刺穿了怎么办？心里一担心，手就忍不住发抖，手一抖，针就拿不稳，当时那个害怕呀，真的是无法形容。好在李建国就站在身边，一点一点地教，一教就是半个多小时。他就像坚强的靠山，有他在，给了她的信心保证。

"以前我们不会插管，不会中心静脉置管，在李医生的教导下，现在都学会了。我已经可以独立处置一些突发情况了！"张兴梦说。

这才是金阳最需要的医疗"种子"啊！作为一个帮扶医生，李建国最大的愿望，就是他播下的"种子"能生根发芽、茁壮成长，长成金阳人民群众的健康保护神。

6

然而，对整个金阳来说，靠帮扶老师带几个徒弟远远不够，李建国真的放不下内心的忧虑，他想搞清楚，为什么那么多人安于现状到不思进取？有没有办法改变这种状况？

冰冻三尺非一日之寒。面对如此现实，李建国知道，干着急是没有用的，自己应该多了解当地民风民俗民情，找到病根，也只有这样，才可能对症下药。

那就深入到当地群众的生活中去，看看这到底是怎么回事。

那么，就利用下班之后的业余时间干点啥。

李建国爱好挺多，比如说下象棋，这个爱好要是在北方城市，那是最容易与社区群众打成一片的，只要往某棵老树下凑，随时都能找到志趣相投的对手。于是，他专门买了一副象棋，那规格，就算只是一个兵，也足有半个月饼那么大，握在手里，那感觉就像是千军万马，"啪"的一下往棋盘上一拍，绝对是声震四方。这玩意儿要是能帮他潜入当地真实的生活，也许就能解开心中的谜团。只是，象棋倒是买回来了，却发现老山沟情况跟北方城市完全不同，闲着的老头挺多，但没有象棋的江湖。唉，一声叹息之后，只能偶尔找同来帮扶的医生下两盘，权当放松一下。

是因为象棋烧脑所以无人问津吗？那就改体力活，打羽毛球如何？李建国约了同事，在武装部院内找到一个场地拉开架势，就不相信没有人围观，就不相信围观者光看热闹不手痒。

可是，这个计划很快又失败了，打来打去，根本就找不到对手，直到后来终于发现当地一机构内有高手潜伏，这才在竞技上找到了一点归属感。

再然后又改打篮球，这个运动参与度比较高。接着他就发现一个很有趣的现象，金阳当地人球技高超，善于单打独斗，经常是千里走单骑，一个人左冲右突，屡屡投中。可一旦打团队配合，马上就不知如何协调，于是就会出现令人着急的场景：传球的传过来我就打，没人传过来，我就站在那儿等。李建国觉得自己找到年轻人不主动学习的原因了，这种"站在那儿等"的习惯，好像已经渗透了他们的工作和生活。

"你不能说这样不好，它的好处就在于，不管输球赢球，都没有人怪你，没有人埋怨。大家都很享受，生活很和谐。"李建国讲起这个发现时，连自己都禁不住眉飞色舞起来。不知道这眉飞色舞是因为他的这个发现呢，还是他在赞叹当地人这种很享受、很和谐的生活状态。

深入琢磨，李建国发现的这个"地方性格"跟当地交通闭塞，信息不畅有关。因为交通不方便，别说外边的人才，就是医疗器械出了毛病，打电话去售后请求帮助，连厂家的工程师都不愿意过来，要是你催得烦了，最多通过视频教你怎么换件，怎么调试，一来二去，都快把李建国培训成医疗器械维修师傅了。

"从成都到金阳，本来也就12个小时的车程，可寄一个配件来，往往要等五六天。"李建国说他也搞不清到底是咋回事，不过，好像大家对此习以为常，没人着急，也没人觉得有什么问题。

李建国对自己的诸多"发现"越来越有兴趣。随着时间的推移，他又发现，来医院的很多病人，健康意识都很差，甚至对生命的重视程度，也是一种顺其自然的状态。当然，这种顺其自然的根子，最终还是贫穷的环境给逼的。对治病这个问题，群众主要以自家经济能力为标准：如果医保这一块能够承受，那就治疗，如果没有医保，那就放弃治疗。比如医保规定，每人平均每年可报销4000元左右，而一个骨科手术，少说也要5位数。这中间的差距让大部分人望而却步。因为这个，医院的骨科手术开了一段时间，最后都不得不关掉了。因为医院也亏不起这个本。又比如说患者病情严重需要转院，这个时候，如果有报销或有人出钱，那就转；如果需要家里出钱，那就算了。因为家里拿不出那么多钱，承担不起，只能放弃。对医院或医生，患者家属不会有更高的要求，也因此，医患纠纷很少。从这个角度讲，当地的医疗水平和患者心理预期倒是蛮匹配的。

李建国的研究和发现在往深处发展。

他把来医院看病的患者粗略分为三部分：

第一部分是胃炎。主要是喝了酒不舒服，花点小钱吃点药，情况好转就可以了。

第二部分是急性支气管炎。感冒了，咳嗽了，上呼吸道感染了，到医院打两针就好了。这一块占了很大的比例。

第三部分是杂症。只要医生说"我们这儿条件有限，看不了，你去别的地方吧"，他们就回家，听天由命。

"一般病人在来医院之前，会先找毕摩①，效果不好再来医院；要是医院的治疗效果不好，又再去找毕摩；如果效果还是不行，那就再回医院。"李建国说，这样一来二去的，往往就把最佳的治疗时间给耽搁了。要是医院说治不了了，那就接回家去，再找毕摩想办法。这是地方风俗，不管结果如何，家属都认，没有人会因为这个事情闹得不可开交。

"通常，一个老大夫，在地方上基本什么事儿都可以摆平。只要老大夫说确实没有办法，尽力了，患者家属就认了。总之，认命的心态比较普遍。"李建国也不知道该怎么样评价这种地方民情，他总是想，一个地方最大的问题就是大家都发现不了问题。既然没有发现问题，何来解决问题之说？都没有问题解决什么？所以给人的感觉，整体都挺好的。

李建国晕车，就算自己是医生，也治不了身上的这个毛病。因为这个，平常同事、朋友们三五成群出去玩耍的机会，他都没心思参与，倒是同事的旧摩托被他看上了，借过来修修整整，把车灯、轮胎、刹车啥

---

① 彝族传统宗教中的祭司。参见本书《探访毕摩俄地日达》。

的全都换了，没事就骑着电动摩托车在县城到处转。医院有事打个电话，几分钟就能赶回去。有一天，停在路边的电动摩托车竟然被交警、城管联合执法给拖走了，这让他在感觉非常不方便的同时，竟然有了些许欣慰。他突然意识到，小城闲散的生活状态，除了穷，除了交通、信息闭塞，还有一大原因，就是管理没跟上。就像他的电动摩托车，你在路边乱停乱放，我就给你拖走，看你以后还敢不敢！如果各行各业都这样规范化管理了，那大家的认识、理念、习惯，也就慢慢跟上来了。在李建国看来，这才是脱贫奔小康的希望所在。

7

事实上，大国扶贫背景下的金阳，每一天都在发生着喜人的变化，而佛山与凉山的对口协作扶贫，除了"把最优秀的人才派到金阳去"，佛山同时还"把最需要的项目建到金阳去"。

因为气候方面的原因，金阳县城经常停水，连医院手术室也无法保证随时用水，为了解决这个大问题，佛山投入14.2万元，对医院不间断供水系统进行改造，让手术室能用上净化水，从而避免了感染事件发生。与此同时，佛山还投入31.5万元，改造提升金阳县疾病预防控制中心实验室，优化中心检验室布局和功能，提升中心检验检测能力。

资料显示，从2018年至今，广东（佛山）对口凉山扶贫协作工作组驻金阳县工作小组累计投入1530万元，从"硬件建设"到"人才引进"多管齐下，让金阳群众享受到与佛山一样优质的医疗卫生服务，为脱贫攻坚筑起一道道"健康防线"。

只有人人健康，才有全民小康。望着河谷对岸半山坡上正在兴建的金阳新城，李建国长长地呼出一口气，说："希望一切都会慢慢好起来。"

思考篇 | 希望路上

扶贫必扶智。让贫困地区的孩子们接受良好教育，是扶贫开发的重要任务，也是阻断贫困代际传递的重要途径。

——习近平

打开窗户　走出大山

华为创始人任正非在 2019 年接受丹麦广播公司 PhilipKhokhar 采访时说，中国最主要的问题是摆脱贫困，而要解决落后地区的贫困问题，除了国家要修铁路、修公路、建电力网……使贫困地区逐渐现代化，还有一个问题需要解决，那就是"使人们受到教育"。

他举例说，"70 年前中国大约有 70% 的人是文盲，一个字都不认识，就像外国人不认识 A、B 一样。经过这 70 年以后，中国基本上没有文盲了，但是科盲很多，不懂技术的人很多。所以，中国要大量办职业技术学校，让普通人有一技之能，容易就业，社会就稳定了，中国才有发展的基础。"

广东（佛山）对口凉山扶贫协作工作组驻金阳县工作小组组长、金阳县委常委、副县长南策炳在接受《南方日报》等媒体采访时说："这里（金阳）每个村子都隔得很远，走路从一个村民小组到村委会都要两三个小时，发展教育天然比较艰难。在教育这一块，历史投入还有欠账。总体而言，造成金阳县贫困的主要原因从短期来看，是这里的人们凭借自身力量脱贫致富的门路很少；从中期来看，贫困的原因是交通；从长期来看，是教育。"

上篇：遇见佛山支教人

1

金秋八月，大凉山深处的金阳县，一个名叫阿苦友则的农村女娃，考上了州府西昌的高中名校。父亲喜笑颜开，遍请村人来家里喝酒庆祝——几代文盲的历史，总算在阿苦友则这儿结束了。这个在穷山沟里忙活了半辈子的彝族汉子，真的是做梦都想不到，女儿阿苦不鸣则已，一鸣惊人，竟然考了820分的成绩，直接拿下2020年凉山州中考第一名！

还有什么能比这事更让人高兴？还有什么能比这事更值得喝酒庆祝？这是阿苦家比天更大的喜事，必须把全村人请到家里来喝大酒吃"坨坨肉"，必须用彝族待客的最高规格来款待同村乡亲。

勇夺凉山州中考状元，这是阿苦友则人生的高光时刻，同时也是他们家，他们村，乃至金阳县初级中学的高光时刻。山沟沟里的寒门子弟，靠什么改写家族命运、摆脱贫困的"代际传递"？阿苦友则用820的高分告诉世界——

读书！读书！读书！重要的事情说三遍。

但是，读书需要钱，阿苦友则是家中老大，下边有六个弟弟、妹妹，一大家子人的生活，全靠父母种荞麦、土豆，外加打点零工。如此家境，能让大人小孩喂饱肚子已经不错，还读什么书！

因为家里实在是太穷，穷得经常吃了上顿无下顿，揭不开的锅儿在半空中吊起甩，阿苦友则都不知多少次动过辍学的念头，作为家中老大，帮父母干活养家，在山区可谓天经地义，虽说她舍不得学校，舍不得课室，舍不得书本，但是，她是长女，她不能对父母的辛劳视而不见。

"爸，我不想读书了。"

"啥？不想读了，为啥子？"

"不为啥子，就是不想读了。"

"你是怕家里头供不起你是不是？你给老子听着，就是砸锅卖铁，就是剐肉卖血，老子也要供你！"

"我……"

"我啥子我，读！好好读，给老子读个大学生出来！"

……

阿苦友则知道，对她和跟她一样的山里娃来说，读书考学，是他们走出大山的唯一出路。可是，她真的好心疼父母亲啊，她想早点出来帮他们干点啥。面对暴怒的父亲，她咬着嘴唇，直至咬破了嘴唇……

其实，不只是家里穷，在阿苦友则的印象中，学校也一样穷，刚读初一的时候，教室的板凳、桌子都是烂的，学校的墙壁，远看去倒是白生生的，可走近就会发现上边糊的是白石灰，谁要是不小心碰着了，擦着了，肯定沾得满手满衣服都是。有时候，同学们嬉笑打闹，冷不防就会伸手在墙壁上抹一把，然后再抹在你脸上，搞得你满面白灰，就像唱戏的花脸。

更糟糕的是食堂环境，连烂桌子都没几张，每餐开饭，跑得快的同学，哄的一声过去，眨眼间就把所有的桌子都坐满了，剩下的多数人，只能捧着饭钵站着吃。

也不知从什么时候起，阿苦友则发现，校园发生变化了，先是课桌、板凳换成新的了；然后墙壁也刷上涂料了；再然后，破旧的塑胶跑道也更换了；食堂的板凳、桌子都买齐了，开饭时再也不用抢座位了，再晚来的同学，也不会因为没桌凳而站着吃饭了。

不只是校园在发生变化，她的生活也在发生变化，初一期末考试成绩出来后，学校居然给她发了300元的奖学金。

300元，天哪，这么一大笔钱，学校从哪儿弄来的？

阿苦友则几乎就不敢相信这是真的，读书不但不用交学费，成绩好的，学校还倒给你钱！一打听，原来，这是广东（佛山）对口凉山扶贫协作工作组驻金阳县工作小组与佛山爱心机构合作设立的奖学金，谁考得好，就奖谁，目的就是激励优秀学子加倍努力。阿苦友则这下看到希望了，她捧着这笔"沉甸甸"的奖学金想了很久，一会想给父母买礼物，一会又想给弟弟、妹妹买好吃的，最后，她咬咬牙，全都用来买了教辅书。读书，更加努力地读书，这才是父母期望的。她对自己说。

初二，因为成绩优秀，学校又奖给她1100元。

"教辅书一本要三四十块钱，一起买的话就要几百块钱。对我来说，这是一笔很大的费用。"阿苦友则说，"现在有了奖学金，就全帮我解决掉了。"

2020年中考，阿苦友则一骑绝尘，摘下凉山州中考状元桂冠，佛山爱心机构大笔一挥，奖励1万元助学金。

如果没有佛山奖学金，自己会不会真的就辍学回家了？阿苦友则说，说不好，而今已到西昌读书的她心里有一个梦想，就是加倍努力读书，今后争取考到广东读大学，然后到佛山走一走、看一看。至于为什么要到佛山走一走，看一看。她没有说。

其实，不用她说，广东（佛山）对口凉山扶贫协作工作组到凉山帮扶以来，一直坚持的都是"扶贫必扶智"，除了大手笔建设校舍、派出支教老师驻点帮扶，还办"佛山班"进行教学改革试验，为的就是让贫困地区的孩子们，能在当地接受良好的教育，他们将交通闭塞、深度贫困、观念落后这些求学路上的"拦路虎"一个个地赶走，为大山深处的孩子们，铺就了一条通往美好未来的阳关大道。

2

杨振华就是从佛山来的支教老师。

2020 年 9 月 21 日下午 4 点，杨振华在阿苦友则的母校——金阳县初级中学九年级 11 班，搞了一个简朴而隆重的捐赠仪式。中秋节快到了，他特地联系了江西省萍乡市汇天置业有限公司，为全班同学捐赠了 5000 元的助学金和一批月饼。

这天下午，我和杨振华、廖海湃（帮扶医生），还有广东（佛山）对口凉山扶贫协作工作组驻金阳县工作小组的几个小伙子，扛着月饼从杨振华的宿舍里出来。我们的目的地，是金阳县初级中学。宿舍紧贴山壁，一路台阶往下走，横穿两条街，再下一个缓坡，就到学校了。我们把月饼扛上教学楼，送进教室，因为数量不多，只够发放一个班，杨振华便选择在他任教的班上搞活动。

仪式很简朴，杨振华的心愿也很单纯，就是在中秋之前，把月饼派到学生的手中。听人说，彝族老乡最大的节日是彝族新年，他们是不怎么过中秋的，他想让学生们感受中秋节的氛围，进而多了解这个全国性节日的特殊意义。当然，当他们吃着香甜的月饼，能感受到老师的一片心意，那就更好了。

在发月饼的同时，还有 5000 元。这也是杨振华通过私人关系找来的赞助，他想用这笔钱奖励班上努力学习的学生。成绩不一定要拔尖，像阿苦友则那样的状元，毕竟是极少数。所以，他设想中的奖励，不唯成绩论，只要综合表现好就行。

我举着照相机，在教室里自由穿行，选取我认为的最佳角度，按动快门。镜头下的学生们，穿着干净整洁的校服，在宽敞明亮的教室里，神情严肃地跟随着仪式的流程，如果把他们的照片发到网上去，却不说明这是需要扶贫的穷困山区，我想，不会有人相信这是大凉山深处的学校，单从硬件设施上看，金阳初中与沿海发达地区的学校，没有太大的差别。

捐赠仪式还在进行，校领导还在讲话，杨振华还要发言，身着彝族盛装的学生主持人，虽然稚气未脱，但字正腔圆，有板有眼……我除了"咔咔咔"地按动快门拍照片，还忙里偷闲和学生们聊天。之前就听说这些初中生当中，有的人已经结婚了，开口一问，果然有人嘻嘻哈哈地指着坐我身边的一个小伙子，说他早就结婚了，两口子都在读初中。小伙子看上去该有十六七岁了吧，面皮白净，不像是乡下的孩子，我向他求证，他的白净面皮竟飞起了红晕，毕竟还是个大孩子，免不了还会有些腼腆。至于为什么这么小年纪就结婚，当然是因为地方上的风俗如此，大家都这样，你不这样，反而会让人觉得很奇怪。

对山区有别于外界的风俗习惯，杨振华说，也许这才是支教老师的更大意义——他们可以把山外边的文明新风带进来，让大山深处的人，知道这个世界很大，还有更多精彩的活法。

杨振华的观点，让我对他产生了浓厚的兴趣。

……

初识杨振华，是在几天前的 2020 年 9 月 16 日。那天晚上，杨振华应约到金阳县委招待所找我，拉开房门，我看见一个高大的身影站在门外走廊上，他就是在美姑县支教到期，刚转到金阳县初级中学支教的杨振华老师。

杨振华是江西人，1988 年到广东佛山顺德一所中学当老师。过来金阳之前，他已经在美姑县初级中学干了一年。我是通过金阳县委办的顺德扶贫干部梁敬远联系上他的。我想采访他，并不是因为他来自佛山，而是我在金阳县马依足乡、热柯觉乡、丙底乡、依达乡等地采访，意外发现乡村教育在脱贫攻坚中的重要作用，于是就想找一个支教老师，听听他们的故事和心里的想法。

杨振华一进门就递给我一个塑料袋，中秋节快到了，他特地带了一盒月饼过来。虽说我是四川人，但在广东工作，此时也算是身在异地，这个时候的月饼，意义非同一般。这个小细节让我在感动之余，发现了他的细心。我想，如此细心的人做老师，学生应该是喜欢的。

"你觉得从外面来几个支教老师，就能立即提高学生的考试成绩，提高学校的升学率吗？"杨振华问我，不等我回答，他已经自问自答："我认为可能性不大。我觉得我们这些支教老师很难立马提高当地学生的成绩。但是，有一点我们能够做到，那就是让孩子们知道外面还有一个很大很大的世界，在他们的心中，种下一个走出大山的梦想。"

我相信杨振华讲的是大实话，但是，他的实话实说，让我愣了好一阵，一个支教老师，竟然说他很难提高孩子们的学习成绩……那，这个支教还有什么意义？

杨振华说，支教也要因地制宜，山区教育基础薄弱，靠几个支教老师进来，就想和西昌、成都拼成绩，这是不现实的。"中考状元"阿苦友则只是个例，没有可复制性。

我对杨振华的观点很感兴趣，我想知道他的支教经历和心得体会。

我给他泡好茶，坐下来，静静地听他说。

3

2019年6月底，佛山市顺德外国语学校发出通知说，需要派一名老师到四川省凉山彝族自治州美姑县支教，为期一年。很快，这个消息就成了老师们议论的话题。

杨振华也看到通知了，当时他就想，我要不要报个名争取一下？正想着，晃眼看见主任迎面而来，便下意识地开了口："主任，这个支教老师，我有没有资格报名？"

主任愣了一下说："当然有啊！"又看看杨振华，问他："你是不是说真的？"

杨振华说："是真的。"

主任说："那你快点写申请，下午开会就要讨论人选了。"

杨振华没多想，马上动笔写申请。后来听说，当时学校只有两个人报名，主要原因是大家对美姑不了解，心里没底。而杨振华对支教是有一定认知的，因为他的孩子曾经到云南藏族地区做过支教老师，现在，他是在向孩子学习。

报名之后，心里一直挂着这事，一直在等领导们批复。在等待的过程中，有一天碰巧跟教育集团领导一起打球，领导问："老杨，听说你报名去凉山了，是真想去呀？"

杨振华说："那还能有假，真想去。"

领导说："如果你是真的想去，我就帮你争取一下。"

领导这话杨振华听明白了，他的申请十有八九会批准。

这次支教，顺德区共派出六名教师，分别前往金阳县、美姑县和雷波县。

　　过完暑假，8月29日，杨振华随团飞抵西昌。为了给佛山来的老师接风，有关部门还特别安排了一个交流会，由当地教育界人士介绍情况，这个时候，他才知道当地适龄学生辍学率非常高，控辍保学的任务非常重。怎么会有那么多人辍学呢？这在佛山，可以说听都没听说过。杨振华知道，在西昌吃完这餐饭，接下来要面对的，就是艰苦的山区生活。说不定为了把辍学的孩子带回课室，还得跋山涉水，走村入户做家访。

　　杨振华要去的地方是美姑县初级中学，校长专门开车到西昌来接人，那天是周日，路上有些堵车，从西昌到美姑，弯来拐去，走了整整5个小时。一路之上风景很美，也很荒凉。沿路看到的人，从衣着打扮到精神状态，跟沿海地区完全不一样。感觉中，就好像自己突然之间到了另外一个世界。

　　这样的环境适合人居吗？杨振华心中起了疑问。

　　一路走来，杨振华发现，其实荒凉的地方都是因为山高路陡，一旦地势平坦，浓郁的人间烟火气息就上来了。特别是到美姑县城下车时，他竟然有了少许的惊讶——满街的人声鼎沸，完全不是想象中的人烟稀少一派荒凉。那份浓浓的烟火气，跟大城市下班后的菜市场没什么区别。

　　"我相信一定是有十代八代人在这里生活生产、世代繁衍才会有这等人间烟火的景象。"杨振华感到内心有了小小的惊喜，在来美姑之前，他已经做好了遭遇各种困难的准备，比如说手机没信号，电话打不通，甚至连菜市场都没有，等等，总之，衣食住行都成问题。而事实上，现实比想象好了很多很多。单从生活这个角度讲，美姑县城的热闹程度，完全不亚于顺德的菜市场。

杨振华怀着欣喜悄悄地想，有这样的生活条件，别说支教一年，就算十年都没有问题。

4

杨振华的专业是英语，到美姑初中接到的任务是教历史、地理。接受任务那会儿他愣了一下，随即安慰自己说，既来之则教之，凭自己几十年的教学经验，有什么不能教的？

没上几天课，杨振华就发现，几乎所有的学生听课都非常认真，这让他觉得非常奇怪，如此认真听讲，为何成绩却是"麻麻地"？再细心观察才发现，学生的认真，不是因为他们热爱学习，而是他们对外来的老师充满好奇，对老师所讲的一切都好奇，一个个满心的求知欲。于是，下课之后，总会有很多学生跑上前来围着他，想了解他的一切。到周末的时候，还会主动邀请他，要带他出去玩，去了解当地的风土人情。目的，就是他们很想了解支教老师的一切，通过老师，了解外面的世界。

第一个周末，杨振华就接受了学生们的邀请，主动租了车，跟着他们跑到乡下去，打成一片，玩在一起，然后，顺带给他们布置作业——把自己的生活状况、愿望和梦想，像作文一样写下来，然后交给老师。

学生们喜欢这个从佛山来的杨老师，他布置的作业，当然得按时完成，于是，很快，杨振华收到了一沓作业。然后，他发现每一个学生的生活，都非常、非常不容易。

很多乡下的学生，一年中回趟家都很困难，从县城坐车到乡下要几个小时，等到了乡镇所在地，下车再往家里赶，又要走几个小时。为了照顾他们读书，很多父母干脆带着一家人到县城打工，搬砖搬水泥，做最粗重的活。而爷爷奶奶老了，只能守在家里，这辈子，怕是没有可能出来看看儿孙了。

杨振华记得，和他接触最多的一个学生，名叫立立机立，都快 18 岁了，才读初一，当初，父母是不让她上学读书的，一个女娃，读书有啥用，不如辍学在家帮手干活。

得知立立机立的情况后，杨振华对她特别关注，很想帮帮她，同时也想通过她，了解更多当地人的生活状况。

立立机立是那种想读书的娃，小时候，父母没让她上学，她会偷偷跑去村里的小学校，趴在教室的窗外，听老师讲课。刚开始，老师也没注意到她，由于她经常趴在窗外，有一天终于被发现了。

老师看见窗外有个小女孩，趴在那儿，抻着小脖子，眼巴巴地往教室里边看，那满眼的渴望和羡慕，让老师实在不忍心对她的存在视而不见。老师走出教室，朝她走过来，吓得她一哆嗦，一张常年风吹日晒的小脸涨得通红。她咬着嘴唇，双手手指绞在一起，低着头盯着沾满泥土的光脚板，根本不敢抬头看老师。

老师叹了一口气，蹲下来，问她："是不是想读书?"

立立机立咬着嘴唇，扭扭捏捏了半天，点头回答说："想。"说话之后，她的小脸涨得更红了。她紧张得鼻头上都出汗了。她的声音低得连她自己都听不见。

但是，老师听见了她的回答。

老师牵起她的手，站起身，说："想读书就进来吧。"

老师把她领进教室，就像母亲领回一个走丢多年的孩子。

立立机立终于可以坐在教室里听课了。她终于和别的孩子一样，可以坐在教室里听课了。

立立机立经常趴在小学教室窗外听课这事，后来被父亲知道了，这个老实巴交的农民，苦着脸，矛盾了很久，最后还是觉得于心不忍，一咬牙，把女儿送进了小学。要读书，就堂堂正正地读！

立立机立终于可以背起书包上学堂了，读了一年后，父亲跑去学校找老师，问女儿是不是读书的材料。如果不是读书的材料，那还是算了吧，趁早回家放羊放牛，再找个男人嫁了。一个乡下女娃子，读那么多书干啥。谁知老师告诉他，立立机立同学成绩很不错！父亲皱着眉头想了一阵，狠狠心，唉，反正家境就那样，苦就苦一点吧，继续供女儿读书。就这样，小学毕业后，父亲把立立机立送到了美姑县城读书。

杨振华把部分学生的作文发上微信朋友圈，很快引起了不小的震动，朋友们都觉得山区孩子太苦了，纷纷捐钱赠物，为艰苦求学的孩子们尽一份心。

5

杨振华记得，第一天上课时，他根据班上学生的名字发音，给他们起英文名，其中就有立立机立。看见一双双充满求知欲的眼睛里散发出来好奇，他当时就有一种强烈的感觉，这些山区孩子虽说文化知识基础差，但很懂事，很自立。这让他对学生们有了更多的关心和牵挂。

那时，学校里经常都会张贴一些外地技校的招生广告，学生们围在广告下方看，一边看还一边讨论，他们太渴望走出大山去看世界了。特别是对成绩一般的学生来说，想在本地中考升学，难度那不是一般的大，而到外地去读技工学校，真是一个不错的选项。有一个学生在广告下方转来转去，犹豫了很久，最后下定决心似的，跑去问杨振华："老师，您说，我报名去读技校行不行？"

杨振华在心里叹了一口气，这些孩子，起点低、基础差，要想一步步往上考大学，可能性真的是微乎其微。与其初中读完就辍学在家，不如读个技校，除了能学一门技术，还能见识外面的世界。这对他们今后的人生，应该也是有帮助的。于是，他伸出大拇指，说："老师支持你，走出去！"

得到老师的鼓励，这个学生真的报名，走出大山，到绵阳读技校去了，可惜的是，才读了一个学期，父亲就得了一场大病，花了不少钱，再也没法支撑他的学杂费。想到艰难的家境，孩子内心十分不安，于是又跑回来找杨振华。

"老师，我该怎么办？我回来好不好？"

杨振华满心的酸楚，他了解这个懂事的学生，他是那种比较内向的孩子，有心事从来不对别人说，就喜欢跟杨老师说。不管在什么情况下，也不管聊什么，他在杨振华这里，都能够得到很多安慰。可是，对他个人来讲，光安慰是没有用的，而作为老师，杨振华觉得，自己其实也帮不了他什么。

"中国式家庭，它一方面为家庭成员提供了责任感，另一方面又为家庭成员提供了约束。"杨振华说，"有些山里的孩子，真是穷得不得了，虽说学费全免，但生活费对他们来说，还是一大负担。他们很多都因此觉得愧对父母，不想成为家里的拖累和包袱，都想力尽所能地帮家里做点事。这些孩子身上，有着很强的家庭责任感。"

这个被迫从绵阳返回美姑的学生，现在最大的愿望就是今后一定要找机会走出去，不管是读书还是打工，必须要出去。不光自己出去，而且还要创造条件，把父母也带出去看一看外面的世界。

"有这类想法的学生，在班上还有很多。"杨振华吁出一口气，说，支教这一年多，自己干得最多，也是最有意义的事，就是把自己在佛山的生活全部摊开来，给学生们看，感觉自己就像在拼尽全力打开一扇沉重的窗户，让外面的风吹进来，让外面的阳光，照进孩子们的心空。

是的，杨振华坚信自己努力"开窗"的意义。在美姑，政府建了很多易地搬迁集中安置点，都是崭新的楼房，可很多人死活都不愿搬进去。特别是年纪大一点的，对住惯的地方有很深的恋旧心理，搞得扶贫干部的工作很难做。但杨振华相信这只能说明他们对外界不了解，不相信会有更好的生活，所以才会产生恋旧心理。而孩子则不一样，他亲眼见过孩子们搬进新房子时的欢呼雀跃。那种开心，真的是溢于言表。而这些孩子，很多人连西昌都没去过，就更别说北上广深这样的大城市了。杨振华执着地认为，支教老师很重要的一个任务，就是打开他们的眼界。

6

杨振华住的宿舍有四房一厅，除了他和两个帮扶医生，还有一个是他的同行——支教老师叶伊娃。

叶伊娃祖籍江西，从小在顺德长大，无论是生活习惯还是思维方式，都"很顺德"，比如紧张的工作节奏，早已经深入骨髓，成了她每天的条件反射，也因此，初到金阳的她，感觉恍若隔世。

因为学校的语数英课都在上午，10点上完课后，时间就空出来了，有兴趣或有需要的话，还可以上菜市场买个菜。这超出想象的生活状态，简直就让她觉得不可思议。

如果在顺德，怎么可能这样？不可能啊！

叶伊娃家住顺德大良镇，离她工作的勒流富安中学有点远，所以，每天早晨5点就得起床，手脚麻利简单梳洗，匆匆吃点早餐，立即出门开车往勒流镇富安工业区赶，就算一路顺风，那也差不多需要一个小时；等赶到学校，7点就要早读。这过程，可以说一环扣一环，哪一个环节都不能掉链子，时间紧凑得有时连上洗手间都得小跑。因为带的是初三班，马上就得中考，所以不敢有丝毫放松和懈怠。不放心的时候，还要跟一下晚修课，每天搞到晚上七八点回到大良家中，简直就是常态。这个时候肚子早就饿了，于是再打开冰箱找点东西吃，就这么随便折腾一下，再看手表，呀，都快10点了，赶紧坐下来备课……总之，深夜12点前，根本别想上床睡觉。

可是，仿佛突然之间她就到了金阳，然后，睁大眼睛打量这个陌生的世界——

虽然，学校也有早读，但是早读时间是8点。每天，她可以很从容地起床，然后当户理云鬓，对镜帖花黄，不紧不慢地梳洗完毕；接下来，气定神闲地吃早餐；吃完早餐，施施然出门下楼，慢悠悠地朝学校走。她和同来支教的杨振华都住在金阳县文化广电新闻出版体育旅游局的宿舍楼里，紧贴山壁，居高临下。而学校则在坡下，隔两条街的样子，踱着步去，不过10来分钟时间就到了。她算过时间，7点30分出门赶早读时间，绰绰有余。

每天上午10点左右，也就上完课了，这个时候，可以抽空去菜场买菜，再回宿舍做饭。因为她在学校没有办公室，所以整个下午，都待在宿舍里备课。如果觉得累，还可以顺势睡一觉。完全没有在顺德上班的紧张，就仿佛她不是来支教的，而是来休假的。小县城不慌不忙的生活节奏，就跟影像资料里 20 世纪七八十年代差不多。刚开始，她还以为这种走班制是专门优待支教老师的，有课就去上，没课就拉倒，反正也没谁管你。后来才发现，不只是支教老师，当地老师也是这状态。除了带重点班的会有点压力，余下的，工作跟生活，早已经融为一体了。

"老师做到这份上，也真的是没得说了。"回想在顺德时的忙碌与紧张，叶伊娃哑然失笑，真的是太不可思议了。

原本，之所以主动报名到山区支教，初衷还真没有报纸上讲的那么高尚，除了不想缺席大国扶贫这个时间节点，还有一点小小的私心，那就是想经历更多，见识更多。生长在发达的沿海地区，如果不身临其境，她还真想象不出报纸上所说的贫困山区，到底穷成什么样子。她才 28 岁，还很年轻，对山区的贫困和落后，还没有什么概念，她想从这次支教中收获阅历和成长。

没想到还真长见识了，到金阳第一个月，她差不多就是一个发蒙的状态。

记得初到金阳当晚住的是宾馆，第二天就搬宿舍，当时感觉这动作还是挺快的，但让她没想到的是，跟她对接的主任说他要开会，没时间过来帮忙，只能她自己搬去宿舍。虽说早已成人，但毕竟是一个女生，人生地不熟的，有个"地主"帮下手，肯定会心定很多，可是……没有可是，只能背起行囊、拖着行李箱，走出宾馆，顺着导航提示，沿街边往坡下走，一边走一边好奇地东张西望。不时还要躲避迎面而来的人和车。最富有挑战性的是，宿舍楼挂在山壁上，抬头仰望，就仿佛那地方已经高到天上去了。低头看看偌大的行李箱，咬咬牙，不望星空了，只盯住脚下，盯着台阶，一步一个脚印，一级一级地上。

费尽九牛二虎之力把行李搬进宿舍，她傻帽似的在里边待了一天。

都不知道多少年没有闲过的她，那感觉，就像一辆车被挂了空挡，或者开在半路上，突然死火了，抛锚了。

我到金阳干吗来了？叶伊娃问自己，我是来度假的吗？不，我是来支教的，我是来工作的。她有点着急，忍不住给主任打电话，问什么时候可以去学校？主任说他很忙，有很多事情忙。主任叫她不用那么急。

是啊，急个啥呢，十年树木百年树人，教书育人，从来都是百年大计，慢工出细活，急不来的事。叶伊娃听主任的，就待在宿舍里等，等主任的电话，等通知她去学校报到上课。

可是，不知为什么，这心里特别着急，左等右等，也不知要等到什么时候，反正等得心慌。实在是忍不住了，只能再打电话，打了几次电话追问上课的事情，可是，主任太忙了，忙完这个忙那个，忙得根本就没办法给她一个准信。她感觉自己就是大海上的一艘小船，划着划着，人生的 GPS 突然被关掉了，最后被迫搁浅在金阳的半山腰上。

这一等，又等了好多天。好漫长的等待啊！在等待的过程中，她经常问自己，要是在佛山，在顺德，会发生这样的事吗？可能发生这样的事吗？她强烈地感觉到，山区自有山区运行的规律和特点。

终于有一天，晚上 8 点多，学校微信群里发通知了，叫她第二天 8 点到学校领课表，8 点 30 分正式上课。

终于上班了！叶伊娃满心欢喜，就像悬在心头的一块大石头终于落地。第二天，她早早地来到学校，迎面而来擦肩而过的都是陌生面孔，想问点啥都不知道该问谁，只能摸出手机给主任打电话。

主任正在上课。"你上 4 楼，找教务处拿课表。"主任说。

叶伊娃抬起头，往教学楼上望去，天很蓝，云朵白得像新娘的婚纱。她发现心情无端地靓丽起来，在佛山，甚至在广东，真的很难见到这种高原蓝，蓝得接近于透明，蓝得找不到贴切的形容词。而这白，嘻嘻，跟自己的肤色有得一拼哦……怀着这样的好心情，她顺着楼梯爬上4楼。抬眼望去，见很多人围在一处领课表。她也凑上前去找自己的课表。这个时候的课表对她很重要，因为直到现在，她都不知道自己教几年级，又上什么课。

拿到课表，叶伊娃飞快地扫了一眼，然后，她长长地松了一口气。还好，干的还是老本行——教语文。这点比杨振华要幸福，老杨一个英语老师，在美姑那边，一直教历史和地理呢。

但是，刚松了口气，心马上又开始紧缩，因为课表上没有写上课的时间。那就找个人问问吧，可是，大家围在那里找课表，没一个得闲的，而且都不认识，问谁好呢？她左看右看，最后发现一个中年男人，那气质，有点像中层干部，于是就走过去问他："您好，我想问一下，几点钟上课啊？"

中年男人有点诧异，说："已经上课了。"

叶伊娃问："那，教室在哪儿啊？"

中年男人说："你哪个班的？"

叶伊娃也搞不清学校安排自己上哪个班，她把课表递过去，中年男人扫了一眼说："我也不知道教室在哪儿，我带你去找找看。"

那一刻，叶伊娃的吃惊程度，真的是无法形容。这是什么样的学校？校舍看起来挺好的啊，怎么学校里的老师，连哪个年级，教室在哪里都不知道？

但她顾不上吃惊，她得跟住中年男人，去找她上课的班级和教室。她跟在中年男人身后，一边走一边问："请问有没有教材呀？上哪儿领教材呀？"

中年男人说："你没有吗？哦，那我帮你找找吧。"

叶伊娃真的是长见识了，她头昏昏地跟在中年男人身后转来转去，终于找到了教室，然后，马上开始上课。

"在我的经验里，老师头天得备课，也就是说，最起码我得提前一两天知道自己上什么课。"叶伊娃说，在金阳上课第一天的遭遇，让她觉得这个深山里的小县城好神奇。

还没有进教室，远远地就听到里边有男生在起哄："嘿，嘿，嘿，你们看哪，一个小姑娘。哈哈，是我们新来的老师！"

叶伊娃教的是初三毕业班，全班 73 人，之所以说她是小姑娘，原因在于很多学生上学比较晚，都十几二十岁了，却还在读初中。学校也考虑到她是"小姑娘"，所以给她的是一个比较规范、比较听话的班。

"因为班主任是安保处的一个处长。他跟我说，如果有哪个学生不听话，我就帮你收拾他！"说起这个，叶伊娃禁不住咯咯笑。

虽说对当地的"慢生活"有点意外，但没干几天，叶伊娃就找到答案了：这边的学位和师资都不够。按国家规定，正常情况下一个年级 12 个班，一个班 45~50 人。正常初中的编制都是 36 个学生的编制。但是，因为这边控辍保学抓得紧，该读书的孩子都得到学校读书，所以，较之以前，学校和老师都很紧缺，像丙底乡、南瓦乡等九年一贯制的初中，全县只有五个，而学生太多，只能就地扩容，搞到一个年级 20 个班，每个班七八十人都属正常。

以叶伊娃任教的金阳县初级中学为例，2019 年全校有 4000 多名学生，其中初二的两个班，每个班学生达 80 多人；而在老师方面呢，包括支教老师在内，全校才 150 多人，缺额那是相当的大。"这儿差不多每个老师有三门课，课时压力很大。"叶伊娃说，可能正是因为课时量大，更需要"慢生活"来调节，所以大家的工作状态都是不急不躁的，仿佛一切尽在掌控之中。

印象挺深的一次是 2019 年 9 月 10 日，县上召开庆祝教师节大会。头天，同事收到通知，研究了半天之后，发现文件上有"东西部扶贫协作"字样，于是对叶伊娃说："叶老师，我觉得明天你也应该要去。你们就属于东西部扶贫协作吧？"

叶伊娃没怎么在意，明天早上 8 点她还要上课呢，哪有空去开会，再说学校也没有通知她去。谁知道，第二天 7 点 40 分，主任一个电话打过来，问她有没有到学校。叶伊娃以为自己迟到了，赶紧看时间，没迟到啊。又以为主任找她有什么急事，便说："我马上过去。"

主任说："你不用来了。"

叶伊娃吓了一大跳。"天哪，我还以为我哪儿做错了！赶紧想自己这几天都干了啥，错在哪？"

正紧张得满脑子检索过错时，这时候主任又说话了："你 8 点 30 分直接到县上开教师节大会。"

叶伊娃愣了一会儿，按着胸口平静心绪，原来不是我的错，天哪，都快吓出心脏病了。松了一口气之后，赶紧问一句："那我的课怎么办？"

主任说："你不用管了。"主任的语气，就好像这一切早就安排好了，所以才能做到有条不紊，胸有成竹。

更吓人的是，才教了两个星期的书，叶伊娃又接到一个电话，主任在电话那头说："你明天不用来上课了。"

就像挨了当头一棒，叶伊娃这回真蒙了。

这么快就被开除了吗？试用不合格吗？她感觉手脚都在发抖，她以为自己犯什么错误了。她在电话里连声问："我怎么了，我怎么了？为什么不用上课了？"

主任说："你明天去县委办上班。"

听完这话，叶伊娃仍在愣怔中没有反应过来。突然听说自己不用去学校上课了，这也太吓人了！等好一会儿才回过神来，紧接着便问自己：我一个支教老师，去县委办干什么呢？难道去教县领导读书吗？难道他们的语文不过关吗？直到主任挂了电话，她还在纠结这事。然后，她突然感到好一阵轻松，她也说不清为什么会感到轻松，直到后来去县委办上班，从头至尾捋了一遍在学校的经历和感受，这才明白过来，心头那突然而至的轻松感，原来是有缘由了。

是的，刚去学校的时候，她还是满怀理想，很想做点事情的。可是，才教了一个星期，她就发现自己很无能，有很深的无力感。在顺德，不管是从初一带到初三，还是从初三临时去接手，只要上两个星期的课，就会发现学生们能够跟上自己的教学节奏。可是，在金阳，她发现学生实在是没办法跟上自己，不管你多努力引导他们，他们就是不上道，总是一脸茫然地看着你，不知所措。就像你球打过去他不接，或不知道该如何接，总之，到最后，她收获的就是很深的无力感和挫败感。

"教这两个星期的书，唯一的成就感，就是同学们终于把古诗读顺畅了。"叶伊娃说，每本语文书后面都有必读的古诗文，可班上的学生连字都认不全，要带他们读，那真的是太费劲了。但是，经过两个星期的努力，学生们已养成了一个良好的早读习惯，有时她早上进教室晚几分钟，远远地，就能听见课代表带着全班同学的琅琅读书声。

"在顺德，我带的是普通班，但语文成绩从来都是学校的前三名。原因就是基础打得好。古诗文、拼音这些都是基础，人家连答案都告诉你了，你只要跟着背诵，死记硬背，就可以了。"叶伊娃认为，山区学生最需要的就是打好基础。"有的孩子都到初三了，居然还听不懂普通话，不管你给他讲什么，他都一脸茫然地望着你，根本就没听懂。你说他怎么能把学习搞上去？"

而通过早读古诗文，这半个月就能看到的改变，就像前路上的希望。她相信，既然半个月就能发生这么大改变，那坚持半年呢，坚持一年呢？还有什么不能改变的！

对舍友杨振华的"开窗"理论，叶伊娃鼓掌赞同，教育本身就是开窗，对更多的人来讲，开启人生智慧之窗，打开认识世界之窗，比考试成绩本身更重要。

7

而在金阳县 300 多公里外的盐源县中学，有一个和杨振华、叶伊娃一样来自佛山的支教老师——黄河，却一直在为如何提高学生的考分，提高考试成绩而努力。

在来盐源之前，黄河任教于佛山三水华侨中学，作为高三老师，他身上的压力，要比初中老师杨振华大很多。从 2019 年起，他的肩膀上又压上盐源中学"佛山班"班主任的重担，这个"佛山班"是一个实验班，初衷就是要挑战山区学生基础差的现实，看看能不能找出一套行之有效的教学方法，在短时间内，让基础差的学生，也能快速提高学习成绩并最终提高升学率。

从高一开始，"佛山班"所有的任课老师，都由佛山来的支教老师组成，目的就是想检验"佛山式教学"，在大凉山这种老山沟里会不会水土不服。为了更准确地检验教学成果，支教老师们特意在盐源中学选了一个普通班定为"佛山班"，如果一个普通班因为"佛山式教学"能在成绩上突飞猛进，那真的是"普大喜奔"。

理想从来很丰满，那么现实呢？现实是，普通班的孩子，绝大部分都基础薄弱，要在短短三年让他们把成绩提上来，谈何容易。不用说，走老路是不行的，必须要改革教学方式，鼓励孩子们展开小组讨论，主动和同学、老师深入交流，把知识理解透彻，记入脑子。

和杨振华一样，黄河对学生的生活和家境非常关心。"佛山班"的学生，很多都是老资格的留守儿童，父母常年在外打拼，没有时间陪伴他们，更没有能力为他们指引人生的方向，因此，很多学生对未来一片茫然。为了让孩子们明确读书的目的，黄河就像啰唆的老妈妈，经常开班会，跟孩子们讲佛山，讲广州，讲深圳的火热生活，激发他们好好读书的热情，直至考上大学走出大山，改变命运。

2020年高考，盐源中学考上省本科线的学生348人，较2019年增加了24人，其中一本上线64人，有28人来自由佛山支教老师任课的高三（3）班。这群幸运的孩子，在佛山的帮助下，扇动着理想的翅膀，飞出了重峦叠嶂的连绵大山。

盐源中学校长林新明说，"佛山班"老师的教学方式，吸引了很多外校老师慕名旁听，对当地老师有很强的示范引领作用，对教育教学工作有很大的促进作用。现在大家都在盼着2021年7月早点到来，届时，"佛山班"的孩子们将迎来高考，真的好希望"佛山式教学"，能给大家带来惊喜，能为山区教育插上腾飞的翅膀。

中篇：杨振华自述

我在美姑支教一年了，见了很多，听了很多，也想了很多。在我看来，贫困山区要想真正拔掉穷根，只有把教育搞起来才是出路。没有比教育更彻底的方法了。

刚来的时候，我和很多人的想法差不多，也想在短时间内快速提升学生的成绩，后来我发现，山区教育基础太差，想在短期内揠苗助长，不太可能。所以，这一年的支教生涯告诉我，对山区孩子来说，我们支教老师带来的除了文化知识，更重要的是带来了阔大的视野和眼界。每一个从发达地区过来的支教老师，都等于一个外面的、色彩斑斓的世界，他们到贫困山区，最大的意义，就是告诉孩子们，外面有一个很大很大的世界。他们就像一部真人图书，能引起山区孩子的好奇，挑动他们走出去看看的欲望。我认为做到这点就成功了。

我知道，谁都想考高分，但毕竟这需要一个漫长的过程，而且最终也只有极少部分人能够考出高分。那些考不了高分的大多数呢，他们的命运该如何改写？而如果能让大山里的年轻一代对外界产生兴趣，心里老想着哪天走出去看看，那么他长大之后，就一定会找机会走出去开阔眼界，见识世界，更新观念，跟上时代步伐。我认为这才是脱贫的根本出路。

想想看，一旦有一群人在往外走，不管他们能不能做出成绩，能不能改变命运，都比猫在老山里要好很多。这些出去见过世面的人，就是未来山区发展的动力。就算他们的人生、事业最终并没有多大起色，但比起那些猫在山里不出去的人，至少在见识、观念上，都会强很多。

俗话说，十年树木，百年树人。从考分角度看，按现在通行的三年扶贫时间，支教这一块其实是看不到多大效果的。教育和基础设施建设不同，比如说修路、修房子、以购代捐，这些都可以立竿见影，但教育办不到。不可能说支教老师一来，马上就有很多人考上大学。教育不是三天两天的事情，它更需要耐心。

尽管如此，我还是觉得支教很有必要，而且应该加大力度。我在美姑才教了一年，但能明显感觉到学生的精神面貌与之前完全不一样了。比如说我的学生都真香，听我讲了几节课就主动加我的微信。加微信干什么呢？不是问学习上的事，而是不断地问我外面的世界是怎么样的，简直就要打破砂锅问到底。

后来，像都真香这样的学生越来越多，他们主动找我问这问那，问东问西，一个个充满了对未知世界的好奇，对外面世界的渴望。这其实就是他们走出大山的原动力。从这个角度讲，我们这些从外面来的人，挑起了他们了解外界，想走出去的欲望。

这种欲望好不好？也许，向往田园牧歌的极简主义者会认为不好，但从社会学角度讲，欲望就是推动社会前进的动力。追求物质生活没什么不好，比如环境整洁一点，生活舒适一点，习惯文明一点，这些都是人类社会进步的必经之路，这样的欲望无可厚非。

其实，对美好生活的向往和追求，本身就是一种欲望。这种欲望会推动我们去追求美好生活，去创造美好生活。所以从本质上讲，推动人类社会的最基本的动力就是欲望。

我觉得，就算那些提倡、鼓吹极简主义的人，他们也不可能回到原始社会。他们所谓的极简主义，其实是一种精致的生活，这种精致生活，需要一个前提，就是他们的父母已经创造了丰厚的物质条件，这些条件让他们有了上学的机会，有了接受高等教育的机会，有了认知这个世界的思想和能力，然后，有一天，他们开始返璞归真，提倡极简主义，其实就是千帆过尽、归于平淡之后对精致生活的追求。而对大多数人来讲，如果你都没有经历过生活的大风大浪，你怎么回归平淡？你一直都在平淡，甚至平庸，你回归什么平淡？你都不用回归，因为你一直在那里。

所以，物质丰裕的极简主义是一个伪命题。就像买车，当你的钱多得可以随便买车的时候，你当然可以说车只是一个代步的工具，不用讲牌子，不用讲豪华。

想通过短短一年两年的支教时间，就能看到学生因为自己而大幅度提高考试成绩，亲身经历告诉我，这是不可能的，也没有这个必要。但是，支教这一年，我感觉有些校长对支教老师有点小小的无所谓，原因就在这个问题上，因为他们觉得外来和尚的念经水平其实也不咋的，你也没办法很快给我提高学生的考试成绩。你学历高，但教学效果还不一定比当地老师好。这是一个事实。支教老师的教学理念和方法跟山区老师不大一样，他们喜欢笑眯眯地跟学生聊天、讲故事、交朋友，每天上课师生打成一片，课堂氛围很活跃。但是有一个问题——如果你的考试成绩上不去，在校长看来，也是枉然。

山区孩子，从幼儿园开始，到小学、初中，他们的基础肯定是比不上发达地区的同龄人，怎么可能在短时间内让他们突飞猛进呢？但我相信我能够提高孩子们的学习兴趣，调动他们的学习欲望，让他们在学习中找到快乐，找到成就感，从而特别想通过学习考到外面去读书。我可以让他们产生这种主动学习的欲望。

所以，我发现我们这些支教老师更大的作用，其实就是告诉学生，外面有一个精彩的世界。引发他们的好奇，进而产生想走出去看看的愿望。有了这个愿望，他们就会主动学习，努力学习，目的就是想考到外面去读书，去亲眼看看外面的世界。从某种意义上说，我觉得这比只盯着考试成绩更具有普惠性。

在美姑支教的时候，我会在班上播放沿海地区学生生活的视频，还会把我们家的生活照片给学生们看，这是我从佛山动身前就准备好的，其中包括我的孩子从小到大一路成长的内容，让他们看到跟自己同龄的人原来有这样的生活环境和空间。这些东西的作用，就是让他们了解外界，了解不同于他们的另一种生活。我还会经常给他们讲励志故事，举我的朋友为例，告诉他们，人这一辈子，应该怎么样通过奋斗改变命运。我的目的非常简单，就是想让他们知道，通过努力其实是可以改变命运的。所以，首先要努力，不管基础差，还是基础好，都要努力。只要你努力了，命运就会不一样。

当然，好逸恶劳是人的天性，读书、学习、做作业，对多数孩子特别是基础比较差的孩子来说，是很头痛的事情，我理解，所以我不会以老师的强势，命令他们学。我会告诉他们说，可能你觉得混日子也挺好，你不想改变，不想努力，但我敢保证，当你做了父母，你最大的愿望，就是希望孩子努力读书学习，改变命运。就跟你父母现在想的一样。紧接着我会说，既然你做了父母也会这样想，那你为什么不现在努力呢？现在，父母希望你努力，你不努力，那今后你希望自己的孩子努力，你的孩子会努力吗？

我就是这样支教的，像朋友一样和学生谈心，这在别人看来，也许是浪费时间，但是，通过这样的聊天，我明显感觉到学生们心理上的巨大变化，哪怕平时调皮捣蛋的，完全不听话的，对我们支教老师也是非常的敬重，原因很简单，因为你从来不打他，也不骂他，还跟他聊一些他们从来没听过的事情。他不怕你，但是他喜欢你，敬重你。因为他能感受到你的良苦用心。

我为什么来支教？讲起来大概有两方面的原因。一方面我自己也想增长见识，到各种环境中去体验、去实践、去了解、去思考这个世界；另一方面，可以说我是带着情怀来的。没有一点点情怀，我相信谁都不会在这种穷山沟里待下去。通过这一年来的支教，我觉得从教育入手搞扶贫，是"治本"的最有效手段，国家搞支教，最好是从娃娃抓起，也就是派外面的教师进入乡村小学支教，把外面的教学理念、教学方式带进来，假以时日，一定会收到超出我们预期的良好效果。

实际上，少数民族地区的孩子，享有国家的各种优惠政策，一般只要坚持读到高三，只要他自己不放弃，都有机会上大学，至少能够读一个大专。

那么我们想一想，一个到山外边读过大专的人，和一个只读过初中的山里娃，在见识上、观念上，会不会不同，会不会有很大的区别？

但是，有多少人能认识到这点？有多少人能坚持到最后呢？这就需要老师在他们心中，种下一个梦想。其实每个人都一样，心中一旦有了梦想，就会自觉不自觉地朝着梦想的方向努力，于是就有了坚持的理由。因为每个人都相信，只要坚持下去，梦想总有一天会开花。

我在美姑这一年，大部分的精力，就是想办法在学生心中种植梦想。我的学生，对外界产生好奇，产生渴望，并因此努力读书的大有人在，他们的想法很单纯，就是想通过读书，走出大山，到外面去看世界。有一些甚至想把父母、家人都带出去。我问他们为什么会这样想，他们的回答就像事先商量过的，一致得惊人——都觉得父母这辈子太苦了，自己有责任把他们带出去过好生活。这些都是看得见的变化，我非常看重这样的变化。

当然了，理想很丰满，现实很骨感。但是，换个角度看人生，骨感的现实也是一种动力。

以我这一年多来对山区的了解，这边的孩子如果要在学习成绩上，跟发达地区放在一个水平线上来比，肯定是不行的。除了打工，他们能走出去的机会其实不多，所以要他们真的靠考试考到外面去，这个比较难。因为起点不一样，比如说经济条件好的家庭，很多都会把孩子送到西昌、绵阳甚至成都去读书，这个群体，从小学起，直接就走出大山了，他们的起跑线，跟外面的孩子是一样的。可是，更多的寒门子弟起点在山区，从考试成绩上讲，是没办法跟外边比的。而梦想是平等的，它就像装在心头的一台发动机，为我们的人生提供源源不断的动力。

但是，我看到有的孩子读到高一高二就放弃了，出去打工了。更多的人读到初中就想出去打工，只是九年义务教育有规定，不许辍学，所以你就是跑出去，也会被找回来读书。关于辍学这个情况，我认为非常需要把外面的教育理念、教育方法引进来，让孩子们喜欢读书，爱读书。让他们知道这个年纪就是用来读书的，不是出去打工的。这种观念一旦形成氛围，无论学生基数还是学习质量，都会有很大的提高，国家也不用在考试的时候搞政策倾斜。这就是支教政策的远景。

现在，我在金阳县初级中学支教。我了解到的情况是，毕业生考上高中的一年比一年多，倒不是说教学质量大幅提高了，而是读初中的孩子多了。基数大了，按比例，升学的人数也就增加了。也许有人要问，为什么以前没有这么多人读书呢？不可能一夜之间生出这么多孩子吧？真正的原因是，以前，大国扶贫之前，很多家庭不让孩子读书，政策也没那么严格。而现在，辍学在家放羊的孩子，都得找回来到校读书。升学率有没有提高，提高了多少，都没关系，至少有那么多人坐在课堂里读书，至少说明来读书的人多了。

这是一个十分可喜的变化，这个变化让人看到了希望。

所以说，扶贫政策背景下的山区，其实变化还是蛮大的。

而我认为更值得高兴的是，现在还有很多人都把孩子往外面送，送到外面去读书。我认识好多人，拖家带口的，把家搬到昭觉、德昌、西昌等地，就是为了供孩子读书。你问他们为啥要这么折腾，他们标准答案都是：外边的教学质量高。

不只金阳如此，在美姑，我也发现了这个现象，家庭条件稍微好一些的，差不多都会想方设法把孩子送到外面去读书，比如说西昌、绵阳等地。条件更好的，还会把孩子送到成都去读书。我们知道，易地读书都是读高价，这对山区家庭来说，是一个不小的负担。那他们为什么还要下血本往外走呢，不仅仅是因为他们的家庭条件好，更重要的是，他们的思想观念、对教育的认知和重视程度，跟别人不一样。我管这群人叫"地方精英"，他们都在想办法，创造条件往外面走。从这个角度讲，如果国家没有巨大的力量来支撑山区的扶贫脱贫，山区面貌是很难改变的，因为贫穷的环境实在是留不住人。想想看，连土生土长的本地人，稍微有点能力的，都在努力往外面跑，那留下来这些，他用什么去发展当地的经济？就算有心，他也没那个能力啊！

所以，我希望这个扶贫是长期性的，千万不要搞几年之后就撤掉。

回头想想，真的很有意思，当初大家都认为山区交通不方便，外面的人进不来，所以贫穷，于是在山区修路架桥搞基本建设，可是，当路修好之后，却发现了另外一个问题——交通方便了，山区的人都在争先恐后地往外面跑。结果是，往外跑的人比进来的人还多。这事听起来是不是有点尴尬？

当然了，这也不是什么坏事。山区人口出去一部分，比如去说西昌、成都等地，而山区的优美环境，又会把一部分城里人吸引过来。这种"人口互换"，会形成城乡之间的文化交流。我相信城里人不是来挨穷受苦的，他们隔山隔水地跑过来，是想过一种优雅的、返璞归真的田园牧歌式生活，这对山区人群的心理冲击，与他们思想观念上的碰撞，以及山区未来的改变和发展，都是有很大好处的。

这一年多的支教生涯告诉我，要想改变山区贫穷的面貌，最终还是要靠教育。比如说，现在山区从幼儿园开始就教普通话，很好！学会普通话，走遍天下都不怕。如果你仅仅会说当地方言，你去外地，你说的别人听不懂，别人说的你听不懂。想一想，外面的世界再大，机会再多，又跟你有什么关系呢？

所以，除了为他们打开一扇看外界的窗口，还要教给他们与外界相匹配的基本的生存技能。通过教育，让更多的人有能力走出大山，融入城市。这样不仅解决了脱贫的问题，当地自然资源也因此得到很好的保护，可以说这是一个两全其美的办法。

这些年，"一人打工，全家脱贫"的宣传正在被更多的人接受，但真要落到实处，情况并不乐观。比如说，劳务输出到顺德的打工人，因为种种原因，有很多没干几天就不干了。这个情况，从表面上看，的确有点让组织者沮丧，但我不这样看，我始终认为，回到家乡的这些人是不会安分的，窗户打开了，他已经出去过了，见过外边的精彩世界，他在山里是待不住的，我坚信他们还会往外走，一次次地往外走，他们只不过是从顺德回来了，以后有可能去西昌、去成都等等。当然，有些人不再出去，但他还甘愿从前那种天天酸汤菜加土豆的生活吗？他不可能愿意，见识过外边的生活，再看看自己的穷日子，他不会甘心，于是，就算在家乡，他也会想方设法搞点事，比如借钱买个车跑运输，买个挖掘机干工程，或者养羊、养牛，等等。总之，因为出去过，因为见过外面的世界，他们的观念会发生变化，不再甘于贫穷，不再甘于从前那种平淡寡味的生活，于是就会动手创造自己的美好生活。这其实就是贫困地区脱贫致富的一股力量，这股力量用好了，脱贫就不只是希望，而会很快成为现实。

我了解过也分析过，之前劳务输出到佛山没干多久就走了的那批人，其实很多都没回老家，他们中有一部分去了别的地方，比如东莞、深圳，还有浙江等等，这里边有一个很重要的原因，我称之为"乡情绑架"。远在他乡，老乡扎堆是打工人心理层面上的自然反应，只要有几个人带头走，你一言我一语，很快就会串联成功。多数人通常都不会想太多，只负责跟风，跟着走。因为老乡扎堆会产生天然的安全感，这就是有的工厂留不住人的一个原因。

我曾在长途客车上遇到一个彝族的小工头，他手上有很多人力资源，经常帮工厂、公司找工人，从中赚取额外的人头费。他说以前在老家，每天的生活就是喝酒、晒太阳，而现在，他已经没时间晒太阳了，每天都在忙着组织工人，忙着赚钱，就算是找人喝酒，也只有晚上才有空。这就是走出老山沟发生的变化，他的眼界打开了，他的生活忙起来了。同样是喝酒，蹲在山坡上喝，和坐在酒店包房里喝，感觉肯定不一样。

所以，我坚持认为，"开窗"教育，才是真正、彻底改变山区命运的路径。不怕你笑，当我走在街头巷尾，偶遇年轻的妈妈和小孩对话，双方都说普通话，这个时候，我就会下意识地停下脚步，专注地听他们说，说什么不重要，重要的是，才几岁的小孩，就一口流利的普通话。这其实就是教育的投资，教育的效果。我相信这些小孩长大之后，不管有没有读过大学，他都能"走遍中国都不怕"，至少交流不成问题对吧？

我是江西人，我们那地方，才隔上三五十公里，说话就不一样，大家都说方言，彼此都听不懂，根本没法交流。这其实对地方发展影响很大。如果没有能够交流的通用语言，你说生意怎么谈？工作怎么开展？你说你的我说我的，都不知道对方说什么，用广东话说，就是"鸡同鸭讲"，就算是搞对象，怕也搞不成功。你说这个样子会不会影响地方发展？所以，当我看到当地年轻的父母们，能用普通话跟他们的孩子交流，我就感到莫名的高兴，就觉得我们的扶贫工作了不起，就觉得这地方有进步，有希望。

支教这一年多，我还注意到一个问题，那就是贫困户和非贫困户之间的矛盾——你得到了，我没有得到。我把这个矛盾剖开认真思考过，其实，这个矛盾的根本原因，就是大家都没有更多的出路。当大家都在等政府的帮助和救济，就会本能地站在利己主义的角度，要求一碗水端平。而这个要求肯定是很主观的，一碗水，无论你怎么端，他也会说你没端平，因为每个人都是站在对自己有利的立场上衡量平或不平。所以这碗水是不可能完全端平的。就算完全端平了，也不可能让每一个人满意。所以，要想解决这个矛盾，唯一的办法，就是让更多的人有更好的出路。只要有了出路，有了更大的利益，大家就不会计较那些个小利益。

与此同时，德育工作也要跟上，要有效输入正确的人生观、价值观。我在这里做一个假设：当大家都以被评为贫困户为耻，都不想当这个贫困户，万一被评上了，也想尽一切办法争取早点摘帽，你说，我们这个扶贫工作，是不是要好开展很多？

其实，我只是一个支教老师，我把学校安排给我的课教好，干满时间就算完成任务了，我为什么还要想这么多，还要跟你说这么多？这么说吧，我们这些主动报名到贫困地区支教的老师，有一个共同点，那就是崇尚自由，不喜欢太多的条条框框，思维也比较活跃，我们大部分人喜欢经历更多，不论环境好不好，艰苦不艰苦，只要能经历更多，能长见识就可以，除此之外，我们这群人，多多少少都有点情怀。所以，在美姑干了一年，我又主动申请到金阳多干一年，我并没觉得支教有多艰苦，事实上也真没有吃什么苦，反而享受了更多的资源。总之，到贫困山区支教有得有失，但就我个人而言，得到的比失去的要多。国家派我们来支教，除了本身就有工资外，还有一些补贴，从经济收入上讲，我们什么都没损失，反而得到更多。所以我特别佩服那些志愿者，他们贴钱贴米到贫困山区支教，真的很伟大很了不起。是什么样的精神，什么样的情怀支撑他们躬身前行？我想象不出，但我因为他们的实际行动，突然有一个想法：

如果国家出一个政策，把沿海发达地区的退休教师组织起来，给他们崇高的政治待遇和优厚的经济待遇，把他们派到贫困山区做教育，会不会创造出一个意想不到的奇迹呢？

或者，做一个长期规划，把年轻老师派往贫困山区支教历练，每半年轮换一次，像传火炬一样，一棒接一棒长期传递。会不会出现奇迹呢？这些空降的老师，给贫困山区孩子带去的不一定非得是大幅提升的考试成绩，更重要的是观念、见识和梦想，他们最大的任务，就是为山区孩子打开一个看世界的窗口。我相信，每一个支教老师都会给孩子们带来不同的心理冲击，让他们对外界充满好奇，充满向往。

我甚至觉得，贫困山区基础薄弱、没有人才的情况，也许会因此从根子上得到改变。

是的，我认为支教不能急于求成，不能急吼吼地盯住考试成绩，而应该把重心放在打开学生的眼界上，让他们知道外面还有一个世界，这才是最重要的。但，这只是我个人的观点，可能校长不这么看。这一年多，我发现有些校长对支教老师的态度颇不以为然，究其原因，就是我们这些外来的支教老师，没几个能很快让学生成绩明显提高。甚至在他们看来，好多支教老师带的学生还不如本地老师带得好，所以他们在对待支教老师的时候，脸上的表情就有点不明朗。老实说，每当看到这种表情，我心里真的很不爽，但也不得不承认这是事实。帮扶和被帮扶学校，当然都希望支教老师的到来，能够让学生的成绩坐上火箭往上升。

这里我以盐源中学的"佛山班"为例，为了这个班，佛山派过去支教的，都是各主科的精英老师，可以说投入了很大很大的精力，目的，就是搞一个突击队，做一个标杆。"佛山班"学生的成绩提高没有？提高了，而且是很大的提升。但是，如果横向比较，也没比别的班高多少，也就领先那么一点。如果和重点班比，还是有很大距离。这样的产出，与巨大的投入匹配吗？当然不匹配。也就是说，即便把佛山各校所有主科骨干老师派过去支教，也办不了多少个"佛山班"，何况，佛山也不可能倾其所有把骨干全派出去。所以，这样的投入，做试验可以，但不可能大面积推广，因为它没有持续性。

从教育规律出发，想一年两年就让学生成绩搭上高铁，一日千里，遥遥领先，这是不科学的。真想从根子上改变，除非从小学就开始，从打基础开始抓起。尽管这样，像美姑、金阳这样的山区县，也不可能跟西昌、成都比。所以我坚持认为，不要拿自己的短板去跟别人的强项竞争，最好的办法，就是在小孩的心里种下梦想，激发他们的内生动力，长大之后通过各种方式走出大山，去闯，去创，去干。我觉得这个比单一盯住考分更符合山区实际情况，也更靠谱。

……

下篇：从"金阳北街"走出大山

1

在金阳县依达乡采访，我对瓦伍村洛古依达组村民吉打尔者产生了兴趣。这个兴趣倒不是因为老山沟里的他竟然有私家车，而是，他正在想方设法，要把孩子送到昭觉或西昌去读书。

我问："依达乡没有学校吗？"

他说："有学校，乡上有小学。"

我问："那为啥要舍近求远，送去外边？"

他说："听说外边教学质量高。"

听说，还只是听说，就开始想办法把孩子往外边送。

我问："娃儿是金阳县的户口，为啥不送到金阳县城去读，而要送去昭觉？"

他说："金阳不行，昭觉（教学质量）比金阳好。"

我问："这么小的娃儿，去昭觉读书，成本会不会很高？除了择校费，还得住校。"

他说："择校费要的嘛，听说要几千块。我老婆过去照顾娃儿嘛，租个房子去陪读。成本是要比在这儿高嘛。"

也就是读个小学，不单要择校费，还要一个大人租房陪读；就算成本高，也要送娃儿去昭觉县城上学。这么大投入，就为了传说中的教学质量高？我真的有些不敢相信。

我这是在大凉山的穷山沟里采访吗？不是说贫困山区很多家长都让娃儿辍学放羊吗？所以这些年政府"控辍保学"力度空前。这个吉打尔者，娃儿都没到上学年纪，他就忙着规划娃儿的读书大事了。他这样的观念，怎么感觉像是发达地区的家长，为争一个学位，不惜高价购买学区房？

"我们村好多人都把娃儿送去昭觉、西昌，有的还送去成都呢。"吉打尔者说。

1986年生的吉打尔者，家里一共7口人，父母亲、他们两口子，还有三个娃儿。最大的娃儿今年6岁，在村里上幼儿园，本来想今年就把娃儿送去西昌上小学，最差也要送去昭觉县城，但因为找学校、找学位很困难，想了很多办法，托了很多人，都没成功。只能退一步想，孩子还小，那就再等一年。

本来，村里、乡上都有小学，不用花钱就能读，但是，同村家庭条件稍好点的，大都想把娃儿送到县上去读书，要是能在西昌读就更好了。为什么一定要把娃儿往山外、往城里送？主要是听说那些地方"教学质量高"。虽然去外地读书要交很贵的择校费，听说今年已经涨到1万多元了，但还是挡不住大家送娃上学的执着。甚至，很多家庭困难的，也开始跟风，就算多交钱，至少也要送娃去金阳县城读，反正不能窝在乡下。仿佛大家已经形成了一个共识，娃儿上小学，要么金阳、要么昭觉，当然，如果德昌、西昌的学校有学位，那就再好不过了。在大家看来，州府西昌的教学质量肯定更高。

"虽然我是初中毕业，但我觉得自己还比不上现在的小学生，他们懂的很多东西我都不懂，所以我得让娃儿跟上时代好好读书。"吉打尔者说，多出点钱没关系，苦一点也没关系，反正全家人一年的开支，2万多元就够了，省着点，多干点，再穷不能穷娃儿的教育。希望娃儿努力读书，考上大学，走出大山，长见识，有出息。

"今后娃儿大学毕业了，我希望他们能在城市里工作、生活，城市里生活真的非常方便。农村，不管怎么说都要差很多。"吉打尔者告诉我，高山地区的人这些年最大的变化，就是很重视孩子的学习，他的哥哥，为了送娃儿到昭觉县城上学，前两年已经举家迁去昭觉了，哪怕在县城打零工，也不想让娃儿输在起跑线上。

实际上，遇到吉打尔者之前，我在热柯觉乡、南瓦乡、丙底乡采访时，都不时听说过类似的故事。丙底乡的一位扶贫干部告诉我，在金阳县城，都不知有多少这样的家庭，他们为了供孩子上学，有的举家进城打工，有的分工合作——老公在家种地干活，老婆进城陪读；家中老人还能动的，就由老人到县城租房接送孩子上学放学，照顾他们的生活起居。

"周作家，你到金阳北街去看，每天放学的时候，大群娃儿朝金阳北街走，都是在附近租房读书的。你随便拦两个采访，保证都是这情况。"

金阳北街。我记住了。我的心里有一丝隐约的兴奋，就好像找到一把贫困山区脱贫致富的钥匙。

2

从乡下回到金阳县城，我第一时间前往北街实地"踩点"，并且打电话给县文联副主席沙马里呷，想请他帮忙跟社区联系，找几个租客采访。不巧的是，沙马刚好下乡驻点扶贫去了，要几天后才回得来，而我是个急性子，马上又致电县委办的顺德扶贫干部梁敬远，请求帮助。我想，佛山在金阳不是有支教老师嘛，通过他们进入学校了解情况，或许更加直接。

很快，梁敬远把杨振华老师的手机号码发给我。

杨振华答应我了，按我的要求，在他支教的金阳县初级中学，帮我物色采访对象。我的目标是——在县城租房、打工供孩子读书的家庭。我想问问他们，为什么会不惜血本送孩子到县城读书。

杨振华答应帮我在他的学生中找采访对象，也就是在县城打工、租房子陪读这批人。想想，从当年不让孩子读书，导致很多学龄孩子辍学在家放羊，到现在主动把孩子往更好的学校送，并且不惜代价，这是一个多么巨大的转变！很多山区人也许并不知道"孟母三迁"的故事，但他们正在孟母当年走过的路上奋力前行。我相信这是大国扶贫最令人欣喜的现象，同时也是贫困地区的希望所在。

"我在美姑支教的时候，也注意到了这个现象，家里经济状况好一点的，很多都不会留在当地读书，至少也会去西昌、乐山，甚至成都。只不过我没你想得这么深远。"杨振华说，之前，乐山为美姑办过一个对口扶贫的班，叫乐山班，但效果并不好。因为美姑这边的孩子过去乐山读书，会有很大的压力。在学习方面，美姑学生基础相对比较差，要想跟上乐山的同学，很吃力；另一方面，美姑学生的生活习惯、衣着服饰等，跟乐山当地会有一些不同，会因此遇到他人的指指点点。这些对美姑学生来说，都是很大的压力。还有语言方面也是一个问题，就算你讲普通话，发音也跟当地不同，所以会被当成另类，很难融入当地的同学圈。加上当地同学一到周末都会回家，而乐山班的学生，因为路途太远，只能守在学校里。这些因素在心理层面，都不利于孩子的学习和成长。反而一些家庭的个体行为，效果更好——就像吉打尔者这样的，靠家庭的力量，把孩子送到外地读书，一个班，甚至一个学校都没多少这类孩子，反而没那么显眼，孩子也更容易适应新环境。

"我个人觉得，这种山区条件，很多地方都不适合人居，所以政府搞易地搬迁集中安置点，让山上的人搬下来，这个思路很不错。但是，有的人却不愿意下山，你建好房子送给他，他都不稀罕……最大的原因，就是这类人大多没有读过书，没接受过什么教育，思想观念跟不上时代。所以我觉得，只要教育跟上来了，就像这些租房打工也要送孩子到县城上学的家长一样，根本都不用你动员，他自己就会拖家带口地往外奔。"杨振华说，走出大山，就能改变观念，而观念决定未来。但是，脱贫奔康、乡村振兴最终还是要靠人才，如果有能力的人都往外跑，如果一个地方留不住人，那这个地方就不可能有多大的发展。这是社会发展的规律，是不以人的意志为转移的。所以，扶贫不仅要让山里娃学有所成，还要留得住他们，把他们留在当地建设家乡，这才是贫困山区最终的出路。所以，即便是实现全面小康之后，扶贫的力量也不能减弱，甚至还要加强，按照各个地方的定位来安排人力、物力等扶贫资源，做成一个长期性的大工程。这才是贫困地区能持续性发展的希望。

2020 年 9 月 19 日上午，阳光很好，透着晶亮，从天上洒下来，把金阳县城照得金光闪闪。我不知道金阳地名是不是由此而来，我心里记挂着的，是赶紧跟杨振华、叶伊娃在金阳十字街口会合，然后，一起去家访。家访的对象，是金阳县初级中学初三女生曲鲁尾，杨振华已经跟她约好了，在"合家欢喜宴"楼下等。

我们一行三人从十字路口往下走，右拐沿金华路，经过金阳初级中学再左拐入文兴路，再往下，便是几十级宽阔的台阶，台阶两边种满了比利时杜鹃，看样子已经很多年了，开枝散叶，足足有两层楼高。在金闪闪的阳光照耀下，杜鹃花开得格外艳丽。我们逐级而下，一直走到底，便是金华下街了，左拐，一抬眼，便看见了"合家欢喜宴"的招牌，那是杨振华与曲鲁尾约好的会面地点。

"到了的时候打电话，她说她出来接我们。"杨振华说，可能曲鲁尾家住得比较偏，不好找。

我们站在"合家欢喜宴"的招牌下等曲鲁尾，感觉等了好一阵，才听杨振华冲谁招呼了一声，循声望去，看见一个小女孩从坡下的一个小巷子朝我们小跑上来。这个陡坡下的小巷子我是注意到了的，我以为再往下就是荒郊野岭了，没想过还会有人家，直到曲鲁尾带着我们往下走，我才发现，这一片斜坡上，密密麻麻的，盖了很多房子。

我们跟在曲鲁尾身后，从巷子进去，在鸡肠子似的狭小空间里七弯八拐，感觉好像已经走了很久，沿路充满了牲畜粪便的臭味，猪粪、牛粪、羊粪、鸡粪，嗯，应有尽有。终于到了，看曲鲁尾往一处破烂的水泥楼梯上去，估摸她家就住楼上，正要跟着上楼，我突然发现，就在楼梯的拐角下，有一个黑乎乎的洞口，仔细看，好像是底楼，也不知是谁在里边养了猪，一个浑身乌黑的家伙，正嘟嘟曦曦的，朝我们看。

曲鲁尾家在二楼，就在猪圈的上面。开始我还以为是租的房子，进门坐下聊了会儿，才听说这是他们家在八年前花3万元买的，虽说门洞和过道狭窄得连两个人擦身而过都难，但毕竟是自己的家，相对于租房户，这状况已经算很不错了。当然，如果按照现在集中安置点贫困户的住房条件，那只能说是天渊之别。

这是一个彝族家庭，现有4口人，55岁的老母亲海来木作洛和三个孩子。本来家里有5个孩子的，只是曲鲁尾的大哥和二姐各自有了小家庭，已经分开住了。三姐曲史洛，小时候就订了娃娃亲，15岁那年出嫁后，没想到小两口合不来，便离了婚。订娃娃亲的时候，男方给了7万元的彩礼，等曲史洛提出离婚时，男方狮子大开口，要她赔23万元。这一笔巨款，像山一样压在母亲身上，尽最大努力还了几年，一共还了14万元，至今还欠人家9万元。

曲鲁尾是金阳县城对面马依足乡人，父亲早早去世，全家的生活重担，都靠母亲海来木作洛支撑着。曲鲁尾在家中排行老四，在她的下面，还有一个正在读初一的弟弟。

我们与曲鲁尾聊天的时候，三姐曲史洛从外边回来了，真的是十八姑娘一朵花，18岁的曲史洛皮肤白皙，长相漂亮，一件牛仔衣松松地罩在圆领汗衫外面，很有时尚感。见家里来了客人，她稍稍有些腼腆，很快就以主人的姿态，叫妹妹曲鲁尾去外边买饮料，并不断地向我们表示歉意。直到我们拿出随身带的水杯，表示不用麻烦，她才很不好意思地作罢。

据说，当地人待客是有不成文的规矩的，客人来访，他们不会泡茶或倒开水，而是拿饮料，如果招待你的是红牛，那就是把你当成了最尊贵的客人；其次是橙汁或王老吉之类有甜味的饮料；最差也是矿泉水。再穷的人家，也不会给你倒杯白开水敷衍了事，那玩意儿在当地人看来，实在是拿不出手。

关于这点，我曾亲眼见过。8月27日下午，我曾随佛山扶贫干部南策炳（挂职金阳县委常委、副县长）下乡检查"两不愁三保障"工作，天上太阳毒得很，爬一会儿坡就晒得人汗流浃背。在马依足乡，有个老乡看我满脸汗，不知从哪儿拿出一罐红牛递给我；后来，我们在一个贫困户家检查通水通电情况时，家中的老婆婆满脸笑容地捧着一瓶可乐之类的饮料，硬往大家手里塞，这个推辞就塞给那个，那份真实的热情不容怀疑。

曲史洛2018年曾经去深圳龙岗平湖一带打过工，因为一直待在工业区里，深圳到底是个什么样子，至今也不知道。以前听说深圳是没有垃圾的，没想到去了之后，发现那地方跟金阳差不多，感觉就像从一个金阳到了另外一个金阳。

"那是深圳吗？深圳真的就是那个样子吗？"曲史洛问。

"是深圳，但又不全是深圳。你看见的可能是城乡接合部，只能算深圳的一部分。"杨振华回答说。

讲起离婚经历和今后的未来，曲史洛禁不住内心的伤感，好几次眼睛红红的，眼眶都湿润了。

看着这个四壁空空的家庭，我的心情不免有些沉重，当真是不容易呀，因为家里男人死得早，都55岁了，女主人，也即这几个孩子的母亲——海来木作洛，每天都得出门打零工。曲鲁尾说，母亲在帮一个工程队搬石头，搬一天110元。就这点钱，不仅要支撑一家人的生活，还要给女儿曲史洛赔彩礼钱。可是，9万元对这个家庭来说，几乎就是一座愚公都移不动的山，唯一的希望，就是再给曲史洛找一户人家，快点把她嫁出去。

曲史洛说，母亲已经把她出嫁的彩礼钱定好了，25万元，不能再少了，再少，就亏血本了。为了早点成事，母亲不准她再出外打工。从深圳回来之后，母亲就把她的身份证收走了。

然后，母亲到处托人帮她找人家，差不多就是逼着她相亲嫁人。掰着指头算一算，回来金阳后，短短几个月时间，她已经相了5个男人，但好事多磨，要么是她看不上人家，要么是人家看不上她，反正一个都没有谈成。

"现在我妈最大的心愿，就是继续找人家，快点把我嫁出去，快点把欠的钱还掉。"曲史洛说。

这一刻，我莫名其妙地想起金阳街头公共汽车上的宣传语："读书改变命运，知识阻断贫困。"如果曲史洛不是一个初中生，而是一个大学生，她的命运会不会像今天这样无助呢？为了供妹妹曲鲁尾和弟弟读书，母亲海来木作洛靠打零工也要举家搬进县城，她心里也是盼着儿女们能凭借读书考学走出大山，今后能有更好的前途和幸福的生活。

我早就听说贫困山区存在彩礼陋习，但当面前就坐着一个受此陋习连累的姑娘——才18岁的曲史洛，我内心真的受到了很强大的冲击。虽说这些年政府大力提倡移风易俗，但是，包括彩礼在内的很多陈规陋习，都不是一天两天形成的，也不是十天半月就能改变的。看着曲史洛年轻却满含悲戚的面容，我有点走神，我在想，有没有什么方法能很快改变这些陋习？

"想改变这些东西，最快最有效的办法，就是走出去，离开生长陋习的土壤。"杨振华说，但是，要想走出去何其艰难。比如女儿走了，不管是出去读书还是打工，如果不回来了，在外面自由恋爱结婚了，男方不给彩礼，那他们家的儿子结婚的钱从哪里来？所以，家里边会想尽一切办法控制女儿，不准她出去。

说起彩礼陋习，杨振华还用了一个沉重的词——恐怖。"我在美姑就听人说，这老山沟里彩礼挺吓人，普通人 20 万元起步；公务员 50 万元起步；如果是大学本科毕业，又有一份好职业，那就是 80 万元起步。"

对此叶伊娃也有同感，刚听说时她也吓了一跳，后来听多了，才不得不相信，为此还跟当地的女同事开玩笑说：

"你走在路上不怕人家打劫吗？"

同事不明白，说："打什么劫？"

叶伊娃说："当然是劫财啦！"

同事很不以为然，说："要钱没有，要命有一条。"

叶伊娃说："你怎么没钱，大学本科，彩礼起步价 80 万元。"

同事这才听明白了，原来叶伊娃说的是彩礼，就忍不住哈哈笑，说："看来你也要小心点，要是哪天在路上被人劫一下，那可就亏大了。"

如此巨额的彩礼钱从哪里来？多数普通家庭肯定拿不起，最后都得靠整个家族的力量，东拼西凑互相借贷。所以，有女儿的，都希望尽快把女儿嫁出去，等嫁女儿的彩礼钱到手之后，就可以用来为儿子娶老婆了。也就是把这笔钱，给别的有女儿的家庭。

彩礼不只是结婚路上的拦路虎，据说离婚更是离不起，如果是女方提出离婚，或因女方过错离婚，就得按结婚时的彩礼金额翻倍赔偿。比如说结婚时女方收了 50 万元彩礼，如果哪天提出离婚，那就得赔给男方 100 万元。杨振华说他有一个美姑学生，当初姐姐结婚收了人家 9 万元的彩礼，后来提出离婚，赔了 20 多万元。至于离婚的原因，也是让人唏嘘不已。当初订婚只是听媒婆说对方这好那好，等收了彩礼嫁过去，才发现那是一个残疾人。也就是说，在收彩礼之前，男女双方都没有见过面，连对方长什么样都不知道。而为了减轻家庭负担，为了供弟弟、妹妹读书，看在彩礼的分上，姐姐答应了这桩婚事。但没想到对方竟然是个残疾人，于是死活不同意。但是，人家男方是给了钱的，按地方风俗，得加倍赔钱，所以男方就带着家族的人过来索赔，闹得女方这边鸡犬不宁，损失惨重。

而我关心的还是老问题——有没有什么办法很快改变这个陋习？

4

2020 年 9 月 20 日上午，我和杨振华、叶伊娃约好 9 点出门，去初三学生陈惹作住的地方家访。从金阳县城十字街口往下走，陈惹作已经在约好的时间，从家里出来接我们了。站在派出所门口的斜坡上，我看见一个小姑娘在斜对面冲我们这边招手，这个小姑娘，就是陈惹作。

我们跟在陈惹作身后，穿过几个门洞，东弯西拐，也不知转到了什么地方。眼前的这些蹲在半坡上的房子，低矮、破旧，全都灰扑扑的样子，完全没法分清哪是哪。转了好一阵，又下了几级台阶，在一条狭窄的沟壁前，有一排小平房，陈惹作推开其中一道门说："到了，请进来坐吧。"

就住这里吗？我们犹豫着跟进去，眼前只有一间房，10 多平方米的样子，所有的生活必需品都挤在里边，想找个地方下脚都有困难。一家四口人，就窝在这小小的空间里生活？我认真打量这间小屋子，唯一的亮点，是正对门口的墙壁上，开有一个小小的窗口，窗外是一片种满苞谷的坡地，更远一些，便是峡谷深深的金阳河，在那儿，三峡集团援建的跨河大桥已经竖起了几根高耸入云的桥墩，据说再过一年，就能一桥飞架，合龙通车了。

陈惹作说，这就是他们母女四人相依为命的地方，每个月租金200元，另外，门口上方有个猪圈，每月租金50元。

听她这么一说，我马上就想起来了，刚才下台阶时，我已经注意到那儿有一个猪圈，就在出租屋门口上方坡上，隔着一条屋檐水沟，与小平房高度差不多。因为里边空空荡荡的没有猪，我还下意识地猜那是做什么用的。

陈惹作说，母亲黄日扎46岁了，在金阳城关小学饭堂打工，一个月1000元工资，这点收入当然不够养家和供孩子上学，所以就会养鸡，养猪。但是，前两个月（2020年7月），不知为什么，养得好好的4头猪，一下子全都死了。家里没钱再买猪崽，所以猪圈就一直空着。

陈惹作是洛觉乡等子村人，今年17岁，她的上头有一个姐姐，在老家附近的德西乡读初中。2013年父亲因病去世，2015年，母亲把大女儿，也即是陈惹作的姐姐寄养在她舅舅家，带着另外三个儿女搬来金阳县城，当时，陈惹作还在洛觉乡读小学。听说县城的教学质量高，学习条件好，黄日扎决心把孩子们带到县城读书。陈惹作记得，因为是外地生，自己当年交了5000多元择校费，到2020年9月妹妹上初一时，择校费已经涨到1万多元了，直接就把母亲一年的工资清空归零。

虽说九年义务教育政策下学费是全免的，但每学期的各种资料费，怎么省也要几百元，一个单亲妈妈，靠千把元的工资，如何支撑全家人的生活?

对这个问题，陈惹作想了想，给我们算了一笔账：除了母亲黄日扎的 1000 元工资，还有政府给办的低保，每人每月有 200 多元，家里一共五个人，加起来就有 1000 多元；再加上她可以在学校申请助学金，要是申请成功，每年也有 1000 元。如果再养几头猪，几只鸡，等它们长大后卖出去，应该还能赚点……

"我们家很省钱的，不会乱花钱。"陈惹作说，一家人每月的生活到底要多少钱，也没算过，反正省着点花，这日子也能过。再说，姐姐都 20 岁了，初中毕业后，要是考不上高中，就可以出去打工了，像政府说的那样，"一人打工，全家脱贫"，到那时，家境就不会这么艰难了。本来，在乡下，像姐姐这个年龄，早都该出嫁了，但是姐姐想读书，母亲也想让她多读点书。也就没提嫁人这档子事。有时候姐姐也想不读书了，好出去打工挣钱帮补家用，但是母亲一直不同意。遇到一个坚持让孩子读书的母亲，是姐姐的幸运。也因为有这样的母亲，陈惹作从来没有动过辍学打工的念头。

陈惹作的母亲黄日扎没有读过书，不认识字，也不会说普通话，在我们和陈惹作聊天的时候，她一直微笑着，不断地往我们手里塞核桃，叫我们吃。

核桃是陈惹作的外婆从乡下捎来的，外婆老了，走不动了，只能不时把土特产托给公共汽车售票员带过来。自从一家子搬进了县城，老家的核桃呀花椒呀，这些东西都交给乡下的舅舅打理，陈惹作说，反正也卖不了几个钱。

当然，如果留在乡下，孩子就在乡下读书，黄日扎的生活压力会小一些，至少不用租房子，而且还能打理家里的核桃、花椒地，种点土

211

思考篇：希望路上|打开窗户 走出大山

豆、苞谷啥的。之所以顶着很大的压力搬到县城，图的就是县城的学习环境和上学条件。反正听说县城学校的教学质量比乡下高，所以她希望三个孩子能够到县城读书，今后考一个好的学校，有一个好的出路。

金阳是花椒大县，很多农民单靠种花椒，一年下来都有十万八万的收入，原以为陈惹作家每年少说也能收几百斤花椒，谁知她说他们家的花椒很少，每年只有 10 多斤，顶多也就卖几百元。本来，2016 年，她家享受了国家的建房补贴，建起了新房子，但后来因为一家人都进了县城，所以房子就一直空着，连姐姐都住在舅舅家，由外婆帮着照看。每年，只是过年的时候，母亲才带他们回去住几天。至于平常，那是不敢随便回去的，因为路途遥远，从金阳县城到洛觉乡要 4 个小时的车程，40 元的车费，如果一家四口都回去，一个来回就是 320 元，差不多是两个月的房租了，真的是好大一笔开销。

"真要回去住，也要等到我们至少初中毕业。"陈惹作说，如果能考上高中，再考上大学，可能这辈子都不会回去长住了。她说，像她家这种情况，在农村有很多。以前她家住在很高的山上，老房子又矮又破，别说看电视，连电都是有一阵没一阵，跟抽风似的。2016 年，在扶贫政策的支持下搬进新家，这才头一次看上了电视，只是没想到，这么好的生活条件，却因为要到县城读书，被母亲毅然放弃了。

现在，陈惹作的梦想就是上大学，但她还只是金阳初中的一个初三学生，她得先考高中，她在班上成绩排名在前 20 名内，算是中上水平，有信心冲击高中。"如果没有考上，我也不会放弃。"她说，"我到外面去读职业学校，读技工学校。"总之就是要读书，一条道走到"亮"，直至走出大山，改变命运。

当听杨振华说职校学费通常都比较高，她愣了一下，底气不足地说："应该是吧。"

杨振华问："假如广东那边有学校过来招生，那么远的地方，你愿不愿意去？"她想都不多想就回答说愿意，从这简短而坚定的回答，可以看得出她对读书的强烈愿望。

杨振华说，对没能考上普通高中的山区学生来说，读职业学校是一个非常不错的选项，可以在短短几年时间内学到一门技能，找到一个工作，得到一份工资，帮助一下家庭。特别是那些有扶贫任务的技工学校，由于所在地方政府有相关政策补贴或优惠，贫困生基本上不用花钱就有书读，而且毕业之后的工作也是"包分配"，而陈惹作，都17岁了，却是连西昌都没去过，她对大山外面的世界可以说非常好奇，非常向往，如果初中毕业没考上高中，完全可以到外地去读技校。

叶伊娃插话说："其实她这还不算啥，很多乡下孩子，别说西昌，连金阳都没来过，有的甚至连乡都没出过。"

我想，至少这个家庭的女主人黄日扎，以前还去过西昌，也算是见过世面，也许这也是她不管生活有多艰苦，也要带着孩子到金阳县城来读书的原因吧。

叶伊娃告诉我说，在金阳，乡上只有幼儿园和小学，片区才会有中学。但是，县城的中学，各方面都会比其他片区的中学要强。这是很多人的共识。所以，这些年，到县城租房供孩子读书的人一年比一年多，因为常年不回去，家里的农地无人打理，房子也空着无人居住。

我站在这间狭窄的出租屋里，眼前的这个家，在我看来，真的是艰难到了不能再艰难，但令人佩服的是，无论多么艰难，黄日扎——一个单亲母亲，仍然坚持供孩子们上学。大女儿多次想辍学打工，帮补家庭，都被她"一票否决"了。读书改变命运，在她心中坚定得不可思议。

"等有节假日的时候，我们租一部车，一起去你们老家看看。"杨振华对黄日扎和陈惹作说。

叶伊娃说："到时我看能不能申请派一辆车。"

陈惹作很高兴，她说，真的吗真的吗？得到确定性的回应之后，大家一起商量，国庆节之后找一个周末，回洛觉乡下。

"到时候你去吗？你也会去吧？"陈惹作问我，希望我能一起去。看孩子纯真的表情，我真不忍心告诉她，我的采访任务快结束了，我很快就会回广东去，不能陪她们回乡下了。

5

在陈惹作家的出租屋里聊天的时候，有一个年轻妇女从外边走进来看稀奇，原来她就租住在隔壁，也是为了孩子读书，才从洛觉乡搬到县城来的，因为是同村，她们就租在了同一个地方，好互相有个照应。

这个年轻妇女名叫布惹么成伟，32岁，几年前和老公一起去新疆种棉花，两口子一天能挣200多元，一个月下来就有好几千元，这日子本来也挺有盼头的，可是，没想到天有不测风云，人有旦夕祸福，期盼中的好生活还没开始，老公竟然生病去世了，丢给她四个孩子。没办法，只能打道回府，以故乡为依靠，为几个孩子撑起这个家。

两年前，她咬咬牙，把家搬到了县城。本来想让孩子在县城上学，却因为从乡下搬到县城租房住、打工供孩子上学的人越来越多，而县城只有城关小学和天台小学，学位严重不够，需要摇号碰运气，没有摇到号的，只能去县城对面的务科小学。布惹么成伟运气有点差，三个孩子都没有摇到号。好在孩子们都住校，周末才回来。如果每天走读，每个人单程就要 5 元的车费，一天坐车就要 30 元，这对她来说，真的承受不了。即便是一周两趟，有时为了省钱，孩子们也会走路去，大女儿13 岁了，带领着两个妹妹，沿公路边去学校，要走一个多小时。尽管这样，布惹么成伟还是觉得，县城比乡下好多了。

布惹么成伟是低保户，家里一个大人四个孩子，加起来有 1000 多元的政策补助。除去每个月 200 元房租加三个孩子每学期 800 多元的开支，剩下的钱都用于生活。像她这种情况，如果待在乡下，孩子就近读书，生活压力会轻一点，但是，和黄日扎一样，为了给孩子一个好的学习环境，咬咬牙，苦就苦一点。哪怕是住"老破小"的出租屋，哪怕是放弃家里面的新房子。她说，在乡下，无论是集中安置点还是自建房，有很多都是空置的，因为很多人都出外打工去了。

叶伊娃说，这些年，国家派出大批干部进山扶贫，同时也把外边的很多观念带了进来，现在的山区群众，很多人都知道外面有一个精彩的世界，而读书，是前往精彩世界的通行证，所以先知先觉的一批人，在孩子读书这个事上，真的是拼了。因为县城的学位不足，之前还发生过家长到县政府上访的事。

整理采访录音的时候，我发现这两天的采访，家庭主角很巧都是单亲母亲，她们带着孩子在城里边艰难求生，也都是希望孩子能通过读书改变命运。她们怎么就这么执着呢？我陷入了长久的沉思。

6

2020 年 9 月 20 日下午，我们约了罗布么日则做采访。

19 岁的罗布么日则，在我看来，简直就是一个传奇。

罗布么日则老家在木府乡下，但是，从小学开始，她就带着小她两岁多的弟弟罗布日发，在金阳县城读书。才五六岁，她就学会了做饭和照顾弟弟，现在，她已经是金阳县初级中学初三的学生了，而她的弟弟，16 岁的罗布日发，和她同一所学校，也上初三。这么多年来，弟弟的家长会都是她去参加，而她的家长会，每次都得跑去找阿姨冒充家长出席。

"我妈妈可能到今天都不知道学校要开家长会。"罗布么日则说这话时，连自己都觉得好笑，没忍住，就笑了起来。

罗布么日则的母亲叫阿曲么日尾，今年 59 岁了，比她父亲罗布土者大了整整 8 岁。2020 年 9 月 19 日中午，在金阳县初级中学附近的菜市场门口，我与杨振华碰见罗布么日则，当时她和一个年纪比较大的妇女在一家药店门口，看见杨振华，她主动上前打招呼，介绍说妇女是她母亲。听女儿叫杨振华老师，那妇女满脸尊敬和笑容，后来才听罗布么日则说，母亲要隔很久才会从乡下进城来看她和弟弟，因为父亲腿有残疾，干不了重活，家里那一大摊子，全靠母亲一个人忙里忙外。母亲凭着一双粗糙的手勤扒苦做，供她和弟弟在城里读书。而且，几年前还在城里买了房子。

罗布么日则有个 22 岁的姐姐，已经成家了。弟弟罗布日发虽说还在读书，但很早就订了娃娃亲，弟媳是洛觉乡姑妈家的表妹，也在读书。等弟弟初中毕业后，他们就要结婚了。因为是姑表亲，弟弟这门亲事的彩礼不算高，只要 11 万元，而且到目前才交了 1 万元订金，还有 10 万元结婚时再给。罗布么日则一边说，一边拿出手机，从朋友圈里找出弟媳的照片给我们看，照片上的小姑娘稚气未脱，有些茫然地望着这个世界，也不知道她心里在想些什么。

我们问罗布么日则，喜欢弟媳不？她说喜欢。

我们又问，弟弟喜欢不？她说弟弟也喜欢。

2016 年，在母亲阿曲么日尾的张罗下，花了 18 万元，在县城买了现在姐弟俩住的房子，虽说有点老旧，但很宽敞，还带着装修，比陈惹作一家住的出租屋那是好到天上去了。罗布么日则说，之所以买房子，主要是为了让弟弟今后结婚有个好环境。在没买房子前，母亲为他们姐弟租了一间小房子，从小学一年级开始，她就带着弟弟在城关小学读书，一起上学一起回家，两个小孩在出租屋里一直住到小学毕业，真可谓是相依为命。农闲的时候，母亲会过来小住两三天，很快又赶回乡下，除了要忙种地干活，她还要照顾残疾的父亲。在罗布么日则的印象里，父亲除了喜欢喝酒，其他的好像什么也不会。

家里的经济来源主要是种青花椒。姐姐没读过书，彩礼价格上不去，嫁人的时候，只得了 18 万元，母亲从中拿出 5 万元帮补家里，加上每年卖青花椒攒起来的钱，给弟弟买了这套房。

因为父亲的腿脚不方便，家里的农活基本上都是母亲一个人干。每年，母亲凭一己之力能收到 1000 斤左右的青花椒，要是卖得好，有两三万元收入。只是，今年青花椒的市场不太好……讲起这事的时候，罗布么日则年轻的面庞上浮起了几丝忧虑。虽说还是个初中生，但看得出，她已经成人了，懂得母亲的不易和生活的艰难，所以，每当学校放几天假的时候，她都会回乡下帮母亲干点农活。

所幸的是，嫁到天地坝镇的姐姐家境不错，没什么生活压力，每天就背着个小的，接送大的孩子上幼儿园。这让劳碌了一生的母亲很欣慰。

罗布么日则说，初中毕业后如果考不上本地高中，她准备去考绵阳或乐山的私立高中，或者去成都读职业学校。她知道外地学校收费很贵，估计一年要几万元。她暂时还想不到这笔钱从哪儿来，她只有一个想法，这学，一定要上，这书，一定要读。有条件要读，没条件创造条件也要读。原因很简单，母亲一直想她读书，不想她辍学打工。就算是为辛苦了大半辈子的母亲，她也要靠读书读出个名堂。

昨天，母亲来县城看她们姐弟俩，才住了一晚，又急急匆匆赶回乡下，她说，等下次母亲再来时，怕已经是彝族新年了。

……

采访中我了解到，在大凉山区，很多外出打工的年轻人，都是因为自己本身不爱学习，不想读书。而只要是自己想读书的，不管成绩好不好，家中父母多会鼎力支持。他们的想法很简单，都觉得读书是一条非常好的出路，不单能改变个人的命运，还能改变家庭的命运。

当我准备结束这次采访的时候，"金阳北街"在某种意义上，已经成为象征，实际上，为了孩子读书而选择到县城租房陪读或打工供学的，已经远不止于金阳北街。这些相信读书改变命运的山里人，已经遍布金阳县城的旮旮旯旯，尽管他们中很多人都活得异常艰难，但是，让孩子读书改变命运的信念，已经成了他们活着的意义，并因此激发出坚韧不拔的内生动力。

7

"金阳北街"现象，一方面是山区群众对孩子教育的重视，另一方面，也向社会提出一个全新的问题——如何科学统筹和调配现有教育资源。众多家长为了"教学质量高"带着孩子往城市里挤，这种情况能不能通过基础设施的建设和完善，以及教育资源对乡村学校适当倾斜来解决？

金阳县马依足乡的尔古书作，也许可以为这个假设提供理论支撑。马依足乡就在金阳县城对面，是著名的青花椒种植基地，收青花椒的时候，15 岁的尔古书作会跟着父母，到种植园摘花椒。她是小学六年级的在读学生，下边还有两个弟弟，家里的主要收入来源，除了种植花椒，还养牛、养猪。2019 年家里收了 1000 斤花椒，卖了 3 万多元，加上养殖、做零工和低保补助等，收入还算不错。以他们家现在的情况，把孩子送到对面县城去读书是没有问题的，但是，母亲没有那么做，究其原因，是她觉得，在马依足上学，跟去金阳县城读书，各方面的条件，其实都差不多。

尔古书作和两个弟弟都在马依足乡中心学校上小学，开学时，姐弟三人的学费加在一起，一共 685 元，食宿不用花钱，都是免费的。"控辍保学"是国策，所以，村里的小孩都在上学。尔古书作很喜欢读书，学校的生活是她最喜欢的话题，每次讲起来都滔滔不绝收不住口。在学校，她最喜欢上语文课，有时都下课了，还坐在教室里不想走。

尔古书作一家是贫困户，花了 1 万元，就住进了政府给建的新房子。新家有 80 平方米左右，两室一厅，一厨一卫。屋里的电视、衣柜和床等家私，都是政府免费配送的。尔古书作喜欢现在的新房子，屋里干净、亮堂，还有自来水、太阳能，比以前住的老房子，简直就是一个天上，一个地下。

"现在生活好了，有条件了，就应该好好读书。"尔古书作最大的愿望，就是好好读书，等以后工作了挣钱了，让母亲过上更好的日子。

是什么让一个当初需要政府强制"控辍保学"的贫困山区，在观念上发生了如此巨大的转变？靠读书走出大山改变命运，差不多就成了山里人的信仰。我想，世代生活在大凉山区的人们，而今对教育的重视，其实就是对美好生活的向往。

8

让我们把目光投向金阳县甲依乡拉木觉村，村民曲么木土火今年52岁了，20岁那年，她从寨子乡嫁到了甲依乡拉木觉村，两地相隔30多公里，骑马都要走上半天。婚后的生活，就是每天天一亮就开始忙，放羊、喂猪、种地。在那两间低矮破旧、光线昏暗的土坯房里，孩子们一个接一个地降临人间。

只是，人间很苦。凉山名列"三区三州"，山高坡陡，气候恶劣，扶贫都扶了这么多年了，可拉木觉村还在贫困村序列里，一眼望不到头。出生在这地方的人，个个都是苦孩子，为了不让孩子们像老辈一样泡在苦水里，曲么木土火和丈夫赵早日一致认定，必须把孩子送进学校去读书。在他们看来，只有读书，考大学，才有可能改变这折磨人的世代贫穷。

"我们这一代吃苦吃够了，孩子们不能再像我们一样。"这是他们两口子的共识，于是，不管压力山大，也不管生活多难，两口子节衣缩食，把几个孩子都送进了学校。听说县城的学校教学质量更高，他们一直在想，要是哪天能把孩子们送去县城读书就好了。

好消息从2019年传来，这年，听说拉木觉村要整体搬迁到马依足乡去，那儿正在建一个"千户彝寨"的大工程。这个消息让两口子既兴奋，又不敢相信，最后，赵早日靠着双腿翻山越岭，走了70多公里路，专程到马依足乡打探情况。其时，耸立在半山坡上的"千户彝寨"，在阳光热烈的照耀下，簇新得晃眼。赵早日眯着眼睛眺望——对面就是金阳县城，中间隔了一条河。正在施工的金阳河大桥，看样子和他的心情一样急切，已经有些桥的样子了。

等啊等啊，终于等来了搬家的日子。2020年6月2日，曲么木土火坐车前往新家，山路弯弯，一路颠簸，头晕目眩，但是，一想到今年就能住在县城对面了，这心里就禁不住激动。等到了目的地，天哪，哪敢相信啊，140平方米的大房子，三卧一厅，还有超大露台！燃气灶、热水器、电视机、洗衣机，真是要啥有啥。更暖心的是，政府还发1000元的家具购置补贴，想买啥款式的都成，买了拿票回来报销即可。算一算，连新房带搬家等开销，总共才花了2万元，真不敢相信天底下竟然会有这等好事！

最令曲么木土火一家子高兴的是，政府专门为"千户彝寨"配套建设了金阳县马依足乡中心小学，教学楼那个漂亮啊，如果不是亲眼所见，真的是做梦都不敢想，就算敢想，也想不到啊！贫穷真的会限制想象，在甲依乡拉木觉村，怎么可能想得出，住家会如此漂亮，学校会如此漂亮。

听人说，一直在帮扶凉山的佛山人，为了建这所学校，花了天那么多钱。天那么多钱是多少钱？说不清楚，反正是很多很多钱。

> 资料显示：佛山投入资金1200万元，为6364名贫困户人口，在"千户彝寨"配建一所小学；还投入100万元，支持建设一个集体商贸超市，以及一批卫生设施。再投入25万元建设马依足乡民俗活动坝子。

这么高大上的学校就在家门口，还有什么不满足的？

是的，曲么木土火和赵早日两口子很满足。为了拉木觉村顺利实施易地扶贫搬迁，政府做了很多工作，不单保留了村民在原住地的土地承包经营权，同时也保留了部分生产用房，方便那些恋旧的、牵挂老家的人轮流回村搞种养。从 2019 年开始，村里就搞起了合作社，专门养殖土鸡、鹅和山羊，搬迁户可以用土地入股到养殖场分红，才一年多时间，村集体经济就收入了 15 万元。

而在"千户彝寨"的新家这边，政府不仅给搬迁户发放 3000 元（每户）的产业奖补，还提供 2.5 万元的低息贷款，鼓励大家入股合作社，开始全新的生活。社区还成立了运输公司、建材公司，优先安排搬迁户就业。还有，社区成立了八个党小组，经大家推选，赵早日任第五党小组组长，每个月有 1000 多元的补贴。而曲么木土火也不闲着，她主动参加了彝绣合作社，每绣一双袜子就能挣 17 元，平均一天可以绣五六双。算一算，坐在家里动动手就能挣几千块钱一个月，比在老家种洋芋荞麦，不知要强多少倍。这样的生活，想想都禁不住激动。

"将来你挣的钱我俩花，我挣的钱就供孩子们上学。"住进新家的曲么木土火和赵早日商量好了，孩子们的读书问题，是家里的头等大事，来不得半点儿马虎。"等孩子们都大学毕业了，我们就能享福了。"

在曲么木土火心里，在赵早日心里，孩子们都是要上大学的。也只有上大学，才能走出大山，创造更加美好的生活。

9

是的，走出去，才知道外边的世界有多精彩。走出去，才知道山的那边，每一个梦想都开花。

在金阳县热柯觉乡丙乙底"佛山新村"采访的时候，我听村第一书记甘路多次提过他的一个"伟大计划"——争取各方支持，组织村里贫困户的孩子，走出大凉山，到广州、深圳去开眼界。

我想用这个小插曲，作为本篇的结尾。

2020 年 11 月 6 日清晨 5 点，紧得解不开的雾气和寒冷，像绳子一样捆住了金阳县热柯觉乡丙乙底村，但是，今天，这个藏在大凉山深处的小山村，就要挣脱束缚走出大山了。是的，在乡副书记（挂职）魏世民、村第一书记甘路和扶贫队员代鹏共同努力下，这次凉山娃"走出大山看世界"活动终于成行了。

清晨的村庄气温极低，雾浓得让人不知道擦肩而过的是谁，若是往日，村民多数都还在梦乡里，直到太阳慢吞吞地从山那边爬上来叫大家起床。山区乡村从来都是这样，寒冷的生活不能没有阳光。

但是，今天不一样。这个时候的丙乙底村，早已人声鼎沸，大人小孩都早早起床，打开门从家里边出来了，尽管浓雾紧锁村庄，但锁不住人们心中的兴奋，不用看，单凭耳朵听，听那些响亮的问候和此起彼伏笑声，都知道"佛山新村"的街道上，到处都是笑脸。魏世民把大家的笑脸，比喻成"云雾里盛开的向日葵"。

魏世民是这次凉山娃"走出大山看世界"的领队，他站在考斯特车门边，笑眯着眼，招呼孩子们上车，然后，再细心地为每一个孩子贴上晕车贴。这是甘路头天连夜开车 10 多个小时，专程跑去成都买回来的，满满的一大箱的药品。甘路特别嘱咐他，一定要把晕车贴给孩子们提前贴上。

"老魏，一定要记得啊，吉子古伙、阿尔依尾都没有出过门的，她们很容易晕车，一定要给她们贴晕车贴啊，还有吃晕车药。一定要记得啊！"

在扶贫工作队里，魏世民是甘路的"顶头上司"，对这位满腔热情的下属，他这个上级领导真的是想不听话都不行。他知道，山路弯弯，颠来簸去，好几个小时的车程，莫说小孩，就是大人也一样晃得你天旋地转。于是，他找出晕车药，分出两片，给吉子古伙、阿尔依尾服下。其实不用甘路叮嘱，他也知道，这是孩子们第一次出远门，到西昌青山机场，至少要 5 个小时，大凉山的崎岖山路，坐车上跟荡秋千差不多，可不是一般人顶得住的，都不用想，就能料定孩子们会颠得翻肠倒肚，吐得一塌糊涂，除了早点备药外，还得准备好足够的塑料袋，挂在坐椅靠背上，以便随时拿来用。

在忙着照顾孩子们的间隙，魏世民看见贫困户阿尔牛体急匆匆地赶过来，从车门外探进身子，伸手给娃娃递了 10 元，同时叮嘱了一句什么。因为阿尔牛体讲的是彝语，魏世民没听懂，但从他递钱这个细节看，大概能猜出他的意思：广东那么远，得带点钱在身上，以备不时之需。魏世民笑了，他大声让阿尔牛体把钱拿回去。"牛体，放心吧，饿不着孩子的，广东那边好多叔叔阿姨，都盼着孩子去呢。啥都准备好了，乡亲们只管放心。"

人生第一次到西昌，第一次坐飞机，第一次……太多人生第一次了。从进机场那一刻起，所有孩子都睁大了双眼，尽最大努力，把能看见的，能记住的，都看在眼里，外面的世界如此阔大，如此精彩，仿佛穷其一生都看不够。

飞机开始滑行，起飞，拉升……坐在窗边的孩子，小脸紧紧地贴在透明的机窗上，一刻也不舍得离开，一眼也不舍得眨，窗外的蓝天白云，蓝汪汪的，白晃晃的，仿佛伸手出去，就能摸到，这情景，怎么跟站在丙乙底村前山顶上的感觉那么像呢，莫不是坐了半天汽车，又回到村里了吧？

　　飞机越飞越高，越飞越远，有时还能看到另一架飞机，远远地飞过，就像雄鹰在万里云海上滑行。当天色慢慢暗下来，傍晚时分，满载山区孩子梦想的飞机，降落在深圳机场。所有人的第一感觉就是一个字——"热"！海拔 3200 多米的丙乙底村，都进入寒冬了，而深圳，竟然还有人穿短袖。是广东人的热情，把气温推高了吗？孩子们打着小红旗往旅客出口走，红旗上"走出大山看世界"的活动主题语，吸引了一大波关注的目光。刚到出口，突然就听外边有人欢呼起来，还有热烈的掌声。那些从未见过的陌生面孔，向孩子们展开了亲人般的笑容，孩子们虽然很疲惫，也有些腼腆，还是很快报以笑容。

　　深圳，我们来啦！整整 12 个小时的路途颠簸，从大凉山深处，辗转岭南之南，差不多 2000 公里的路程，这当中的兴奋、劳累和憧憬，真的可以讲三天三夜。

　　走出大山，原来是如此的不容易！

　　但是，再不容易，终究还是走出来了。

　　载着凉山小客人的汽车驶向四川宾馆，在大门前缓缓停下，魏世民隔老远就看见了老同事黄彦，她站在酒店门口，身后依次站着一群服务员，这让她的样子看起来像个领班。

　　孩子们从车上下来了，黄彦和服务员们迎上来，把孩子们迎进大厅。酒店的灯光璀璨耀眼，从四方八面围过来，就像在孩子们怯怯的羞涩上镀上了一层金粉。魏世民见黄彦牵着一个孩子往电梯走去，本能地问："黄处长，不用登记吗？"

　　黄彦挥挥手中的房卡，笑说："早就安排好了，都在 18 楼，两个孩子一间，这些宝贝是我们酒店的 VIP，安顿好了再集中登记。"

　　是的，都安排好了，为了这 14 位凉山小客人，四川宾馆特地把 18

楼全部腾出来给他们"专用"。十几个服务员领着孩子进门，手把手教他们如何使用淋浴花洒，如何使用洗漱用品，就连拖鞋都已剥开了塑料袋，整齐地摆在床边。魏世民听见有个房间传出电视声，走过去看，原来是服务员正拿着遥控器，耐心地教孩子查找儿童频道。累了一天的孩子们，好像全都忘记了疲惫，他们大睁着清亮的双眼，打量这个新奇的、陌生的世界。

到了深圳，不能不去看海。这是孩子们人生第一次看见大海，那满脸的兴奋劲，简直就无法形容。魏世民笑眯眯地看他们先在沙滩上小跑一阵，很快就被游泳的人吸引住了，他们小声地问："我能不能去踩踩水？"

"可以啊，去吧，去吧！"

肯定的回答让孩子们哄的一阵欢呼，雀跃着，三下两下脱掉鞋子，哗啦啦地往水边跑去，在细软平滑的沙滩上踩出一串小脚丫子。海水很快漫上沙滩，把所有的小脚印都抹得了无痕迹，这个情况让孩子们兴奋莫名，马上又跑过去，更加用力把脚印踩在沙滩上。

此情此景，让魏世民想起了海明威的《老人与海》，想起了这几年不易的扶贫经历，禁不住在心里好一阵感慨。孩子们哪，人生就像大海，我们很多的努力，都跟这沙滩上的脚印一样会被岁月抹掉，但是，只要我们百折不挠，就能够在人生履历上，留下深深的足迹。

孩子们此起彼伏的欢笑和尖叫声，在阔大的海面上跳跃着，奔跑着，仿佛连浪花也受了感染，一阵阵涌上来分享孩子们的快乐。一位游客见娃娃们一副没见过海的样子，好奇地问魏世民："靓仔，你哋系边度人哪？"

魏世民笑笑，他已经听见孩子们的歌声了。出发前，孩子们精心排练了一首合唱歌曲——彝语版的《祖国之子》，现在，这首歌在祖国的最南方——深圳响起来了，孩子们的歌声与海浪声互为应和，把远远近近的游客都震撼了。是的，不要问我哋系边度人，我哋都系满腔热血嘅祖国之子：

> 我走啊走，走啊走，我要看世界。
> 翻山越岭跨越江河，犹如梦境一样。
> 我走啊走，走啊走，我要走进知识的海洋里
> 科学技术，熏陶文化，想要成为，有智慧的人。
> 彝乡春天来了，阳光普照暖洋洋
> 彝乡的生活越来越好了，
> 社会主义道路金灿灿，
> 喔，我高兴，
> 阿依呀，阿呀咯
> 喔，我高兴
> 阿依呀，阿呀耶
> 阳光暖洋洋……

这些年，丙乙底村有不少年轻人到深圳打工，他们与眼前这些孩子对深圳的印象肯定不一样，他们面对的是国际大都市紧张忙碌的生活节奏和压力，而这些孩子，他们感受到的，是一个充满人间温暖的世界。这一刹那，魏世民想起了海子那首著名诗篇——《面朝大海，春暖花开》：

……

> 从明天起，做一个幸福的人
> 喂马，劈柴，周游世界

从明天起，关心粮食和蔬菜

我有一所房子，面朝大海，春暖花开

从明天起，和每一个亲人通信

告诉他们我的幸福

那幸福的闪电告诉我的

我将告诉每一个人

给每一条河每一座山取一个温暖的名字

陌生人

我也为你祝福

愿你有一个灿烂的前程

愿你有情人终成眷属

愿你在尘世获得幸福

我只愿面朝大海，

春暖花开

魏世民感到眼角有些湿润，他没有伸手去抹。

也许，是腥咸的海风打湿了思绪吧。他想。

……

2020 年 11 月 7 日，魏世民在朋友圈里发出一段动情的话："如果你在深圳的街头，遇见这群大山里的娃娃，请张开你温暖的怀抱拥抱他们。因为，他们已经准备好，去拥抱整个世界。"

微信扫码

借鉴精准扶贫经验，
解读脱贫攻坚精神。

杨秀花的驻村岁月

我想写杨秀花，不仅是因为她传奇的扶贫经历，更因为她的经历，引起了我的思考。

2020年7月的一天，已经在凉山州金阳县丙底乡驻村两年多的杨秀花，和往常一样，与队友一起前往打古洛村公干。那是一个落雨天，泥烂水滑的山路对她来说，熟悉得就像回家。经过瓦突洛的时候，无意间看见一群人，正围着一只羊，有的摁头、有的扯脚，很忙乱的样子。

这些人在干啥？宰羊请客吗？她下意识地停下来想看看究竟发生了啥事。很快她就搞明白了，原来，村里有个贫困户家死了几只羊，县农业农村局领导带着技术人员下来查看，他们想采些样品血分离血清，进行化验后再确定病因。此时的他们正按着一只羊，可是，羊儿不听话，几个人围着它都忙乎了半个多小时，还是搞它不定。

采个血怎么会要这么久？杨秀花很好奇，一边冒雨往那边走，一边想：嘿，都两年没用到专业了，过去试下手艺，看看生疏了没有。

杨秀花走到那几个人跟前，见他们还在忙着给羊剪毛、消毒，有的手上还拿有各种采血器具（针管、输液器等）。她说："让我来试一试，怎么样？"

然后，在大家诧异的目光中，她拿过采血器具不用剪毛直接通过消毒后，凭借多年来的临床经验，用左手凭手感去触摸羊颈静脉的血管，右手拿着针管，短短几秒钟的时间，就找中了采血的位置，当她一针扎进去，将满满一针管近 5 毫升的血液递交到县农业农村局领导手中的时候，她的这一手绝活，让在场的人都看傻了眼。

领导大感惊奇，问："你是哪里的？"

杨秀花说："我广元青川的，在打古洛驻村。"

领导又问："你怎么会这个？"

杨秀花说："我学的就是畜牧兽医专业。"

领导说："呀，要是你能教会我们这里的人就好了！"

领导这话让杨秀花有些伤感，心想：来之前，我也是这么想的。

是的，那时报名来凉山扶贫，她真是这么想的。干了几十年畜牧兽医，她想把一身的绝活，留在大凉山。

1

2018 年 6 月，四川吹响了向凉山深度贫困发起总攻的冲锋号，全省派出 5700 多人前往凉山州 11 个深度贫困县，开展为期三年的脱贫攻坚和综合帮扶工作。为了从根本上解决凉山地区脱贫难的问题，四川省委组织部特别在全省农口系统选派 1123 名专业人士，组成"千人战团"奔赴凉山脱贫攻坚。上级的要求很简单，但针对性很强：发挥自己的技术优势和专业才干，各显神通，谋划、指导、协助当地干部群众，因地制宜发展特色产业。

在这次总攻行动中，广元市青川县板桥乡畜牧兽医站的杨秀花，奔向金阳县丙底乡，驻扎打古洛村。

杨秀花在基层干了 20 多年的兽医，练就了一身硬功夫——比如给猪牛羊、鸡鸭鹅搞预防治疗和饲养管理。再大的猪她都可以赤手空拳在分分钟内给它打针到位，只需要一根绳子就能一个人给牛输液，而且猪牛羊儿都不羁不闹，乖乖听话，这是她 20 多年来从事兽医行业练就的一身绝活。出发之前，杨秀花一直在想，大凉山的脱贫攻坚，肯定离不开养殖产业，而她这个畜牧行家，必将派上大用场。

于是，这年 6 月，杨秀花主动请缨参加扶贫。

自己家小日子过得好好的，为啥要大老远跑去穷山沟扶贫？杨秀花的初衷并不高大上，主要是因为好奇：穷山沟到底有多穷呢？不知道。既然不知道，又想知道，那就去看看呗，自己在畜牧兽医方面的一技之长，说不定真能帮人家做点啥哩！再说，有这么一个机会挑战一下自己，也不是什么坏事。

报名那会儿，充满杨秀花心头的，还真不是天大的困难，都什么时代了，再难的日子，又能有多难呢？她不信。反而满脑子都是对山区生活的美好向往——穷山沟的另一种解读，不就是青山绿水，没有工业污染吗？在城市的车水马龙中遥想大凉山深处没有一丝杂质的蓝天白云，真的好想快点动身，亲眼看看彝族老乡的生活，究竟是个啥样子。能亲身体验一下传说中的艰苦环境，那也应该是人生中难得的经历！

是的，在没有来到金阳之前，杨秀花的脑海里勾勒过很多不同的情景和画面，最后留下的都是憧憬和向往。特别是，想到自己一个小小乡村兽医，竟然能在大国扶贫中一显身手，真的是禁不住内心的激动。在老家板桥乡，她的兽医技术那就是"湿水的棉花——没得弹"，这几十年里，她几乎每天都在跟猪、牛、羊、鸡、鸭、鹅打交道，她深信，这些靠实战得来的经验，一定能帮到更多的凉山人。贫困山区的生态环境，决定了它的生产方式，在短时间内，它不可能像城市一样工业化，种养殖业的规模化和科学化，是它的必经之路，而科学养殖、治病防疫，刚好是她的专长。她要用自己的专长，帮贫困山区的群众脱贫致富。她有这个信心，她的信心不是空喊口号，而是来源于她"独步江湖"的兽医技术，她有底气。

2

2018 年 6 月 28 日，杨秀花等一行 8 人从青川乘车出发，经过三天的一路颠簸，6 月 30 日终于抵达扶贫所在地金阳县，果然是想象中的情景，天蓝得透明，云白得晃眼。真的太美了！

7 月 1 日中午时分，杨秀花到达丙底乡人民政府，宿舍就在乡上，简单地收拾整理了一下房间，就算是安顿下来了。

只是没想到，到达当天下午 5 点左右，刚安顿好，兴奋劲都还没散，身体就出现了高原反应：刚开始是耳朵嗡嗡作响、头昏脑涨，然后是肚子隐隐作痛，紧接着上吐下泻便开始了，四肢无力、吃啥吐啥。这是高寒山区给她的下马威，严重的水土不服和高原反应让她一晚上连续上了数十次厕所。

这是啥情况啊，纯天然无污染的地方，怎么会这样？这不科学啊，完全不是想象中的样子啊！在陌生的异地他乡，面对着一张张陌生的面孔，此刻的杨秀花，突然间很想家，很想家人的陪伴和安慰，可是，家人远隔千里，他们哪里知道她的柔弱和无助……鼻子一酸，眼泪就不听话地掉了下来。

也许是心灵感应，电话铃声在这个时候响起来了。那一刻，杨秀花多么渴望能有家人的电话，可是，当电话真的响起来了，却又没有勇气去接听。因为她害怕听见家人的声音，怕控制不住自己的情绪，怕他们担心，怕听见他们的安慰，怕思想会动摇，怕自己坚持不住，会阵前退缩。杨秀花没有足够的勇气去跟他们诉苦，她不敢接电话，但又舍不得摁掉电话，那是家人无尽的牵挂。她需要千里之外的他们的关心、惦记和牵挂。于是，杨秀花任由电话铃声一直响着，直至断掉，然后又响起来……杨秀花在反反复复的电话铃声中，忍受着水土不服的痛苦。

因为初来乍到，人生地不熟，也不敢在当地医院买药吃，只有咬牙硬撑着，直到 7 月 3 日中午症状才稍稍好转。算一算，这短短的 43 小时，如同几个世纪那么漫长，内心极度的痛苦和绝望，除了自己，真的不知道还有谁能理解。

最难熬的一关挺过之后，身体开始恢复，杨秀花可以走村入户了。2018 年 7 月 4 日、5 日，在乡、村干部的带领下，她和队友们一起到布洛村、沙洛依达村熟悉情况。有了这次水土不服的经历，杨秀花更加想在第一时间了解当地老乡的生活现状和处境。都说一方水土养一方人，被"下马威"后的她发现，这方水土，还真不一定能养人。

3

来金阳之前，杨秀花已经做好了吃苦的思想准备，但这个苦到底有多苦，说不清楚，也想象不出来，到了之后，才发现生活条件之简陋，自然环境之恶劣，完全超出预期。谁会想得到，改革开放都这么多年了，这地方居然连个商店都没有，更没有饭店。最离谱的是，连个买菜的农贸市场都没有。天，这是穿越回上世纪了吗？想洗个澡、理个发，都找不到地方。这些基本的生活条件，此时竟然成了一种奢望！为了改善生活，帮扶队员们最后想了一个办法，几个人合伙包车去金阳县城洗澡、理发，采购粮油、蔬菜及日用品。

可是，就算包车，也要面临交通不便的大问题，那些山路没有一段是直的，山高坡陡、弯急路窄不说，海拔还高到天上去了，从丙底乡往金阳县城走，一路爬坡，到热柯觉乡的丙乙底村，海拔高达3100多米，而且经常大雾封锁，能见度低到你根本就看不见山沟到底有多深；如果遇到晚上下雨，第二天，随处可见塌方落石和泥石流，不管是坐车经过还是走村入户，说不定一个石头滚下来，这辈子就算是报销了。当然，特别现实的是山遥路远，包车往返交通费用比海拔还高。听驻寨子乡、梗堡乡的帮扶队员说，他们到金阳县城理个发、洗个澡，如果包车往返一趟，至少要1200元。我的天哪，这洗的是什么澡？贵妃浴吗？天下第一澡吗？！

按理说，穷地方大家都没啥钱，生活成本和物价都应该很低才对呀，而现实刚好相反，搞到最后，杨秀花和廖莉几个女队员，干脆托人从山外买来理发工具，撸起袖子帮队友们理发。有个男队友，到丙底乡都3个多月了，头发长得比女人还长，却一直没机会去金阳县城剪掉它，买回理发工具后，杨秀花头一个就将他"削发为僧"。

"剪掉长发，看到他头上光光的，整个人一下子年轻了好几岁，我心里真的好高兴。"杨秀花说。

吃的也不行，虽说都是四川人，但山外边的饮食、生活习惯与彝族老乡差异很大，当地人长期以土豆、酸菜、荞馍、坨坨肉为主，不知道是他们不喜欢吃，还是地里种不出来，反正很难吃到新鲜蔬菜；还有一大问题，就是语言不通，很多老乡都讲方言，不要说跟他们讲普通话，就算讲四川话，在他们听来都像外语。所以走村入户的第一关——交流，都存在极大的障碍，最让杨秀花提心吊胆的是，她驻的打古洛村不单有肺结核感染风险，居然还有艾滋病人。每天都要在这种环境下工作和生活，自身安全和健康如何保证？这些实实在在的问题，靠喊口号是解决不了的，谁遇到这情况心里都会打鼓。

4

本文开头已经讲过了，报名加入扶贫队伍时，杨秀花以为自己几十年的畜牧兽医经验能在大凉山大展身手，能为贫困山区带出一批技术强悍的农民徒弟，可是，等她到了之后才发现，扶贫工作千头万绪，什么"清卡"行动、村容村貌环境整治、全民健康体检、新型农民素质提升工程、佛山务工动员摸底、易地搬迁、彝家新寨、农民夜校、政策宣讲、"两不愁三保障"大排查、捐资助学活动、贫困户信息采集及录入、填写帮扶手册和收支台账等等，哎呀，跟出发之前想象的根本不是一回事，"五加二，白加黑（一周七天，白天上班晚上加班）"，个个扶贫干部都忙得分身乏术，哪里可能保证你专业对口。

英雄无用武之地，让杨秀花的情绪跌入低谷，杂务缠身让她对扶贫工作产生了困惑，都说山区缺人才，可是，这成千上万的人才来了，你却让他们去打杂，明明都是好钢，你却把它用在刀背上，这不是在浪费人才吗？

想不通归想不通，但不能因此耽误工作。杨秀花明白，扶贫攻坚是一场史无前例的大战役，所有扶贫干部都是上了前线的战士，而军人以服从为天职，只要一声令下，爆破手一样跃出战壕抢大刀片子。那么，跟着当地村组干部，先从走村入户开始。

第一次走村入户，映入杨秀花眼帘多数是老旧残破的土坯房；有不少人家，人和牲口居然住在一起，也就是"人畜混居"；家家户户都没有像样的厨房，更没有固定的厕所。生活饮食永远都是老三样：土豆、酸菜、荞馍。简直想不通他们怎么能吃得下去。

通过一段时间的走访，杨秀花掌握了第一组数据，打古洛村有农业户352户、人口1490人，贫困户236户、贫困人口996人，贫困发生率67%。也就是说，有一大半老乡在贫困线下挣扎。这个数字在她的内心引起了极大的震动。

而更大的震动，来自贫困户阿库里坡。

阿库里坡家一共6口人，他们两口子膝下有三儿一女，女儿23岁、大儿子20岁、二儿子15岁、小儿子13岁。这一家挤在一间不足30平方米的土坯房中。屋内四张小床紧挨在一起，房间矮小破旧、阴暗潮湿，没有电灯，没有衣柜，没有橱柜，更没有灶台。屋子正中有一个当地常见的火塘，这就是他们煮饭的地方。环顾四周，屋内塞满了杂物，这当中包括生产用具和牲畜食用的草料。而门口就是牲畜拉的粪便，不管是天晴还是下雨，都无从下脚，但又不能不下脚，于是，每一脚踩下去，几乎都逃不脱沾一脚的粪。和很多人一样，阿库里坡家也没有固定的厕所。没有固定的厕所是什么意思呢？算了，不解释，请自行脑补。

总之，杨秀花用过惯了现代生活的眼光看过去，阿库里坡家的凌乱不堪简直就到了不可思议的地步，如果不是亲眼所见，就算打死她也不会相信，这屋里边居然还住着一家6口人。

那天晚上，回到宿舍躺在床上，杨秀花满脑子想着的都是白天走访的贫困户，心中真的是无限感慨。难怪国家要花这么大力气扶贫，这些山区老乡们的贫困程度，坐在办公室里还真想象不出来，而一旦身临现场，就算对扶贫工作没什么认识甚至不以为然的人，也会感受到强烈的震撼与冲击：天哪，怎么还有这么差的环境！怎么还会有人活得这么艰难？她感到自己的内心深处，有一种强烈的、帮助老乡们脱贫致富的愿望！

这就是使命感吗？她问自己。

这个时候的杨秀花，特别希望能有一个平台，让她带一批学生，教一帮徒弟，她会把自己毕生所学教给他们，让他们养更多的猪牛羊马，靠过硬的技术脱贫致富。

杨秀花跟农民打了半辈子交道，知道他们最怕家里养的牲畜得病死掉。春夏秋冬，寒来暑往，她一直在基层一线为乡亲们看猪医牛。20年如一日的坚守，把她打磨成了板桥乡养殖户的守护神。

2011年中秋节那天，天下着雨，铁炉村的牛出现流感症状，她骑着电动摩托车冒雨赶去，正给姚家坪李兴柏家的牛打针输液的时候，被一只窜出来的大黄狗扑翻在地一阵狂咬，裤子都被撕咬成了裙子。被咬得鲜血直流的她，按理应该即时去医院处理伤口，可是，老百姓一个接一个的电话让她脱不了身，如果她走了，全村那几十头牛怎么办？死上一头都是上万块钱哪！乡亲们可都指望着她了。没办法，她只能叫主人找颗大针把裤子简单缝合，忍着痛，跛着脚，一拐一瘸去第二家，第三家，第四家……

第二天，一个接一个的报喜电话打到她手机上：铁炉村发病的38头牛，全部都好了，一头都没死。

38头牛是什么概念？那就是40多万元啊！

作为一名乡村兽医，还有什么比此时更幸福？！

杨秀花相信，只要当地老乡跟她学，再用学到的技术去搞养殖，很快就能富起来。她都打听过了，一只成羊市价3000元，一头牛则要1万多元。以前交通不方便，就算养大了，要卖出去也很困难，但这些年公路修通了，基础设施建设起来了，再加上帮扶政策，牛羊售卖不是问题。贫困户只需每年养上三五头牛、六七只羊，直接就脱贫了。如果再学点技术，有能力搞定牲畜的防病治病，如果不用担心猪牛羊马得病死掉搞到血本无归，老乡们的积极性和信心肯定会大大提高，创富增收的持续性也就有了。

5

然而，做啥事都不可能靠一厢情愿，现实跟理想从来就不在一个频道上，很快，困惑和无奈爬上了杨秀花心头。

在走村入户的路途中，杨秀花经常会看见三五成群的男人聚集在一起扎堆喝酒；有更奇葩的，直接躺地上，或躺在房前屋后晒太阳……她想不通，这些人好手好脚的，为啥不去干活？为啥不去打工挣钱？哦，原来贫穷的根源在这里啊！杨秀花感到隐隐的失望和生气：这样的贫，怎么扶啊！

更大的沮丧，是那些路过的妇人，她们背上背的，怀里抱的，手上牵的，全都是孩子。有的小孩甚至还光着屁股赤着脚丫……怎么生这么多娃儿啊！生这么多怎么养啊！照这么个生法，再有钱的家庭，也都给折腾穷了啊！

实话实说，杨秀花对当地的第一印象非常差。特别是村民的生活环境，给她的感觉只有三个字：脏、乱、差。那些扎堆喝酒的，那些躺在地上晒太阳的，那些生一堆娃娃的……他们的精神面貌，给她的感觉只有四个字——不可救药。

杨秀花不寒而栗。这样的山村，怎样才能脱贫？怎样才能富起来？我该为他们做些什么？我该怎样来帮助他们？我该从何下手？

很深的困惑和沮丧，杨秀花在日记中这样写道：

> 夜风呼呼吹，雪花片片飞。长夜难入睡，杯空人未醉。
> 辗转又三更，心却明如镜。崩溃，崩溃，恨将心揉碎。

到达金阳的第 21 天，杨秀花在日记中把这段时间形容为"如同二十一个世纪那么漫长。这二十多天，身体和灵魂没有在一条路上，仿佛在千里之外已被剥离，无法回归"。

为什么会有这种度日如年的感受？除了不可避免地想家之外，更大的原因，就是心中巨大的失望。是的，是失望，记忆中在老家上班，虽说也是小乡镇，可那儿的每一天都是充实的，充满希望的，快节奏的现代生活，每个人都在争分夺秒干事情，就像每一天都在与时间赛跑，可是，到了 2018 年 7 月，当她从板桥乡抵达丙底乡，都 20 多天了，时钟就像停摆了似的，让人无所适从。每天都像是在苦熬时间，而时间却慢吞吞的，根本就不知道她是啥心情。在一天一天的期待和掐算中，终于盼来了彝族一年一度的火把节！这个时候，她最大的快乐，就是可以休假回家了！

现实给了杨秀花满脑子的焦虑和满心的疑问，有一天，她实在是忍不住问当地的村组干部："这些人为什么会这样？"

村组干部一声叹息，说高寒地区天气特别寒冷，刚开始，喝点酒是为了御寒，慢慢地就成了一种习惯；另一个原因，就是大家平时也没啥娱乐，很多家庭都没电视，就算后来生活好转，有手机了，年长点的根本就不会使用，所以呢，空闲时间，大家就喜欢聚集在一起，喝喝酒、聊聊天、拉拉家常，彼此间联络联络感情，以促进邻里乡亲之间的友谊和感情。这对很多当地老乡来说，也是劳碌过后的唯一消遣方式。

原来是这样啊，听了村组干部的描述解释，杨秀花开始慢慢理解这个群体，并试着走进他们的内心世界，想读懂他们。

6

随着不断走村入户，类似的情景和画面见得多了，对当地的了解，也越来越深，慢慢地，也更理解老乡们了。想象一下，如果自己生活在这样的环境中，会不会和他们一样呢？估计也差不多。

于是，最初的失望，慢慢转变成了悲悯。杨秀花安慰自己，那些曾令她想不通的思想行为、生活习惯，主要是客观环境和历史原因造成的。凉山州，一个直接从奴隶社会进入社会主义社会的偏远山区，一步跨越上千年，不可能啥子问题都没有。俗话说，罗马不是一天建成的，所有的理想状态都需要时间，那么，就多留点时间给他们，慢慢适应。大家一起来改变这贫穷和落后的现状，不正是他们这些扶贫人存在的价值吗？

自从这么想之后，每次看到那些喝酒的，晒太阳的，背儿抱女的，再想想他们的处境，心底涌起的不再是失望，而是深深的心疼，还有些许淡淡的伤感。

"我该如何帮他们？我要怎样做，才能激发他们的内生动力？"杨秀花经常问自己。那段时间，她真的很焦虑，也很迷茫。她和队友廖莉、朱亚玲一起，尝试着动手帮贫困户收拾屋子。她们拿起扫把，打扫那满地的灰尘，一边扫一边生气，又一边说服自己，其实这是贫穷的尘埃，只有把它打扫干净了，老乡们才知道，原来环境可以如此干净整洁，原来，这土豆加酸菜的穷日子，也可以过得如此清洁。

思想决定行动，行动推进工作，而工作很快就会让人忙碌起来，忙得根本就没有时间去发些没用的感慨。

禁毒防艾、控辍保学，这些都是常抓不懈的规定动作。作为一名女性，杨秀花明白，自己的优势，更在于日常生活中的言传身教，首先要投入精力，让老乡们养成良好的生活习惯，告诉他们并手把手教他们，每天都要洗手、洗脸、洗脚、洗头、洗澡，又如折衣服、叠被，这些都要反复教他们；当然，还要劝他们不要动不动就盘腿坐在地上，更不要四仰八叉躺在地上。杨秀花不知道他们这个习惯有多少年历史，她只是觉得，这是扶贫工作中很重要的组成部分，同时她也知道，想改变他们千百年来的生活习性难于上青天，但是，如果不难，国家派他们这些扶贫干部来干什么呢？据说全国已经派出 800 多万名扶贫干部奔赴贫困地区，要的就是他们用实际行动，填好这份沉甸甸的时代答卷。

杨秀花在心里给自己鼓劲，三年之后，必须看到丙底乡发生历史性变化。而在这个变化过程中，更要看得见自己努力的身影！

那段时间，杨秀花在日记里这样写道：

> 扫地扫地扫心地，不扫心地扫何地？扫除是内心的建设，看似简单的体力劳动，实则蕴含着深沉的人生智慧。通过扫除，我们可以放下高傲，学会谦卑，以更积极的能量面对崭新的生活。脏乱差的环境，代表内心负能量的堆积，让环境变得干净整洁，情绪能量会得以自然流通，再棘手的事往往都会迎刃而解。

恐怕连杨秀花自己都没料到，为帮扶对象扫地抹屋，手把手教他们洗衣服、叠被子，竟能生出这么多感慨，还这么哲学。她经常提醒自己，要从容面对和接受生活，无论结果是获得还是失去，一切过往的归宿都是现在，一切未来的起点都是现在；不知道路在何方的时候，其实路一直在脚下。所以，"不管过去多么暗淡，也不管未来多么辉煌，往前走吧！正如，我们不应害怕生命会结束，而应担心它从未开始"。

7

扶贫工作，需要大量的实地走访，在走访中，杨秀花遇到了这样一户人家——几个孩子幼年父母双亡，当时，年纪最大的哥哥只有9岁，就是这个年仅9岁的哥哥，在父母去世后，既当爹来又当妈，将兄妹几个拉扯大。

这个了不起的哥哥，就是打古洛村嘎朵依觉组的阿皮尔者。在他9岁那年，父母因病先后撒手人寰，留下了两个妹妹一个弟弟，其中最小的弟弟才九个多月。几个幼小的可怜的孩子，在一间破烂的土坯房里相依为命……作为家中长子，阿皮尔者被迫辍学，承担起所有的家务，照顾弟弟、妹妹的饮食起居。自此，一家人的重担，全落在了阿皮尔者弱小的肩上。低矮破旧的土坯房里，除了家徒四壁，就是黑暗和潮湿。同一间屋，一边关牲畜，一边住人，牛、羊和人混处一室。每天的饮食起居都以"三锅庄"为中心，日为炊饮之所，夜为卧歇之地，室内除了两张破旧的木板床外，没有一件像样的东西。

有谁想得到，在这间破旧不堪的屋子里，竟然住着几个幼小而鲜活的生命。九岁的阿皮尔者，既没劳力，又没文化，更没有手艺，他能干啥呢，他只能靠着仅有的一亩二分薄地和亲戚邻居，以及政府的救济资助艰难度日。

杨秀花是一位母亲，她也有孩子，可是，她想象不出，失去父母的这几个孩子，这么些年来，是怎样熬过来的！就算是最大的阿皮尔者，那时也只有 9 岁，原本应该在父母怀里撒娇的孩子，却要承担照顾年幼的弟弟妹妹的责任。种地背柴，担水做饭，这些成人干都嫌累的活，全都压在他年幼的肩上！他是怎么熬过来的？

杨秀花仿佛看见一个 9 岁都不到的兄长，在支离破碎的家庭面前表现出的镇定和隐忍；仿佛看见几个幼小的孩子，在没有父母的日子里默默承受生活的困苦和不堪。阿尔皮者用他幼小的身躯撑起一个残破的家庭，担起所有的生活压力。他的勇敢，他的坚强背后，饱含了多少泪水、无奈和艰辛？

一晃十多年过去了，而今的阿皮尔者已经有了自己的修车店，虽说肩膀上还压着一家人的生活担子，但是，最艰难的时刻已经过去了。杨秀花觉得阿皮尔者就像暗夜中的一盏灯，一颗星星，他的自带光芒，让她对扶贫工作有了更深的理解，同时也给了她强大的力量和信心。

8

2020 年 8 月 6 日晚上，因工作需要，杨秀花在打古洛村加班至凌晨。从村上回乡上，虽说只有 5 公里，谈不上远，也算不上近。但是，那个晚上的这 5 公里路，却是她人生记忆中最长的路程。那晚，她和 90 后队友朱亚玲骑着电动摩托车，才走了不到一公里，就因电量不足走不动了。于是，两个女人，在凌晨一点多的夜深人静中，推着电动摩托车，硬着头皮，在黑暗中摸索前进。

四周异常的静，异常的黑。偶尔会有风吹过草丛，发出窸窸窣窣的声音，就像有人猫着腰，躲在草丛中，盯着她们，随时都有可能扑过来……杨秀花和朱亚玲吓得心都快要从胸腔跳出来了。

而突然窜起来的一阵风，"呼呼呼"的，猛烈地摇着公路两旁的树枝，树上的枝叶被吹得"沙沙"作响，像是一个魔鬼张开大嘴要把她们吃掉似的。

杨秀花往前走着，总感觉周围好像有什么东西，在无声无息地盯着自己，好像随时都会将一只冰冷的手搭在她肩上；越往前走，杨秀花越觉得身后有人跟着，于是，每走几步，她都会忍不住回头或向四周张望，而四周黑幢幢，什么都没有，就这更加深了她内心的恐惧。

为了壮胆，杨秀花和朱亚玲将身上的衣服裹紧再裹紧，好像不这样裹紧，咚咚跳的心随时都会吓得从身体里边逃出来。

黑暗中朱亚玲对杨秀花说："只要有你在，我就不害怕，你就是我的依靠和保镖。"杨秀花能感觉到她的声音有些沙哑和发抖，她知道朱亚玲是在给自己打气。她在心中默默地念着"阿弥陀佛！菩萨保佑！"

一路上，杨秀花和朱亚玲一直在瞎扯、闲聊。恐惧使她们不停地对话。她们聊这三年扶贫工作的意义，聊她们经历的磨炼，聊她们在工作中的成长……总之，不是每一个人都有这样的机会，这是历史赋予她们的舞台，是实现自我价值的舞台；是使命、是责任、是担当……她们是历史的见证者、参与者。所以，不管经历多少艰难和磨难，都是值得的。

杨秀花和朱亚玲差不多把所有能想起来的话题都聊完了，按理说，乡政府早该到了，可是，四周还是一片黑暗，好像这条路永远没有尽头似的。

还有多远啊，怎么还没到啊？杨秀花和朱亚玲几乎就要崩溃了。

杨秀花推着电动摩托车，朱亚玲紧挨着她，她们并排走着。实在是累得走不动了，停下来歇气时，无意间抬头向远方望去，呀，不知什么时候，天上竟有了几颗星星，星星眨着眼，在漆黑的夜空中，闪着微弱的光。

杨秀花突然想起阿皮尔者，在他 9 岁那年的世界里，会不会像这个晚上一样，漆黑一片？在他童年的夜空中，会有闪亮的星光吗？

阿尔皮者，他就是自带光芒的星星，他永远都是打古洛村最亮的那颗星星。这颗小小的星星，闪着微弱的光，向世间传递希望，输送温暖，驱走黑暗。

"快到了！"杨秀花呼出一口气，对朱亚玲说。

杨秀花推着电动摩托车，朱亚玲紧挨着她。她们在夜色中，朝着星光的方向，继续前行。

9

以前在单位，杨秀花不时也会遇到以购代捐之类的"扶贫"号召，也就是花点钱，买点东西，感觉挺简单的一件事，当有一天突然到了扶贫前线，她发现，真正的扶贫，绝不是给钱购物这么简单。就拿她驻点的丙底乡打古洛村来说，在东西部扶贫协作中，对口帮扶凉山的广东佛山，花了 1000 多万，建了起崭新的"佛山新村"，让 66 户共 250 人住进新居，可是，就在"佛山新村"门口左侧那家，男主人日里索莫是个爱醉酒的老头，从见他第一面起，次次碰见都是醉眼迷糊，好像一年四季从来就没有清醒过。而他家里的那景象，和土坯房时代的脏乱差比，可以说毫不逊色。

漂漂亮亮的小洋房，为什么一定要搞成这样？他们心里到底是怎么想的？杨秀花给自己下任务，必须要搞清楚，这个地方，为什么就这么穷！

为什么就这么穷？走村入户没多久，杨秀花就发现当地村民身上几乎都有传统陋习和落后观念。随地乱丢垃圾、随地仰卧，这些不良习惯简直就是山区一景，随便走到哪儿，都能看到三五成群地躺在路边，或躺在房前屋后。至于住宅与禽畜圈舍混杂在一起，有的甚至人畜混居，这都是习以为常的事；那些禽畜的粪便和淤泥混成一堆，在污水的掺和下，搞得满地都是，再经过长时间的日晒雨淋，简直是臭气熏天。环境脏乱差成这样，完全超出了她的想象。

这就是"为什么这么穷"的原因吗？

杨秀花开始"疯狂"走访，了解、掌握当地情况，熟悉彝族风俗和生活习性，倾听老乡的心声和需求……大量收集资料、采集数据，然后仔细梳理、分析山区的致贫原因。功夫不负有心人，她找到原因了，在给上级的汇报材料中，她总结出八大致贫原因。

一是贫困人口多，居住条件差，基础设施建设滞后。

二是自然灾害频繁，生存环境恶劣。

三是农业生产基础条件薄弱，自然条件恶劣，生产方式落后，传统农业耕种观念根深蒂固。尽管土地上种满了庄稼，山坡上放满了牛羊，但是直接依赖于自然环境的传统农牧业很难有丰厚的收入。

四是受交通、地理位置和历史发展等因素制约。生产、生活必需品大多靠人背马驮，运输成本高、农产品价格没有竞争力。

五是发展意识不强，依赖思想严重。大部分人安于现状，"等靠要"思想严重，宁愿苦熬也不苦干，等待国家救济成了习惯。

六是教育的缺失和文化的边缘化。以打古洛村为例，成年人中绝大部分是文盲或半文盲，劳动技能落后，缺乏适应现代生活的能力；他们既不懂汉语，也不能通过彝语获取现代知识、信息和技能，导致他们与现代社会产生隔膜甚至发生冲突。

七是婚丧嫁娶攀比之风盛行。婚丧嫁娶中出现的高价彩礼和铺张浪费问题十分突出。

八是多生超生现象突出。一些深受高额彩礼之害的家庭，不得不寄希望于通过回收高额彩礼来减少经济损失。一些"有子无女""多子少女"家庭想方设法超生女儿，用女儿出嫁的彩礼换回迎娶儿媳的彩礼，层层转嫁经济负担，越生越穷，越穷越生，导致恶性循环。

原因找到了，接下来，该如何针对性地采取措施，解决问题呢？

10

"要想取得扶贫成效，就必须从思想上拔掉贫困户的'穷根'，激发他们的内生动力，鼓励和引导他们用自己勤劳的双手创造财富、创造幸福，以确保做到扶贫先扶志。"杨秀花说。她说这话的时候，表情严肃，语气斩钉截铁。连怎么做她都想好了——见缝插针通过入户、坝坝会、农民夜校、党建月会等方式，对群众宣讲政策、进行移风易俗教育、进行卫生知识培训、进行禁毒防艾宣传、讲解种养殖技术，让他们接收更多新鲜的知识和信息，以使其转变观念，树立脱贫致富的信心，用他们自己的智慧头脑和勤劳双手改变贫穷的现状。还有，开展"卫生文明家庭"评选活动，把那些讲卫生的人和家庭找出来，树立好榜样，倡导村民从洗手、洗脸、洗脚、洗澡、洗衣、叠被子开始，从收拾自己家庭院做起，逐步摒弃陈规陋习，养成良好的生活习惯。

当然了，脱贫攻坚的基础不能丢，培育发展富民产业，是扶贫工作的重中之重，特别是贫困户，要是他们连饭都吃不饱，谁会有心情跟着你移风易俗？所以得因地制宜，根据打古洛村的气候条件、地形地貌、土壤环境等，支持他们发展相应的种植、养殖业。比如养鸡、养羊、养牛这些传统畜禽养殖业，只要人勤快点，谁都能干。还有，金阳青花椒闻名全国，也可以种嘛。当然了，很多村民没技术，不懂科学种养，没关系嘛，只要不甘贫穷，只要不甘懒惰，只要打破"等靠要"的想法，来参加农民夜校就行了，对驻村扶贫干部来说，养殖、种植这些实用技术，都不在话下。只要你肯学，扶贫干部就毫无保留地教你，让你真正掌握一技之长，靠技术脱贫奔小康，靠勤劳获得尊严。

"我驻的打古洛村，经常举办技能培训班，把村民差不多都培训了一遍。真心希望能实现'培训一人、脱贫一户'的目标。"杨秀花说。到 2021 年 6 月，她的三年扶贫工作就结束了，这三年，自己到底帮老乡干了啥，要是往深处想，也会有些遗憾，因为她"独步江湖"的兽医技术没用上，所有精力都被日常事务给缠住了，实在是没时间带徒弟。

跟杨秀花一批的扶贫干部，大都是农口专家，针对性非常强，要是能把一身本领教给当地老乡，绝对是山区脱贫致富源源不断的内生动力。只是，不知道有多少人和她一样，因为这个事而感到遗憾呢？

说起这些，杨秀花不觉有些伤感，她把目光投向窗外。

探访毕摩俄地日达

毕摩，在很多人的印象中，除了神秘，还是神秘。

而我准备去探访毕摩俄地日达，据说，他是金阳县热柯觉乡最有名气、最优秀的毕摩，与此同时，他又是丙乙底村则呷小组的组长，上传下达，负责打理小组的大小事务。他的这两重身份，引起了我的强烈好奇。

探访之前，我特别上百度输入"毕摩"二字查询。

> 毕摩是彝语音译，"毕"为"念经"之意，"摩"为"有知识的长者"，是一种专门替人礼赞、祈祷、祭祀的祭师。毕摩神通广大，学识渊博，主要职能有作毕、司祭、行医、占卜等活动；其文化职能是整理、规范、传授彝族文字，撰写和传抄包括宗教、哲学、伦理、历史、天文、医药、农药、工艺、礼俗、文字等典籍。毕摩在彝族人的生育、婚丧、疾病、节日、出猎、播种等生活中起主要作用，毕摩既掌管神权，又把握文化……在彝族人民的心目中，毕摩是整个彝族社会中的知识分子，是彝族文化的维护者和传播者。

2020 年 9 月 5 日下午，我和丙乙底村的驻村第一书记甘路，前往则呷组，探访俄地日达。我们驱车从丙乙底"佛山新村"出发，沿 S208 省道，往金阳方向行驶不远，便右拐进入一条水泥公路，在翠绿的松林间蜿蜒穿行。甘路说，这是则呷组的"私家公路"。

公路看起来干净清爽，除了我们，没有别的车辆，前方有一个小女娃，跟在母亲的身后，手里举着鼓掌用的塑料拍，摇动着，发出"啪啪啪"的声音，一看就是上午刚在"佛山新村"前的大广场，看完中国文联文艺志愿服务小分队的慰问演出，正走在回家的路上。有时轻盈的雾气会轻纱一样披在她娇小的身上，又随着风，在松林间游走和缭绕。

四周很安静，我们的车就像一头扎进了无边的童话……山坳里云雾升腾，偶尔会涌起一阵风，送来林涛阵阵，让人恍若身在世外桃源。

车随路行，弯来拐去，待爬上一个缓坡，甘路说："周大哥，要打电话就赶紧打哈，过了这个村，就没这个店了。"

我愣了一下，很快回过神来，因为之前就听他说过，则呷组是打不了电话的，因为没有信号。

"你知道我和俄地日达平时是怎么联系的吗？"甘路说，说完后忍不住笑起来，"要是有啥事情要找他，我就头天发微信，第二天早上，他就会回我的电话，因为他每天早上都要上山放羊，跟着羊爬上山，手机有信号了，打开微信，看见有人找，就复个电话。哈哈！"

都什么年代了，还有地方没手机信号？国家不是早有硬性要求，每个村都要有一个基站吗？细问才得知，丙乙底村是建有基站的，村委会驻地是一组，也就是"佛山新村"所在地，集中在省道边，地势高，而二组，也就是则呷组，地势特殊——它坐落在一个小山窝里，被连绵山峦团团围住，而山与山又隔得太近，狭窄得连手机信号都进不来。村民想打电话，得爬到比较高的地方，举着手机到处找信号。像我这种外来客，不熟悉当地情况，就算举着手机走遍全村，也未必能收到外界的信息。

从 S208 省道通往则呷的公路，早在 2017 年就打通了，是甘路所在的四川省经济合作局争取来的资源——广东富盈地产公司拿出 300 万元，把公路一直修到组里，取名富盈路，路牌就立在 S208 省道边，很显眼。2018 年，国家还给组里的 40 户贫困户新建了房子。则呷组总共才 58 户村民，不够 300 人，当年建档立卡，贫困户就占了一大半。甘路说，这也和它特殊的地理环境有关。

下到沟底，把车停在公路尽头的一个水泥坝上，甘路指着旁边的电动摩托车说："日达在家，这是他的电动摩托车。"然后就大声喊"日达，日达"，一边喊，一边领着我，朝坝子下方的土坡走去。一个先前在坝子上玩耍的小女娃，大约认得甘路，她睁着亮晶晶的眼睛，有些羞怯地看我们，不说话，但也不怕生，在甘路的喊声中，朝坝下的一间瓦房里跑，后来我才知道，那是俄地日达的小女儿。

雾未散尽，天气有点湿，土坡滑滑的，隐约能看见几级台阶，想那应当是房屋主人为了上下方便，用锄头挖出来的。而随着雨水的冲刷和时间的推移，台阶已经逐渐恢复了土坡原有的样子。

对这种环境我是早有准备的，在接到前往大凉山采访扶贫攻坚的任务后，为了和山区群众打成一片，我特别准备了一套"山区装备"——迷彩衣服、裤子和胶鞋，在我的印象中，很多山区男性都是这身打扮，也不知道是什么原因。而胶鞋爬坡下坎的优势是明显的，比之皮鞋，它抓地牢，不易踩滑。比之运动鞋，它的土气，又更易与山区融为一体。我靠着一双迷彩军用胶鞋，抓牢土坡，跟上甘路，迅速往下移动。跨过屋檐水沟，眼前是一个土坝子，坝子左侧有一排鸡圈，门敞开着，鸡正在坝子里"闲庭信步"，也不管踩一脚的粪便和泥泞。

我估摸着，这里就是俄地日达的家。

门虚掩着，甘路喊着俄地日达的名字，上前敲门。先前那个跑在我们前面的小女娃拉开门，从里边探出头来。甘路说："你爸爸在家吗？"一边问，一边推门进屋。我站在门口往里看，眼前一片漆黑，什么都看不见，屋里是啥情况，一时也搞不清楚。我没有紧跟着进屋，而是在门口停了一会儿，才隐约看见里边的一点亮光。

我努力睁大眼睛，小心地抬腿进屋，原来屋子里还亮着灯，一盏节能灯孤零零地挂在房梁上，微弱的一点光孤独地亮着，除了它，我的眼前还是漆黑一团。

我站在原地不动，能听见有人和甘路说话，但只闻其声，不见其人。在屋子里站了好一阵，才渐渐适应了里边的昏暗。直到这个时候，我才发现，在我的前方，有一张床，有人一边和我们打招呼，一边掀动黑乎乎的蚊帐，正准备下床。

他就是毕摩俄地日达？

是的，他就是毕摩俄地日达。他的额头右侧贴着纱布，在昏暗的屋子里，白得有些耀眼。

"你怎么啦？"

"开电动摩托车，摔倒了嘛。"

俄地日达从床上挪下来，黑衣、黑裤，人也是黑黝黝的。这让他额头上的那块纱布，在节能灯的白光映衬下，显得有些诡异。

本来，前段时间，他还找过甘路帮忙，看看能不能在附近给他老婆找个临时工干干，快过年了，需要花钱的地方很多，趁大雪封山之前，挣点钱帮补家用。对俄地日达一家，甘路非常上心，虽说他是非贫困户，但日子也过得紧巴巴的，为了忙组里的公务，也误了他外出务工挣钱，所以，甘路很快联系了一个工地，让他老婆过去打工。可他这一摔，老婆要在家照顾他，就走不成了，本来可以赚的钱，也赚不到了。

俄地日达一家6口人，4个娃有3个在读书，老大、老二在金阳县城读初中，无论多么节省，每个月至少也要花600元的生活费。老三在热柯觉乡中心小学读三年级，花费要少些。家里的收入来源，主要靠养羊，再加上做小组长的工资。

因为是小组长，他没有申请贫困户的资格，当然也就失去了住新房子的机会，一家人至今还住在老屋里。老屋呈长方形，只有一间，煮饭的灶房，睡觉的卧室，储粮的仓库，全都挤在一起。屋里有两张床，床头顶着床脚，靠后墙摆放着，离火盆一米左右远，长年的烟熏火燎，屋顶的格板、瓦片、房梁……甚至可以说整间屋子，都被熏得黑漆漆的，倒是床脚处装洋芋等粮食的编织袋，还能看出些许白来。

则呷组的农作物主要是洋芋、萝卜和苦荞。不管是丰收还是歉收，都是自己吃。因为交通不便，实在是没办法运出去卖。再说价格也贱，也卖不了几个钱。

这些年，村民连苦荞都不种了，因为退耕还林后，慢慢地，则呷周边的山林里有了野猪，你种多少它刨多少，总之经不住野猪刨。野猪是保护动物，不能猎杀，只能任由它们把苦荞糟蹋光。尽管如此，俄地日达对现状还是很满意。至少，现在公路修通了，出入可以骑电动摩托车，方便多了。

俄地日达说，其实组里边的人，大都希望有机会搬迁出去。年轻点的，出去打工的很多，都想走出大山。因为则呷的自然条件太恶劣，就算修通了公路，感觉还是与世隔绝。特别是到每年 12 月份，就算雪不封山，那公路也起了冰，滑得很，不管是车，还是马儿，都是很难走的。住这儿的人，连购买基本的生活物资都很麻烦，一定要等到天晴时，阳光把冰凌晒化才行，所以，家家户户都会提前在家里储存过冬的粮食。

于是，整个冬天，除了放羊，村民几乎就只能在家里待着，什么事都干不成。当然，比从前幸福的是，家家户户都有电视了，把火盆烧得旺旺的，全家人围着火盆，一边烤洋芋，一边看电视。

与别的村民相比，俄地日达多了一个收入来源，因为他是毕摩。在热柯觉乡，除了则呷组有几个毕摩外，别的村组都没有，而他又是远近有名的，所以，一年中，总会出去帮人做几场法事。从下午六七点开始，到凌晨两三点才算完。每次去帮人做法事，一般都有 200 元的酬金，碰到有钱的人家，又大方的，还会给到 500 元或 600 元。

但他又是小组长，要忙的公务很多，要组织村民修建蓄水池；要移风易俗整治村里的卫生死角；还要帮村民弄各种补助的申报材料——什么退耕还林、种植养殖、低保等各种补贴，都要他去张罗……总之，组上所有的事情，都需要他上上下下地跑。结果，这个小组长的工作，搞得他都没有时间出去打工。连出去做毕摩也没时间了。

但同时他又是一个彝族毕摩文化的传承者。他说，毕摩都是家传的，他爷，他爸，他叔，都做这个，后来传给他，于是，他也做这个，但是，现在的问题是，他的几个娃娃，在学校里学的都是汉语，彝族的文字认不了几个，而且也不愿意学，而他刚好相反，认不了几个汉字，想教娃娃们，也根本就是鸡同鸭讲。他珍藏的那些彝族的经书，也都是打小从父亲那里一个字一个字学的。有时他会想，以后谁来接毕摩这个职业呢?

俄地日达讲起这些的时候，站起身，朝屋子角落的柜子走去，伸手去搬上面的木箱，因为不够高，又转身端了一条板凳，放在柜子边，站上去，费劲地打开木箱，从里边翻出经书和法器，拿过来，打开给我们看。法器有一个手柄，顶部是两个牛角一样的半月形，他说那是野猪的牙齿。

俄地日达虽说是非贫困户，实际上家里的经济条件并不比贫困户好多少。虽说一年也能养 10 多只羊，但真正可以卖出换钱的也只有那么几只。因为彝族人都很好客，凡是有亲戚来，多半是要杀鸡宰羊的，所以一年到头，也剩不下几只。本来，鸡、羊都可以满山放养，吃的是老天恩赐的草和虫子，只需付出些人工，成本不算高，但销售是一个大问题，由于交通环境太恶劣，如果没有人上门收，就是养大了也不太好弄出去。

俄地日达的两个娃娃在金阳县城读初中，知道家庭困难，生活方面很节约，但就算这样，每个娃娃一个月的生活费，还是要 300 元才行。他的组长工资 1000 元左右，勉强够三个娃娃读书的生活开支。因为他是毕摩，在组里威信很高，村民都乐意听他的，所以，很多工作都容易开展。又因为做组长，他不能出去打工，没办法"一人打工，全家脱贫"。据说今后要撤乡并镇，到时月工资会涨一些。听到这个不知是真是假的消息，俄地日达腼腆地笑笑，说："有当然好嘛，没得也没关系嘛。"

从俄地日达家出来，站在坝子边准备道别，刚好碰到政府派来搞水管的技术人员，与俄地日达沟通之后，决定给则呷组引两条水路，村组左边那一条用开了的，因为水源不好，村民认为水不干净，那就用来喂牲口、洗衣服。而供人喝的饮用水，可以在右边山岩上，再建一个蓄水池，水源直接从百草坡水库引下来。

如果仅从旅游角度看，则呷组的美是毋庸置疑的。满山遍野的落叶松，风起时林涛和鸣，云山雾海，美不胜收，但这仅限于旅游者欣赏山野风光，对长住于此的人来说，则是另外一种感受。

站在俄地日达家房子背后的坝子上，放眼四望，那些很新的、很漂亮的房子，是贫困户的。而非贫困户都还住在很老很旧的土墙房子里，真是有点"黑色幽默"。

道别的时候，当听说我想租车下乡做采访，俄地日达说他们村就有跑车的，包一天要400元左右，如果我需要，帮我联系车，不用给钱，只要给车加油就可以了。

对未来，俄地日达说，希望娃娃们能够好好读书，考出去，到金阳，到西昌，到更大的城市去工作。

在凉山，遇见最美的南红

2020 年 8 月，我前往凉山亲身体会佛山、凉山在东西部协作扶贫战略中结对帮扶的成效，见证凉山人在大国扶贫中自我奋发的"内生动力"。

许华的故事，不仅让我看到了脱贫攻坚的希望和成绩，更完美地诠释了"扶贫先扶志"的现实意义。

1

20 世纪 80 年代初——1983 年 6 月的一天，在大凉山冕宁县河边乡一处泥墙瓦屋里，许华出生的啼哭声，微弱得连父亲都没听见。因为她的父亲为了一家人的生活，已经上山挖草药去了。低矮的泥巴屋里光线昏暗，母亲看着她，听着她的哭声，发出一声沉沉的叹息。

农村娃再穷的童年也不会穷快乐，再恶的山水也阻隔不了春天的鸟鸣。虽然家境不富裕，可许华的童年照样无忧无虑，因为小娃儿的快乐很简单，就算蹲在地上看蚂蚁搬家，都可以看得兴致盎然。

但是，这样的日子，在 1990 年，发生了变化。

这年，许华生病了，乡下的医生束手无策。父亲吓坏了，带着她直奔西昌。在父亲心里,州府西昌的医疗水平当然是最好的。此去西昌,肯定是一笔很大的费用,但是,为了救女儿的命,就算砸锅卖铁,也得硬着头皮上。幸好,西昌的医院没有让他失望,女儿的病很快就治好了。但,令他做梦都没想到的是,西昌治好了女儿身体上的病,却让她得了另一种病:心病——天哪,这世界上,竟然有西昌这么大、这么热闹、这么好玩的地方!简直就是一个万花筒,花花绿绿的色彩,在她眼里无穷变幻,令她恨不得长一千双眼睛,一次看完这无限新奇。不,就算长了一千双眼睛,也不够用。因为西昌的繁华无穷无尽,你想看什么都有,你想要什么都有……

一个山区女娃的"中国梦",从此生根发芽——等长大了,我要去西昌。

这个梦想,让许华做梦都在盼望着快点长大快点长大。

这年,许华7岁。

2

想去西昌吗?可以,但首先得上学读书。在许华的老家,父亲怎么着也算得上半个文化人,因为他上过小学。而且,他很看重读书识字。

但是,家里还有哥哥和弟弟,这些男娃天生就是要优待的。按乡下习惯,她一个女娃儿要学的不是文化知识,而是女红(针头线脑类手工活),这是女娃的必修课,要不然,长大后都不知道嫁给谁,更别说嫁个发财人家。

这就是小许华面临的现实,八百里凉山除了山高水长,民风淳朴,同时还有交通闭塞。这片土地除了神秘和古老,更有长年累月的贫困落后。新中国都走到1956年了,凉山还有完整的奴隶社会制度,真是让人想破脑袋仍然觉得不可思议。原始、贫穷、落后，导致山区人民没有条件接受良好的教育，于是，很多女娃才几岁就会结娃娃亲，等长到十五六岁，就得嫁出去为夫家传宗接代。

小许华已经到了入学的年龄，按理说可以给她找婆家结娃娃亲了。在大凉山区，这是一道不用多想的单项选择题，可是，父亲手中的铅笔，没有一丝一毫的犹豫，在"上学"一栏重重地打钩。

"哥哥兄弟是男娃，我可以不管。但你是女娃，今后我保护不了你，所以我要送你去读书。你要好好读书，好好保护自己。"父亲说。

好好读书跟好好保护自己有什么关系？那时候，许华对父亲的话似懂非懂。后来的某天，她终于懂了，她为父亲当初这话大哭了一场。

只是老天弄人，许华资质不高，别说读书，跟同龄人比，她连身体发育都明显慢了半拍，除了个子小小、黑黑瘦瘦，在学习方面也赶不上趟。单一个乘除法，她都学到初二才算学会。因为这事，她一直是同学们嘲笑的主角。

但是，她不服输。她不能因为自己笨，因为老是被同学嘲笑就放弃。她是那么的喜欢读书。她要好好读书，一直读到西昌去。西昌，流光溢彩的西昌，在一个山区女娃的心里，就像天堂一样，太让人神往了！

然而，许华梦想的圣地很快发生了变化。因为上小学的时候，老师教大家唱《北京的金山上》，那歌儿真的是太好听了，好听得令她无比崇敬，无限向往。她在心里对自己说："我要好好读书，一直读到北京去。我要去北京的金山上捡好多好多的金子。"

3

在乡亲们非常不理解的眼光中，父亲带着一家人节衣缩食，一直把许华供到大学毕业。

从四川建院毕业后，许华决定去北京。她要去北京的金山上"捡金子"，她要让父母亲人过上好日子。

可是，当她背着行李站在北京的街头，却突然感到心头发虚。北京的繁华当然完胜西昌，可这里没有金山，有的只是令人瞬间渺小的高楼大厦。

有部电视剧名叫《北上广不相信眼泪》，其实，哪里的生活都不相信眼泪。唯一的出路就是撸起袖子加油干！

历尽周折，许华找到了一份预算员的工作。她把自己瘦小的身子安顿在只有4平方米的负二层小房间里。上楼都得从车库坐电梯上去，搞得她就像某辆私家车的车主似的。有一次，她被一位开奥迪的女子识破了，奥迪女看她坐电梯上楼，恶声吼她："住地下室也配坐电梯？你出去！"她愣了，她完全没有反应过来，她在错愕愣怔中，被推出电梯。

那一刻的羞辱感，用尽所有的汉字再加上26个英文字母，都无法形容。

开奥迪就可以这么拽吗？她发誓，一定要赚钱买一辆"四个圈"的车！许华辞掉了稳定的预算员职位。她同时打两份工。她朝着"四个圈"的车努力奔跑。那个时候，她还是个20多岁的姑娘，正是讲吃讲穿讲打扮的年龄，但她不准自己浪费青春，她把全部的力量，都用在了学习和工作上。有钱就上培训班，有空就读书学习。

皇天不负有心人，入职推销节能灶三个月，她就拿下了公司的销售冠军。

再见了，地下室！

怀揣梦想的许华，在 27 岁那年决定自主创业。

30 岁那年，她开上了"四个圈"的奥迪。每次从车库上楼，只要遇到住地下室的年轻人，她都让他们先进电梯。她从他们身上，看到了当年的自己。

4

然而，人生有高潮，就会有低谷。这个自然规律谁都躲不掉。中国经济在高速发展的同时，也带来了环境保护问题，北京，中国的政治、经济、文化中心，当然得做好环境保护。2014 年，许华从事的艺术玻璃事业，随着环保政策的严控出现了危机。一系列打击接踵而来，原本如鱼得水的事业，瞬间坠入万丈深渊。

首先是工厂迁往河北香河重建，等于重起炉灶。谁知新厂开建很不顺利，就像被鬼搅乱了心神，辛辛苦苦建起来的厂房，却因高度不对，不得不推倒重建；更奇葩的是，第二次建起来的厂房还是不合格……真是撞鬼了吗？这个时候的许华，真正体会到了什么叫花钱如流水。资金严重短缺，让她遭遇了创业路上的大地震。正当她为四处筹钱而焦头烂额的时候，屋漏又逢连夜雨，倒霉的事情一桩接一桩：工厂里的两个管理员先后住院，一个得了重病，而另一个出了车祸。

更雪上加霜的是，没多久，玻璃技术主管酒后驾驶，又整出一单车祸，直接导致颅脑骨折，内脏挫伤。工厂要钱，救人要钱，那么，是救工厂，还是救人？

工厂没了，可以重建，人要是没了，他身后的那个家庭，可就全完了。许华来不及多想,她只能选择救人。

虽然,工厂是她的全部心血,她的工作、生活、事业和梦想,全都寄托在上面了,可是,她别无选择。她就像被现实逼到了悬崖边上,要么摔下去粉身碎骨,要么拼尽全力纵身一跃,跨过这道天堑一样的坎。

这一年,许华刚满30岁,而立之年,刚立起来的事业却在一瞬间轰然倒塌。她每天醒来的第一件事,就是面对医院、借债、救人……感觉就像中了巫婆的魔咒,无论她怎样拼尽全力挣扎,还是挣不脱捆住命运的枷锁和镣铐。那些日子,许华眼里的世界一片虚无,她感觉自己"像一片轻轻的羽毛,无力地漂浮在无边无际的黑暗里"。

这就是人生吗?跌入低谷的许华咬紧牙关,向几千年前的圣人伸出求救的双手——她用孟子的名言鼓励自己:"天将降大任于斯人也,必先苦其心志,劳其筋骨……"

所幸的是,人救过来了。但是,等几个员工出院完毕,许华已经欠下了巨额债务。

站在香河厂房的工地上,许华感到巨大的绝望像乌云盖顶,她拼尽全力想撑住自己软软的双腿,可是,她撑不住啊!她只能瘫坐在地上,一个人,独自承受这有生以来从未经历过的打击。

工厂成了烂尾,但人生不能烂尾。她在绝望中千万遍追问自己:我该怎么办?我该怎么办?放弃吗?不甘心。说好了要到北京的金山上"捡金子",捡很多很多的"金子",报答生养自己的父母,让亲人们过上好日子。特别是父亲,当年,要不是他坚定地供她读书,也许,她早就像山区小姐妹一样,嫁人生娃,重复着老祖宗一成不变的人生了。

那么现在,这点打击算得了什么呢,至少她读过大学,到过北京,见识过外面精彩的世界,还一度挣到过很多"金子"。从这个角度讲,就算自己的人生从此一蹶不振，也值了！

那天，许华守着她的半拉子工厂，坐到天黑，坐到深夜。然后，她双手按在地上，强撑着身体站起来，朝着远方的灯火，长长吁出一口气。"我还年轻，"她对自己说，"我可以从头再来。"

是的，她相信天无绝人之路。她相信，只要选择希望，一切都可以从头再来！

许华遇到坎了，很现实的坎，工厂没了不说，还欠了一身的债，她必须振作起来，挣钱还债，迈过这道坎。

员工们都知道许华遇到坎了，他们中很多人在这个关键时候，不约而同站到了许华的身后："我们商量好了，三个月不收工资。带着我们干吧！"

合作商也伸出援手，主动找上门来结清货款。

平时玩得好的几个老友，更是倾其所有，想帮她渡过难关。

"这是我准备买房的钱，都给你了啊，别嫌少！"

"这是工程款，拿去救急，你可不要辜负我！"

"这是我全部的积蓄，都在这儿了，拿去顶住！"

"这是我给父母存的养老钱，现在还用不着，放银行也没几个利息，给你好了，等你以后发了财，记得加倍还我！"

……

许华再也忍不住眼眶里的泪水，任由它奔涌而下。在最难的时候，她没哭，但是现在，她哭了。这一次到底哭了多久，不知道。但她知道，所有的泪水都将抹去，所有的伤痛都将过去，所有的生活都将继续。

许华抹干脸上的泪水。她现在要做的事情，就是忘掉工厂，记住债务。工厂可以归零，但债务必须还清。这是她做人的底线。

"打不死我的终将让我强大！"她对自己说。

5

有句老话叫"在哪儿跌倒，就从哪儿爬起来"，一切归零后的许华，只需重新出发，就能东山再起吗？这话说起来容易，但真要实现它，再经历九九八十一难，也未必就能成。

那么，收拾行装回老家？许华相信，家乡永远是异乡游子停泊的港湾，她可以跑回家躲在老母亲的怀里痛哭、疗伤……可是，人生如此失败，她将以何颜面回去拜见凉山父老？还有，这些年，全国各地那么多的扶贫干部抛家别子，奔赴凉山，除了给钱给物，他们更大的希望，就是能把山区人民群众的志气激发出来，加入到脱贫攻坚的国家战略中，改变自己的命运，改变山区的命运。如果自己在打击面前从此颓废、沉沦，跑回家去等扶贫，如何对得起非亲非故的他们？

老话讲"人穷志短"，人穷了，信心必然会遭遇打击，进而丧失斗志，导致"志短"。许华更希望这话调过来说——"志短人穷"，所以说"扶贫先扶志"。就像她，当年，要是因为被同学嘲笑，因为老是学不会乘除法而放弃读书，她有机会上大学吗？有机会去北京吗？有机会当老板开"四个圈"吗？如果那样，别说上大学去北京当老板，她连失败的机会都没有，连欠债的机会都没有（谁敢把那么多钱借给一个山区农妇）！

而现在，如果她丧失了斗志，那就真有可能从此一蹶不振，沉沦落魄，最后成为扶贫对象。

许华呼出一口气，在心里调侃自己说："许华，回老家去吧，去当一辈子贫困户，和所有不思改变的人一样，蹲在家门口晒太阳，喝啤酒，等政府的救济……"

"我可以这样吗？"她问自己。

"不可以！"她回答自己。

许华咬着嘴唇，把嘴唇都咬出了血。她告诉自己，不管留在北京还是回老家，都得心怀希望、保持斗志。是的，要想挣脱眼下的困境，必须保持斗志，树立志向，并为之不懈努力。

内心的挣扎和煎熬能对谁说？无人能说，只能一个人默默承受。

……

山重水复疑无路，柳暗花明又一村。人生就是这样，老天在关门的时候，一定会同步打开一扇窗。

听说许华遇到坎了，表哥从大凉山深处打来电话鼓励她："不经历风雨，怎能见彩虹？多大个事啊，快别愁了，以你的能力，回老家来，要不了几年，又是阳光灿烂的晴天。"

许华知道表哥这是在给自己打气，好意她心领了，可是，老家那么穷，穷得都需要人家对口扶贫了，回去能干什么呢？就算是英雄，那也得有用武之地不是？

表哥仿佛看见了许华内心的疑虑，他接着说："你出去那么多年，都不知道家乡变化有多大，我跟你说，我们凉山的红火石，知道不？现在都变成'金饽饽'啦！一天一个价，噌噌噌地往上涨啊。回来吧妹子，回来我们一起创业搞红火石，一定能打拼出一个新天地。"

表哥说，早在 2009 年，家乡的红火石就被专家们发现了，据说比云南的保山南红质量还好，特别是在完整度、裂纹、产量这几个方面，完胜保山南红。因为质量上乘，加上这些年经济发展推动文玩市场，凉山红火石异军突起，后来居上，都成北京消费市场的座上宾了。

"你不是在北京做生意吗，连这么大的商机都没发现？！"表哥滔滔不绝地介绍说，"现在，老家的红火石，已经卖到云南瑞丽、江苏苏州、河南镇平去了，那些地方的玉雕加工市场，对凉山红火石，欢迎得不得了。"

"以你的能力怕啥？回家乡来卖红火石，发展空间更大！"表哥的语气非常肯定。

红火石？许华一时间竟然没有反应过来，红火石能卖钱？然后她就明白了，表哥说的红火石，就是凉山南红，据说是玛瑙，这东西，在古代，那得王公贵族才配拥有。

家乡的红火石，真的是南红？表哥的这个电话，就是老天为许华打开的窗户，感觉哗的一声响，大片阳光扑面而来，涌进心房，像极了家乡漫山遍野的金索玛灿烂绽放。

许华收拾心情，打点行装，回家！

她可不是回家当贫困户。她这次回去，是为了和表哥一起，和千千万万为改变家乡贫穷面貌的有志之士一起，建设一个富裕、美好的大凉山。

家乡，是啊，八百里大凉山，索玛花开红艳艳。魂牵梦系，朝思暮想的大凉山啊，我就要回来了！

6

终于回大凉山了，满身疲累的娃终于回家了！

回到大凉山的许华，第一次看见被抛光过的红火石，那些雕刻精美的人物，让她吃惊得双眼放光。这是家乡的红火石吗？剔透温润得像玉一样。在南红店铺里，许华流连忘返，满眼惊奇的样子，把店家都逗笑了，说："姑娘，这就是玉啊，红火石就是南红。佛家七宝，3000多年历史了。要是在古代，不是王公贵族，连看一眼的机会都没有！"

许华被红火石吸引住了，这不起眼的石头，竟然是玛瑙！初时还有些不敢相信，只是觉得入眼就心生喜欢，然后才知这是上等的玉石，将它拿到阳光下看，那一颗颗红润的珠子，饱满、透亮，像极了水果市场上卖的小西红柿。看久了，竟有放入口中品尝的念头。啥石头能如此令人心生喜爱？认真求教后才知，这是南红上品，因其色彩红润得像熟透了的柿子，所以又叫"柿子红"。

如此雍容华贵的南红，竟然深藏在需要扶贫的大凉山中？

家乡的红火石，给了许华热血复活的无限希望和无穷力量。

我这不是坐在金山上没饭吃吗？

经过多年商海征战的许华敏锐地感到，自己真的是赶上了一个好时代，河北的工厂没了，一转身，却发现了家乡的一座富矿。以自己"北京打拼大学"毕业的资历和学识，回大凉山大展一番拳脚，能有什么问题呢？

许华一头扎进了红火石矿区。她发现矿区有很多娃儿跟着家人在山上捡石头。她知道小小的他们在靠这个补贴家用。她想到了小时候的自己，如果不是因为读书考学，她也将和祖辈们一样，一辈子被隔绝在大山里，重复祖辈们同样的命运。她咬着牙暗下决心，一定要把红火石事业做起来，尽最大的努力帮这些娃上学读书，长大后走出大山，改写命运。

高寒地区的大凉山，就算是夏天，山上也是冷风阵阵，而且说不准啥时候就会发生塌方、泥石流。而她一个弱女子，在矿区，在荒野风餐露宿不愿离开！大凉山的红火石，是她认定了的创业方向。

表哥以为她撞了邪，上山把她强行拉回家。没人知道她在北京到底经历了什么，更没人知道她内心在想什么。家人还商量说，要不要去请毕摩过来为她驱邪。

回到家的许华把自己关在屋里，关了整整两天。两天后，她推开房门，从屋里走出来。屋外的阳光很刺眼，她抬起头，眯起眼睛，朝着眼前熟悉的山山水水，久久地望。她决定了，自己在家乡的事业，从红火石开始。她决定把这一辈子，许给家乡的红火石。她要把红火石事业，做得红红火火。

7

2018 年，凉山南红协会成立了直营店——凉山南红艺术馆。许华出任馆长。

许华终年奔波于矿山、加工车间和艺术馆，把她的全部心血投入到南红玉石文化的传播中。为了这家乡的红火石，她单枪匹马，跑遍了美姑、雷波、昭觉等主要产区。特别是美姑县的瓦西、九口、联合矿口这些在南红市场备受欢迎的产区，更是她多次实地调研考察的地方。在奔波考察的过程中，大国扶贫的力度和佛山对口帮扶凉山的深情厚意，在她的内心，引起了强烈的震动。

"四川脱贫看凉山，凉山脱贫看美姑"。美姑位于大凉山腹地，是大凉山红火石主产地。境内山高坡陡、峡谷深深、交通闭塞，总共 292 个村，其中就有 272 个贫困村，其脱贫基础之差，攻坚难度之大，真的是不知道该怎么形容。许华在调研考察红火石市场途中，发现这个艰难困苦的地方，竟然有广东佛山来的扶贫干部，他们猫在山沟里一干就是好多年，教村民养羊养牛，组织村民发展金银花种植基地，牛羊长大了，金银花收成了，还得帮着找销路……甚至一些当地土特产，佛山那边都在发动市民"以购代捐"……

许华真的有点想不通，从发达地区跑这穷山沟里来，他们到底图个什么？

能图什么呢！他们最大的希望，就是快点改变美姑贫穷落后的面貌，快点让山区群众的日子好起来。

为了让农村妇女学习生产技能，佛山东西部扶贫协作机构还和广绣集团顺德富德公司合作，在牛牛坝安置点搞起了刺绣工作坊，打造"绣娘"增收脱贫。富德公司不仅要免费提供绣架、针线、绣料以及产品设计图样，还要负责派师傅教绣花技艺，更要统一回收绣品进行后期加工和销售。真的有点像老话说的那样，"包娶媳妇还要包生娃"。这种负责到底的"中国式扶贫"，真的是闻所未闻。

不只是美姑，还有雷波、昭觉等许华所到的每一个红火石产地，她都能听到感人的佛山帮扶故事，都能见到真真切切的大国扶贫成果——漂亮的佛山援建新村，风吹草低见牛羊的养殖示范村，金银花中草药种植产业园……变化之大，真的是令她感慨万千！听得越多，见得越多，她感到自己肩上的担子越来越重。人家佛山人跟咱不沾亲不带故，也不欠咱的，帮扶工作却做得如此贴心，作为大凉山人，她可不能理所当然地受着这一切，她也要发奋图强，除了自己早日还清债务，还要加入扶贫的队伍，一起为全面建成小康社会努力。

在这股劲的激励下，短短的一年多时间，艺术馆就发展成了一家集原矿开发、生产和销售为一体的实体企业。

　　蓦然回首时，才知当年"北拼"的经历并非失败。工厂倒闭，身负巨债，所有的打击其实更像是毕业考试，只有勇敢闯关成功的人，才知道那是一笔巨大的人生财富。怀揣梦想北漂，许华深切地感受到了身在社会底层的艰苦与渴望，而正因为这艰苦与渴望，让她迅速成长，融入都市的文明与繁华，紧跟社会前进的步伐。

　　是的，这些才是人生最需要的磨练。她有时会想，如果每个凉山人都敢走出大山，经历繁华，承受打击，凉山还用兄弟城市不远万里跑来扶贫吗？还会拖全国小康的后腿吗？不会，她坚信这一点，是的，不会！

　　可是，如果当年不是父亲坚持供她上学，她有机会，有胆量闯荡北京吗？

　　追问和思考，让许华对"扶贫先扶志，扶贫必扶智"有了更深的理解，和城市孩子德智体美劳全面发展相比，家乡的大多数孩子，都处于"放养"状态，就像山坡上的一棵野草，自由生长的代价，就是自生自灭。特别是矿区附近的孩子，从小就跟着家人上山，在矿区周边捡石头，然后卖点小钱补贴家用。都不用请人掐指算命，就知道他们的未来。他们将和祖祖辈辈一样，一辈子被关在大山里，好像从未想过像愚公一样把挡在门口的大山挖掉，更没想过像柏拉图那样——"山若不过来，我就过去"。

　　再高再大的山都是可以翻过去的，可是，贫穷限制了人们的想象。翻过山去之后，靠什么生活？会不会饿死？这才是他们不敢翻过大山的心结。要想消除他们内心的担忧和恐惧，在"扶志"之前，先得"扶智"，教给他们文化知识，教给他们打鱼的技能，让他们睁眼看世界，让他们知道，山的那边就是辽阔的大海，无边无际的大海，海里游来游去的鱼，多得数都数不清，只要你勤劳勇敢，只要你有本事，一网下去，全都是大大小小的海鲜。

最让许华印象深刻的是，有一次，她看到一个6岁的阿妞，竟然当了新娘（娃娃亲），6岁，天哪！身为女子，她感到心里像针扎一样痛。如果当初父亲不让她读书，她的命运又能好到哪儿去呢？家乡的贫穷，除了老山区交通闭塞等地理因素，更有人们心智落后与愚昧等原因，所以，扶贫必扶智是有效途径。创造条件，让山区的孩子们有学上，有书读，通过学习科学文化知识，激发他们翻越大山看世界的梦想，最后走出大山，实现梦想。

"谁都不想当一辈子贫困户，我们凉山人不能永远等靠要。"许华要求自己，身体力行加入国家脱贫攻坚的队伍，尽己所能，帮助一个算一个，让更多的孩子，能像自己一样走出大山，摆脱贫困，实现梦想。

许华把全部的精力投入到工作之中。首先，她得赚钱还债；然后，她得发展事业，做大做强。在欠款还没还完的情况下，她果断资助了两名贫困家庭学生。原因是他们考上了大学，却没钱上大学。许华知道，如果因为穷被挡在了大学校门外，不只他们这一辈子完了，他们今后的孩子，也会受到很大的影响，说不定还会走他们的老路。贫困就像一个具有遗传基因的怪圈，一旦陷进去，就有可能代代相传，不能自拔。不，她不能看着快要挣脱怪圈的他们深陷其中，虽说自己身上还背着债务，她还是决定资助他们从贫穷怪圈中突围。

是的，许华的工作，远不只是她的红火石事业，带着艺术馆的员工到各地学校访贫助困，也是她的工作内容。2016年，她回到母校——

凉山州冕宁县河边中心学校了解孩子们的学习情况，无意中，看到一个学生弯着腰，却一直仰着头；拄着木棍，行走艰难，却面带微笑。这娃娃怎么啦？她的心一下子缩紧了，一打听，原来，那是二年级的一个残疾学生，名叫木果。小木果的一条大腿高位截肢，脊梁已经严重弯曲，只能靠木棍支撑身体上学……许华的心痛得像被捅了一刀，她赶紧跑过去，扶住那个苦命的娃娃。

不能让娃娃苦成这样！许华在心里对自己说。回到西昌后，她立即联系四川华西医院专家，她要为这个坚强的娃娃矫正脊柱。这个时候的许华，还在还债的路上奔跑，手头还不宽裕，她有理由说服自己事不关己，高高挂起。但是，她不能！她给小木果定制了德国产的优质假肢，她还承诺，直到他大学毕业，所有换肢费用，都由她负责。

每一次去探望小木果，许华都高兴地发现他又长高了，都快长成大木果了。现在的木果，正在努力读书，他告诉许华，他的梦想，是考北大，到北京去读大学。小木果的这个远大志向，让许华无限欣慰，她可是"北京打拼大学"毕业的人，算起来，应该是小木果的同城学姐啦！

"有志者，事竟成，破釜沉舟，百二秦关终属楚；苦心人，天不负，卧薪尝胆，三千越甲可吞吴。"许华终于还清了所有的债务，那天，她关了手机，突然"失踪"了。为了还债，这些年，她经历了多少痛苦和煎熬，只有她自己知道，而这一刻，所有的债务都还清了，本来可以大喊一声狂欢庆祝的这一刻，她却选择了一个人，抱着双膝，静静地坐在无人知晓的角落，任由泪水在脸上静静流淌。当年，坐在烂尾的厂房工地上，她没有好好哭过，现在，她需要好好地哭一场。

抹干泪水，出现在人们面前的，还是从前那个面带笑容、斗志昂扬的许华，没有人知道她"失踪"的原因，她也不想说。现在，她有能力了，有能力的她，还有更重要的事情要做。

许华决定投身希望工程，扶贫从扶志开始，从扶智开始，从娃娃开始！她带上她的团队，把捐资助学当成了日常工作。他们经常去山区小学看望孩子，给他们送书、送文具。她还走出凉山，为陕西等地的贫困山区学校捐款援助。为表彰她的行为，2018年，共青团陕西省委特别授予她希望工程贡献奖。

大国扶贫，凉山人不能只盯着凉山，更不能做一辈子的扶贫对象。"我们也应该力尽所能帮助他人。"有过"北拼"经历的许华，她的视野里，不只是凉山，而是全国。

"梦想，是用来实现的。"许华说，"我现在的梦想，就是把家乡特有的红火石产业做大做强，实现线上线下一体销售，推广凉山特产，传播凉山文化，带动凉山经济发展。"

9

在脱贫攻坚的国家大战略中，有一个提法，叫"扶贫先扶智"，在我看来，"智"当然很重要，有了科学文化知识，有了见识，有了聪明才智，就有了改变命运的基础条件，但是，每个人的天赋都不一样，智商也有参差，不可能人人都能考上大学，并因此改变人生，所以，我觉得"扶志"比"扶智"更为重要，就像许华当年，一个乘除法都要学到初二才学会的山区女娃，如果没有不服输的斗志，以她的资质，怎么可能考上大学？是的，只要有志向，只要心怀斗志，再笨的人，都能挣一口饭吃。而一个聪明人，一个有"智"的人，要是他懒得要死，衣来伸手饭来张口，不愿意为生存而奋斗，怕是连一口饭都吃不到。所以，"志"比"智"更重要。许华就是一个先有"志"，再努力追求"智"，最后以"智"促"志"，并最终实现梦想的典型。

……

从凉山回到佛山后，我会经常想起许华。在东西部协作扶贫战略中，佛山、凉山结对帮扶的一个共识，就是"扶贫先扶志，扶贫必扶智"。许华，这个从山沟沟里飞出来的金凤凰，她的人生就像大凉山的红火石，即便深埋地下，仍然红润，通透，美丽动人。她的努力，她的"智"和"志"，让我对"新时代彝海结盟"充满了美好的期待。

就在本文收笔的时候，许华告诉我，她资助的孩子思琪，大学毕业后，考上了中科院的研究生，给她发来微信报喜：

"华姐，我这个月就毕业了！"

"真的，太好了，怎么这么快？"

"四年啦！"

"告诉我该送个什么礼物庆祝一下，告诉我你最想要什么？"

"不用啦，华姐，这四年你给我太多帮助了！"

"华姐，告诉你一个好消息，我考上了中科院的研究生。"

"思琪，你太棒了，我为你骄傲！将来要做国家栋梁，继续加油，我会一直支持你。"

"嗯，我就想继续往前走，就考了研。"

"就是，要建立一个大梦想，顺着梦想去前进。不但要改变自己的命运，还要改变家庭的命运，造福社会。"

"嗯，我会继续努力。"

"北京我朋友多，有什么事（要帮手）就跟我联系。"

"嗯，（到时）又要麻烦你。"

……

　　"这个丫头非常争气，看到他们成长，（我）由衷地（感到）幸福！"许华对我说，"真的，特别欣慰，特别欣慰！她爸爸有病，全靠妈妈务农支撑家庭，我相信她可以改变家族命运。"

　　许华，这个从贫穷命运中走出大山到"北拼"毕业的女子，她是我在凉山遇见的最美南红。

微信扫码

借鉴精准扶贫经验，
解读脱贫攻坚精神。

后记

跋：我们都在努力奔跑

一

大凉山彝族，一个历尽艰难，用生命翻山越岭，用血泪改写历史的民族，而今正在大国扶贫的号角声中，走出世代贫困的大山，奔向全面小康。

中华人民共和国成立后，民主改革让大凉山从"一步跨千年"，直接进入社会主义社会。有媒体说，这简直就像是坐上了火箭。而一切都仿佛天意，凉山命中注定与火箭有关，1984 年，在凉山彝族自治州西昌市郊，中国第一颗通信卫星成功发射，中国航天也从大凉山走向世界。

交通闭塞，道路崎岖，大山横亘，超出想象的恶劣环境，是阻碍大凉山经济和社会发展进步的"拦路虎"。成昆铁路线上的"绿皮火车"永远不会忘记那些背着洋芋去求学的山里娃，不会忘记那些背着猪、牵着羊搭车的老乡，他们只不过是去学校读书，去乡场赶集，山遥路远到竟然需要搭火车。

大国扶贫开始了，脱贫攻坚战打响了，挺身而出的共和国，向人类幸福最大的敌人——贫困——正式宣战。这是一场人类历史上最大规模的攻坚战，800多万扶贫干部奔赴前线，其中280万"战士"直接进驻大大小小的村庄……搬迁扶贫、产业扶贫、教育扶贫、移风易俗、农民夜校、控辍保学，等等。骨头再硬，扶贫人也要把它嚼碎；"拦路虎"再凶，扶贫人也要硬闯"景阳冈"。

2019年，习近平主席在新年贺词中，饱含深情地对14亿炎黄儿女说："我们都在努力奔跑，我们都是追梦人。"是的，我们都是追梦人，为了实现小康梦，包括500万大凉山人在内的我们星夜兼程，朝着小康努力奔跑。

2019年5月、2020年8月，我先后两次前往大凉山走村入户，深入到贫困户家中，听他们的脱贫故事，听他们的小康心声，然后，我把这些故事和心声记录下来，于是就有了这本报告文学——《朝着小康奔跑》。

每一个奔跑的梦想，都将被历史珍藏；每一个奔跑的人生，都将绽放精彩。

这就是我们的新时代，她在奔跑，她气势磅礴，万丈光芒！

二

据凉山州志记载，新中国刚成立时，"呷西"（奴隶）和"安家"（半奴隶）占了凉山彝族总人口的43%。在世界上唯一反映奴隶社会形态的专题博物馆——凉山彝族奴隶社会博物馆里，4000多件安静得无限空旷的文物，就像一条神秘的生命线，把两千多年来凉山彝族奴隶制社会产生、发展、衰亡，最后"一步跨千年"进入社会主义社会的历史轨迹串在了一起。

什么是奴隶制？学者称它是"人类最野蛮的剥削和压迫制度"。

在人类历史上，波斯（伊朗）是世界上第一个废除奴隶制的文明古国。居鲁士大帝建立波斯帝国后，在人权宪章中废除了奴隶制。

公元3—5世纪，古罗马的奴隶制土崩瓦解。

公元5世纪末，古印度废除奴隶制，进入封建社会。

清初雍正年间，清政府在汉族地区废止奴隶制。

然而，在四川大凉山，却一直保存着比较完整的奴隶制社会。

早在13世纪，意大利旅行家马可·波罗便进入大凉山，真实记录了奴隶制社会中彝人的苦难生活，并因此感慨万千。

凉山奴隶制社会等级制度森严，阶级差别巨大。奴隶主不仅占有所有生产资料，还拥有大量的奴隶，不单剥削奴隶的劳动成果，还可以买卖奴隶，枪杀奴隶；为方便管理，奴隶主会把奴隶分成10个等级，即锅庄上方人、锅庄下方人、屋堂边人、门边人、门外人、院坝人、院坝之外人、房屋周边人、屋下边人、路下边人。而百万奴隶没有人身自由，没有说话权利，一辈子就为奴隶主当牛做马。

奴隶制社会的凉山因为医学水平低下，统治者把麻风病、肺结核，甚至狐臭都列入绝症，谁得了这个病就会遭到毫无人性的歧视、抛弃甚至残害。奴隶主处理麻风病人的常用方式，就是用牛皮或面粉把患者裹住，然后挖坑活埋。女奴隶的社会地位更是低入尘埃，每每遇到天旱水涝，物资紧缺，奴隶主就会把女奴隶赶去市场变现，一个女奴隶可以换一只鸡。

因为生产力落后，现代物资严重匮乏，直到20世纪50年代中期，在凉山，10个鸡蛋只能换几根针，一张兽皮最多能换一尺布，辛辛苦苦挖十斤八斤药材，了不起也就换二三两盐巴。谁家要是想添一口铁锅，少说也要两三升荞麦才换得到。

学者研究认为，当年凉山彝族的奴隶制社会形态，是世界上最后一个，也是唯一最完整的"奴隶制原始社会形态的活化石"。

……

位于西昌泸山北坡的凉山彝族奴隶社会博物馆广场正中，矗立着著名雕塑家赵树同设计的雕塑"凉山之鹰"：身披查尔瓦[①]、正在吹牛角的彝族武士——支格阿龙[②]，是彝族历史上的英雄和精神象征。广场侧的两组大型雕塑，用铁镣和绞索象征彝族曾经受过的奴役以及觉悟后的奋起反抗。博物馆内除了各个时期的彝族文物，还有红军战士王海民1955年受军衔时的礼服和勋章、从彝族各阶层手中收缴的枪支，以及民主改革时的棉衣裤等救济品，它们都是凉山"一步跨千年"的历史见证。

1952年10月1日，在中华人民共和国成立三周年之际，在迎风飘扬的五星红旗下，凉山彝族自治区（后改为州）正式宣告成立。这是新中国第一个彝族自治区域。

1956年10月，凉山实行民主改革，废除奴隶制度。从此，百万奴隶翻身得解放，彻底告别痛苦的历史，做了自己的主人。

---

① 查尔瓦（擦尔瓦），彝族服饰。不论男女，都喜欢披一件羊毛织的披毡，称为"查尔瓦"，有黑、白两色，以黑色为佳。它形似斗篷，长至膝盖之下，下端饰有长穗流苏，白天披在身上挡风御寒，夜晚则当被褥。

② 支格阿龙，又译为支格阿尔，是彝族中的射日英雄，也是彝族神话传说中的一位创世英雄，是全体彝族人民认同的最崇敬的祖先。

三

我国古代"南方丝绸之路"和"茶马古道",必经凉山。因为凉山是通往西南边陲的交通要道,早在两千多年前的秦汉时期,中央王朝就在凉山设置郡县,加强管理。

今日凉山,总面积6万多平方公里,辖17个县市,有14个世居民族,总人口515万,其中彝族占总人口的51.7%。虽说是国家深度贫困地区"三区三州"之一,但在水能、矿产、农业、旅游、民族文化等方面资源优势明显,其发展潜力和前景具有巨大的想象空间。只是,境内虽江河纵横,但水陆交通闭塞;虽民风淳朴,山色秀美,但贫穷、原始、落后。特别是世代生活在老山沟里的农民,典型如网红"悬崖村",村民的生存条件之恶劣,远远超出很多人的想象。因其自然条件差、经济基础弱、贫困程度深,成为国家全面建成小康社会最难啃的"硬骨头"。

是的,在脱贫奔小康的号角声中,凉山是最难啃的扶贫"硬骨头"。因为彝族主要分布在崇山峻岭、交通不便的山区,居住条件艰苦,到20世纪末,凉山州彝区贫困群众大部分还住在低矮潮湿的木板房、茅草房、石板房里;又因为养殖是每户人家最大的生活来源,为防牲畜被盗断了生计,同时也方便半夜起来喂料,人畜混居一室、同处一院,便成了普遍现象。随着时代的前进和社会的飞速发展,很多从山外、从城市、从发达地区进山来的人,都把"人畜混居"理解为当地人落后、愚昧、不讲卫生的"生活陋习",这类因区域差异造成的主观判断,不只是缺乏历史认知,同时也没有对地方风土人情进行深入了解。

但大凉山区超出想象的贫困,却是不争的事实。也因此,凉山脱贫，时刻牵动着党和国家领导人的心。

2014 年全国"两会"期间，习近平总书记特别询问凉山籍委员阿什老轨"凉山外出务工的多不多"。

2015 年 11 月，习近平总书记在中央扶贫开发工作会议上，特别谈及本书《引子》中讲过的、反映大凉山贫困状况的"世界上最悲伤的作文"。

······

如何改变大凉山区贫穷落后的面貌？脱贫路上，一个都不能少！

为彻底改善凉山彝族群众的居住条件，四川省早在 2010 年就出台《大小凉山彝区"十项扶贫工程"总体方案》。方案要求："彝家新寨建设居首位。政策向彝家新寨倾斜、资金向彝家新寨集中、项目向彝家新寨整合。着力新村、新居、新产业、新农民、新生活'五新一体'，至 2016 年，累计建成新村新寨 2498 个，175 万、37.2% 的农村群众住进新居。"

2016 年，凉山州出台《凉山州人民政府办公室关于进一步加强彝家新寨建设工程管理工作的通知》，在大凉山彝区 10 县 176 个乡镇 222 个村 (极度贫困村 47 个) 实施彝家新寨住房建设 18870 户，并免费发放彝家新居室内设施"四件套"(钢炉、餐桌、碗柜、橱柜)，现代文明新生活"二选一"(电视机、太阳能热水器)，贫困户住房建设中央和省补助由 2 万元 / 户提至 2.5 万元 / 户。

在这些年的易地扶贫搬迁工作中，政府兴建了很多现代化的集中安置点 (彝家新寨、援建新村等)，但部分村民 (特别是中老年人) 不愿搬迁，有的搬入新居没住两天，又重回山上老宅居住。这种现象被认为是他们在一个地方生活惯了，恋旧心理导致故土难离。我很认同这个观点，但同时我认为这只是浅表解读，更深层次的原因就是上文提及的"奴隶制"造成的——

在彝族的奴隶制社会中，一方面，不管在哪个时期，奴隶主和奴隶之间，压迫与反抗，奴役与逃亡总会不同程度地上演，不甘为奴或触犯了家规的奴隶，为躲避奴隶主的追究和惩罚，唯一的出路，就是拖家带口往深山老林里逃命。山越高越安全，林子越深越安全，躲到人迹罕至、无路可走的崇山峻岭里，内心的恐惧和担忧才会有所缓解。

另一方面，为了争夺水源、土地和山林等生产、生活资源，家支之间的"战争"同样不可避免，吃了败仗的一方，为逃脱追杀，保存"火种"，最佳的选择，就是逃往地势险要、易守难攻的高山密林，以悬崖峭壁为天然屏障，为家支族众提供喘息休养的栖身之所。

久而久之，就形成了山民固守一隅，甘于封闭，不愿下山的习惯。这种贫困山区特有的文化环境，就像基因一样世代传承，一旦离开封闭的生活环境，就会有巨大的不安全感袭上心头，进而忧心忡忡，不得安宁。

上述原因曾经让负责易地搬迁工作的扶贫干部很头疼。做通村民思想工作，让他们高高兴兴乔迁新居，并且"搬得出，稳得住，能致富"，成了医治扶贫干部夜不能寐的"良药"。

四

2016年，按照中央和广东省委、省政府部署，佛山接过对口凉山扶贫协作任务。8月8日，佛山市委书记鲁毅连夜飞往西昌，参加次日召开的广东省对口四川省凉山州扶贫协作座谈会。9日，广东省委书记和四川省委书记一起，当面把对口凉山扶贫协作工作任务交给了佛山。

2016年8月31日，广东（佛山）对口凉山扶贫协作工作组正式进驻凉山。

2017年6月，在深度贫困地区脱贫攻坚座谈会上，习近平总书记5次提到凉山。

总书记的牵挂和关注，是佛山对口凉山扶贫工作的巨大动力，广东（佛山）对口凉山扶贫协作工作组迅速落实人力、物力和财力，统筹规划，快马加鞭，从援建安居房、加强产业扶贫、文化旅游、教育卫生以及劳务输出合作等多方面入手，助力当地人民群众挣脱困境。

2019年，凉山州的雷波、甘洛、盐源、木里4个贫困县成功脱贫摘帽。紧随其后的普格、布拖、金阳、昭觉、喜德、越西、美姑7个没有摘帽的贫困县，正朝着脱贫的目标全力以赴，努力奔跑。

对佛山人民的深情厚意，《凉山日报》2020年7月31日以《佛山市对口帮扶凉山州成效显著》为题，做了详细报道（作者有所修改）：

> 自2016年8月佛山市对口帮扶凉山州以来，佛凉两地始终秉持"中央要求、凉山所需、佛山所能"理念，认真贯彻落实中央和粤川两省党委、政府有关东西部扶贫协作的决策部署，攻坚克难、精准发力，佛山累计投入财政援助资金24.43亿元，实施各类项目717个。推动凉山安全住房、教育医疗、产业发展、劳务协作、人才培养等工作开创了新局面，续写了新时代"彝海结盟"新篇章。
>
> 安全住房是凉山脱贫攻坚的最大短板，佛山累计投入资金5.7亿元，援建了雷波县铜厂沟村、越西县达布村、昭觉县谷莫村等一批新村点，建设安全住房1万多套，解决了4万多名困难群众安全住房问题。

凉山教育、卫生事业发展滞后，佛山累计投入资金5.3亿元，帮助凉山建立了一批幼儿园、中小学和卫生院，推动凉山22家医院、43所学校结对。佛山安排5家实力最强的三甲医院组团帮扶喜德县人民医院，使得该院门诊诊疗量同比增长41.42%，住院人次同比增长47.81%。盐源中学开展组团支教并成立"佛山班"，教学成效在该校同年级班级中名列前茅。佛山市还选派350名教师、医生开展支教支医工作，积极探索组团式医疗、教育帮扶模式，推动凉山教育、医疗水平明显提升。

产业发展是实现脱贫的根本之策。凉山出台了《关于以奖代补鼓励广东投资者来凉山投资的管理办法》等政策文件，累计推动67家佛山企业投资落户凉山，佛凉（昭觉）智慧农业产业园、太美现代花卉产业园等项目加快建设，这些园区将成为推动凉山脱贫攻坚进程的新引擎。

佛凉两地以"以购代捐"消费扶贫为契机，在佛山开设凉山农特产品展销店和专柜达33家，利用淘宝、国扶网等电商上线凉山农特产品100多种，累计销售凉山农特产品3.74多亿元。2020年7月18日，两地又精心举办佛山凉山消费扶贫周活动，带动苦荞茶、金银花、核桃、蜂蜜等大凉山农产品热销，相关直播活动全网观看量累计超过1717万人次，线上线下销售额超过1.26亿元。

佛凉两地签订劳务协作框架协议，建立凉山驻佛山农民工工作服务站，出台稳岗就业补助、生活补助等政策措施，累计定向输出建档立卡贫困劳动力1.8万余人次。特别是2020年，为克服疫情对劳务输出的影响，佛山安排了超过1亿元支持劳务协作工作，并对输出佛山的建档立卡贫困户给予每人最高500元的防疫补贴。在双方的通力配合下，上半年，已输送近6000名凉山籍务工人员，提前完成全年任务。

围绕教育、卫生、农业、旅游等人才培养需要，凉山向佛山选派交流挂职、顶岗实习干部人才100余名，佛山累计向凉山派出48名党政干部、399名专业技术人才，累计帮助凉山培训党政干部4000余人、专业技术人员34000余人、新型农民70000余人、致富带头人1400余名。

佛山市对口帮扶凉山州成效显著，在全国东西部扶贫协作考核中，佛山连续三年获得"好"的等次，广东（佛山）对口凉山扶贫协作工作组获得全国脱贫攻坚奖"组织创新奖"。

（记者 李仁芳 实习生 谢韫力）

壮哉！在这场长达数年的大国扶贫攻坚战中，佛山各界用满腔的热血和真情，谱写了一段新时代"彝海结盟"的佳话。

五

船到中流，水深浪急，激流还需勇进；

人至半山，路遥坡陡，峰高更要攀登！

不脱贫，不收兵！不小康，不收兵！

2020年11月16日，四川省政府发布《四川省人民政府关于批准普格县等7个县退出贫困县的通知》称，凉山彝族自治州普格县、布拖县、金阳县、昭觉县、喜德县、越西县、美姑县7个国家级贫困县已达到贫困县退出有关指标，符合贫困县退出条件，经研究决定，同意上述县退出贫困县。

自此，四川省凉山彝族自治州11个贫困县全部"清零"。

天下事，在局外呐喊议论，总是无益，必须躬身入局，挺膺负责，乃有成事之可冀。深入凉山采访，随处可见"结队帮扶瓦吉瓦，广东佛山卡沙沙"的巨幅标语，随处可见援建新村的粉墙新瓦。彝家新寨檐吊牛头、彩梁画栋、壁画图腾，就像盛开在云海里的索玛花，漫山遍野的姹紫嫣红，颂唱着春天的故事，诉说着大凉山"一步跨千年"的巨变。

在通往昭觉县三河村的路上，我看见一块标语牌高高耸立着：

曾经一步跨千年，我们实现了制度的历史跨越；

而今迈步奔小康，我们将实现文明的时代更替。

是的，伴随着新中国波澜壮阔的发展历程，西南边陲的凉山，再次"一步跨千年"。毋庸置疑，这场世纪脱贫攻坚战，无论是在中华民族历史上，还是在人类历史上，都将是一部感天动地的伟大史诗！

2020 年 12 月 29 日

后记：那些人，那些事

　　毋庸置疑，脱贫攻坚是一个大题材。特别是无微不至的"中国式扶贫"，如何把握，从何下笔，对我来说是一个巨大的考验。如此重大的命题，是按常规的"官方视角"呢，还是另寻角度？我思考了很久，最后找了一个很小的切入口——从最基层的人写起，从扶贫一线的驻村干部写起，从脱贫路上的困难群众写起。我想以滴水见太阳的方式，让读者从细微处看见精神，看见人性和情怀。我知道，近千万的扶贫干部和更多的脱贫群众，在这场波澜壮阔的奋斗中，他们付出的心血，遭遇的阻力，经历的心酸以及收获的喜悦，如果不躬身入局，是无法真切体会到的。于是，在书稿付梓之前，我决定再费些笔墨，说说采访路上遇见的那些人，那些事。

叶伊娃

　　尽管前文已经用专门一节介绍了作为支教老师的叶伊娃，但真正进入扶贫工作队之后的她又是何种情况，我愿意在此补充后记，以补遗憾。

2019 年 9 月 12 日，是佛山支教老师叶伊娃借到县委上班后第一次跟随扶贫工作队下乡，地点是依莫合乡。坐在车上一路颠簸，那感觉真的是山路十八弯，仿佛那弯弯的山路没个尽头。当时，扶贫工作队打算在依莫合乡搞一个金银花种植项目，大约有 300 亩的规模，如果搞得好，可以实现两个方面的用途：其一是种植金银花，在经济方面发力；其二，就是金银花开的时候，可以作为景观，吸引旅游者前往观赏，从文旅方面着手，为接下来的乡村振兴做准备。金银花种植基地的具体位置，最后落在吉辅村集中安置点附近，那是一片相对平缓的坡地，这样的缓坡在崇山峻岭中实属难得，如何把这些金贵的坡地用好，最大可能地挖掘它的潜能，给当地群众带来收益，带去实惠，是扶贫工作队绞尽脑汁的头等大事。

叶伊娃发现，相对于扶贫工作，在学校教书单纯多了。这个金银花种植基地，都不知耗费了工作队多少心血。就算她刚"入行"，也是亲眼看着基地长大的，从考察地方，到开始种植，再到 2020 年 6 月她再去看时，金银花已经长出来了，看到山坡上星星点点的小黄花了，她兴奋得就像孩子一样叫出声来，也顾不上坡高路陡，蹦跳着跑过去，跑到地里，用手机尽情地拍，拍了好多照片。

"真的有金花和银花。"叶伊娃说，"它们真的是一起开的。"怕我不信，她拿出手机不停地往下翻，"我当时还发了朋友圈的，好多朋友都说漂亮"。

我知道，在人间百花园里，小小的金银花其实并不起眼，叶伊娃之所以如此急切地要证明它真的很漂亮，那是因为她和扶贫工作队在这片土地上投入了很深的感情。尽管身后是强大的国家意志，但是，要把穷山沟变成金窝窝，谈何容易！多少扶贫人，为了一个小小的项目在夜以继日，全力以赴。

"你知道吗，村里那些第一书记，经常半夜三更给我发信息。因为他们经常加班，工作中遇到问题了，马上就会发信息来问。遇到我也加班，就回他们，有时我都睡了，也就顾不上回复了，结果他们就得等到第二天。"

叶伊娃说，那些扎在第一线的扶贫人，除了工作，平时最盼望的就是接到上级通知，到金阳县城开会，因为县城有水，至少能好好洗个热水澡。"你别不信，这儿很多山都比较高，缺水，连洗澡都没水。"

代鹏

我去丙乙底驻村采访，最大的问题是没有地方吃饭。街上有餐馆，但那是动不动就要几百块钱一餐的"坨坨肉"，要解决一个人的工作餐，还真找不到地方。幸好在县委办挂职的梁敬远和在乡上挂职的魏世民商量好了，让我跟驻村扶贫工作队员代鹏和驻村第一书记甘路搭伙。也因此，我认识了代鹏——四川省人民政府驻上海办事处的一个年轻人。

代鹏是个"80后"，长得黑黑的瘦瘦的，戴着一副黑框眼镜，穿着一身黑色衣服。据说他从十里洋场的大上海到满坡牛羊的大凉山，才一个月就瘦了10多斤。为什么能这么快减肥，我开始还不明白，直到开饭的时候才知道，原来他们天天吃稀饭，外加烙几个苦荞饼。由于丙乙底村海拔有3200多米，电饭煲煮饭根本煮不熟，只能用高压锅焖稀饭。那天中午，他们差不多就是用最好的东西招待我了，但我还是没吃饱。偶然听到客栈楼下有小贩在吆喝，赶紧跑下去买了一大袋子馒头、麻花备用，小贩开着三轮车走村串寨，要好几天才来一回呢，要是让他一脚油门走掉了，半夜饿醒时，还真不知道该怎么办。

第二天甘路一大早去了乡上开会，代鹏打电话叫我过去吃早餐，又是高压锅焖稀饭。胡乱地喝下一碗，我约他出门走走，顺便介绍下村里的情况。我们往村口省道 S208 丙底乡方向，一边走一边闲聊。之前我看他文文弱弱的样子，还以为他性格安静，不善言辞，谁知话匣子一打开，差点就刹不住。

聊到这两年多的扶贫感想，好多经历都令他记忆深刻。

在生活方面，有一次村里停电，没地方开伙，只能跑到乡饭堂去吃饭，没想到被一个从成都嫁到金阳的女同志训了一顿，说他占公家的便宜。"我从上海跑到山旮旯来占便宜？"为这个事他郁闷了很久，每次讲起，情绪都还有点激动。

丙乙底"佛山新村"的居住条件当然是很好的，但天天吃稀饭、泡面，对年轻人来说，真的"顶唔顺"；而且没地方洗热水澡，这事对天天都要洗澡的他来说，也真够呛。所以每过半个月，他就得想办法去县城，住一次宾馆，好好洗个澡，饱饱吃一餐，算是弥补乡村生活与大上海之间的落差。

在工作方面，特别郁闷的是他学的专业在村里根本用不上，一天到晚就是抄资料、填表格，而且经常是反反复复折腾好几次。对此他颇有意见，但不会拒绝，只能一边发牢骚一边做，而且做得非常认真。（我遇见的一线扶贫队员，差不多所有人对填不完的表格都深感无奈，互相戏称"表哥""表姐""表妹"。）

对佛山的扶贫工作，代鹏给出的评价很高，认为"扶贫扶到了点子上"。首先是建房子解决了贫困户的安居问题；其次是通水通电，从生活设施入手加以改善。最重要的是搞劳务输出，组织当地人去佛山打工，"一人打工，全家脱贫"。在他看来，外出打工，其实就是打开了通向外界的窗口。如果一辈子窝在山里边不出去，你怎么扶都扶不起来，只能越扶越懒，如果出去打过工，见过发达地区的热火朝天，就算他受不了那个苦和累，跑回老家来，也不是坏事，因为他的心野了，他不会像从前那样天天醉酒、晒太阳等政府来救济。当然，最最重要的，还是要多办学校，多投资教育，让山里娃多读书，这才是山区脱贫的最终出路。

"老山沟的优势在于这些自然资源，最好是保护起来，作为国家发展战略的大后方，没必要去过度开发。"他说，搞好教育，让年轻一代今后有机会到外边去，到工业文明比较发达的地方去就业，可以说是两全其美。

甘路

甘路比代鹏小一岁，是丙乙底村的驻村第一书记，因为一年四季都戴着一顶红色的鸭舌帽，穿着一件红色的马甲，有点像城市里的志愿者。在丙乙底村，只要看到一个头戴红帽、身穿红衣的高个子男，几乎所有的村民都知道那是甘书记。

甘路每天都要做的一件事情，就是晚饭过后，沿着 S208 省道去看望则呷组贫困户马海史古。马海史古是一个残疾人，只有一只手掌，即便这样，他也想靠仅有的这只手改变生活状况。

"我敬佩这种愿意付出劳动努力脱贫的人。"甘路说。他想办法在景区工地上帮马海史古找了一份工作——晚上睡在漏风的亭子里帮工地看守材料。高山夜间气温较低，甘路怕冻着他，所以每天晚饭之后，都要过去看他一眼。

我跟着甘路去工地上看过马海史古，有几次他都睡下了，见甘路来，他就从被窝里撑起身子，脸上绽放着满足的笑容，都不用甘路问，就主动说："不冷不冷，甘书记，我不冷。"

这个看管工地材料的活儿，守一个晚上 100 元，一个月 3000 元。3000 元对一个没有劳动力的家庭来说，是很大的一个数字。马海史古裹着铺盖卷，尽心尽责地守着工地。看得出，他很珍惜这份工作。

有天，我跟甘路去则呷组采访，顺道拐去马海史古家看他，他不在家，我们以为他在外放牛，后来才听说他上山种树去了，因为退耕还林政策，种一棵树一块钱，他一天能种六七十棵，也就是六七十元，再加上在工地看材料，一个月能挣四五千元，生活还算过得不错。

甘路最喜欢帮这些不甘贫困的贫困户，有个叫洛布日格的贫困户，脱贫的愿望很强烈，甘路帮他在林场找了一份护林员的工作，拿工资的他并没有满足于此，家里还养了 100 多只鸡。

"我喜欢这样的人。"甘路说，2020 年 4 月，他向原单位申请了 1.8 万元，买了鸡苗，分发给村里的 30 户非贫困户，每户 15 只。他想让非贫困户也增加收入。名单确定之后，广播通知非贫困户到场领鸡苗，没想到有个贫困户听到消息，跑过来非要领鸡苗，说广播里念了他的名字，再说了，非贫困户都有份，自己是贫困户，凭啥没有？反正任你怎么解释都没用，闹到最后，村小组长实在没招，只能承认"错误"说是自己念错了。可是，那人依然不依不饶，就要鸡苗，怎么办呢？甘路说，贫困户本身已经得过很多补贴了，给非贫困户一些福利，利于缓和村民之间因此而产生的矛盾，所以，不能惯着这种要无赖的人。于是，他一改平时"春天般的温暖"，态度强硬地给出一道选择题：第一，15

只鸡苗；第二，县上有政策，补贴 3000 元，鼓励贫困户养殖脱贫。到底要哪一个？自己选。

吵闹了半天的那人，听说有 3000 元补贴，直接就选了钱。

"我不能惯着他！"甘路说。对偏远的则呷组，他心里一直是牵挂着的。2020 年 3 月，听说土沟乡建设"佛山新村"安置点，他特地开车跑去找到施工方，介绍了八个则呷组村民过去打工，200 元一天，一直干到 7 月份，每人挣了近 2 万元。

周元华

2020 年 9 月 5 日早上，金子般透亮的阳光，把丙乙底"佛山新村"照得温暖如春，我在清爽的阳光下，背着采访包往坡上走时，在彝家新寨老街看见一个村民用包菜喂鹅，据说包菜可以卖到 1.5 元一斤，这样岂不是浪费吗，于是好奇地问她为什么不拿去市场上卖？她用彝语回答了我，我没听懂。这个时候，周元华路过，他停住脚步，替村民回答说，没有人上门收，如果自己坐车或租车把菜运到金阳县城，一个来回，连车费都不够。既然没得赚，自己家又吃不完，烂在地里又可惜，那就只能拿来喂鸡喂鹅。

"我们这地方，山头高，莴笋、白菜、胡豆、包菜，都长得很好，但问题是没有经济效益。卖不出去，自己也吃不完，更不知道种啥经济作物好，所以就出现了很多懒人，成天晒太阳、喝啤酒。"周元华说，要是村里面能够找到对接的资源，有人上门收这些菜，村民种菜的积极性会高很多。高寒山区种出来的绿色蔬菜真的是天然无公害，但是，山遥路远，销路是最大的问题。所以村里的年轻人基本上都外出打工，种地的都是些留守的中老年人。

对周元华所言，后来我专门向扶贫干部请教过，扶贫干部说，主要原因还是成本限制了出路，菜价本身就低，路又太远，高山上能种菜的坡地也没多少，无法形成种植规模，就算对接销售企业进来，也是赔本献爱心，不是长久之计。所以，发展养殖更符合当地实际情况，种菜养鸡鹅鸭，等于把菜就地转化成脂肪，收益反而更高。

周元华生于 1956 年，1974 年入伍，在四川内江当了 4 年兵，1978 年退伍回到凉山，在当地自然保护局里面干了 20 多年，退休工资有 5000 多元，返聘每个月又有 3500 元，在金阳这种老山沟里，过得是很富裕的。他说，退耕还林政策对当地生态是极大的保护，现在的自然保护区里，不时都能看到黑熊、红色的小熊等很多以前都没见过的野生动物。

苏解哈

丙底乡政府旁边有一条小溪，2020 年 9 月 7 日，我在援建新村随机采访时，看见小溪对岸，有一些人在搞建筑，清一色的两层小楼，看起来蛮洋气的，刚开始我以为建移民新村，后来才知道人家建的是猪圈和羊圈，是安置点搬迁户的生产配套房。小楼大约有二十平方米，一楼是猪住的，羊住二楼。我吃了一惊，天哪，猪都住得这么高级呀！

我沿着河沟往上走，一边走一边东张西望，在离乡政府没多远的地方，有个穿拖鞋、短裤、短衫的小伙子问我在找什么，然后我们就聊了起来。原来，他就是这个建筑工地上的领班小工头，名叫苏解哈。

苏解哈是隔壁雷波县瓦岗镇雷池乡人，20 多岁，已结婚多年，娃儿都3岁了，这些年一直在外干建筑，一个月能挣万把块钱。

听说我是来采访脱贫攻坚的，苏解哈笑起来，说他爹辛辛苦苦一辈子，终于在去世之前修了几间小平房，外墙还贴了瓷砖，却没想到因为这个，最后与"贫困户"福利擦肩而过。"但我也不埋怨，现在政策好，机会多，只要肯干，都能挣到钱。"他说，"我们这边的老百姓，对政府的扶贫政策，没有哪一个不说好的。"

"党和政府在人民心目中，那绝对是有口皆碑。但是……"苏解哈话锋一转，说，"老百姓对基层一级，比如说村一级、乡一级的这些干部，那就很多怨言了。"

我问为什么？

苏解哈说，因为在扶贫政策的执行中，很难做到绝对公平，也因此就产生了很多这样那样的矛盾。对这个问题，苏解哈看得开，他说："这些都是正常的，世界上哪个人能做到绝对公平呢，是不？"

苏解哈初中毕业后，19岁时到深圳打过工。这些年一直在四川省内各地干建筑，在此过程中，他经历了很多，交了很多朋友，也产生过很多思想的碰撞和交流，对外界和这个社会，他有自己的见解，特别是对当地风俗，他一直在反思。他的反思有两大重点：第一是"彩礼问题"，第二是红白喜事（特别是老人去世）的铺张浪费问题。"这两个习惯如果不解决，不改变，怎么扶贫都没有用。"他说，说得很绝对。

"我的娃儿是女儿，等到她长大以后，谈恋爱嫁人，我一分钱都不要。"苏解哈说，他最反感当地的彩礼陋习，"因为这个彩礼，真的是发生了太多的悲剧。"

我以为他就是彩礼受害者，问他娶老婆花了多少钱？

他笑了，说那个时候彩礼还不贵，才1万多元就搞定了。

我又问他如果生的是儿子，娶媳妇时遇到对方要彩礼，给还是不给？

他无奈地笑着说："肯定要给的嘛，因为没有办法嘛，儿子必须要讨老婆嘛。"

真不敢相信，在丙底乡这种老山沟里，竟然能遇见具有如此反思精神的彝族青年。他的见识和见解，怕是很多接受过高等教育的人，也不一定会有。正如他所说，读过书的女孩子彩礼价格更高，四五十万元起步很正常。他非常反对这些读过书的人也这样干。但是，除了反感、反对，事实上他也干不成啥事，他家有三个妹妹，其中两个妹妹出嫁前，也是要了彩礼的。一个妹妹嫁到金阳，彩礼是 35 万元；另一个妹妹的彩礼要少些，但也是 10 多万元。"家里边是老妈做主，拗不过她。"他说，但是，他愿意在这方面作出努力。

我建议他找一批志同道合的彝族老乡，成立一个"反彩礼联盟"。他觉得很有意思，但不知道怎么搞。为这个事，他跟我聊了很多，还主动加了我的微信，看样子，他真的有一种想推动社会进步的冲动和愿望。

杨振华

无独有偶，苏解哈关注的"红白喜事"铺张浪费问题，佛山支教老师杨振华也深有体会，他在美姑支教时，就发现当地的礼尚往来太吓人了。比如谁家有老人去世，比较亲的就会送一头牛，这牛是不卖的，当场杀了吃，一连吃几天，吃不完就打包回家。如果打包都打不完，那就扔掉。这风俗，简直令他不敢相信自己的耳朵。

"当地老年人最怕彝族新年，因为晚辈背猪肉过来，你要给压岁钱，动不动就是 1000 元以上。"杨振华说，"那些老人家哪里有那么多钱给你呀，这不是要了老命吗？所以就搞得负担很重。"好在移风易俗后，明文规定不准杀牛，不准"背猪肉"到长辈家讨赏了。

杨振华还听说当地有一个风俗：山上的羊和牛要是摔死了或者过马路被车撞死了，会被认为"不吉祥"，没有人会吃，也不会运出去卖掉。

"当然这也跟交通环境有关系，在山沟里摔死了一头牛，你真的没有办法运出去，或者说运出去的成本非常高，所以只能扔在山上腐烂。不过现在有人发现这是个商机，会主动找上门，专门收这种打架打伤死掉的，或从山坡上滚下来摔死的，很便宜收过来，然后运出去卖。"

何二哥

丙底乡扶贫工作队的人都管他叫何二哥。

何二哥光头，有点小小的鼓眼，在金阳县政府办公室搞档案。他说贫困山区很多人的思想观念就像多年前的一个新闻，记者采访辍学放羊的孩子时，他们之间的经典问答：

> 养羊干什么？
> 卖钱。
> 卖钱干什么？
> 买婆娘。
> 买婆娘干什么？
> 生娃娃。
> 生娃娃干什么？
> 长大了养羊。

何二哥说，贫困山区的女性特别可怜。大多数人没机会读书，没文化，也就不会想到要改变什么。又因为嫁人时要了彩礼，到了夫家就很苦，除了不停地生娃娃，还得没日没夜地干活。而男人呢，喝酒吹牛晒太阳，潜意识里认为老婆是花钱买回来的，所以就得乖乖地给他做牛做马。

"这种风气连当地人都受不了。"何二哥说。他帮扶的丙底洛村有170多户人家，其中20多户为了逃离这种环境，为了让娃儿有个好的前途，都搬离了村子，跑到城里边去了。有8户自主搬迁到德昌、西昌等地，为了了解他们的生活情况，每两个月何二哥就要去走访一次，七八百公里，一个来回要两天时间。其中一个叫底日古只的，带着儿子搬去西昌附近，现在儿子都找了媳妇，还给他生了几个孙子，一家人过得特别幸福。

洛布里洗

洛布里洗是丙底乡木尼古尔村村民，35岁。老公和她，加上4个娃儿，家里一共6口人。

在援建新村漂亮的小院里，刚聊起来她就情绪激动，说党和政府比公婆对她好多了。原来，她是从外乡嫁到木尼古尔村的，分家时，婆婆家只给了他们一个木柜子。看着那个孤零零的柜子，洛布里洗简直就要气疯了，她提起砍刀，三下五下把柜子劈了个稀巴烂。我跟她聊天的时候，她指着厅里崭新的铁柜子说："这些都是国家发的，国家比公公婆婆家不知好了多少倍！"

洛布里洗一家是2018年搬进木尼古尔村集中安置点的，半山坡上的成片新房子由三峡集团援建，远看近看都非常漂亮。她老公曾经到广东一家电子厂打工，干的是计件制，一个小时10元，干了半年，一共带了2万多元回来，可以想见他加了多少班，吃了多少苦。回来后，农忙在家干活，平时就在周边打工，收入虽说不如广东那边多，但离家近一点，方便照顾家庭。毕竟，一个女人在家带着几个娃娃，不是那么容易的。再说，也不利于娃娃的教育和成长。

后来，广东（佛山）对口凉山扶贫协作工作组驻金阳县工作小组在村里搞起了猕猴桃种植产业园，其中也有她家的一亩多地，所以家里每年都有租金收。

阿苦有黑

阿苦有黑是木尼古尔村村民，52岁，家里有5口人，3个娃儿都在读书，老大在湖北三峡职业技术学院念大二，老二考了300多分，上了大专线，正在等录取通知。老三阿苦尔则是个女娃，上学比较晚，都19岁了，还在昭觉读初中。

阿苦有黑说，女儿阿苦尔则13岁才上一年级。原因是当时家里条件有限，加上当地风俗认为女儿不用上学，而学校离家又很远，总之多种原因夹杂在一起，就推迟了上学时间。

阿苦有黑在丙底乡小学做保安，1200元一个月，已经干了八年了。老婆也在附近打工，120元一天。家里还养了10只羊、4头猪。另外，在猕猴桃种植产业园里还有1.7亩地入股，每亩每年能收600元租金，七加八减一年下来，在村里面算中等收入家庭。

"我们这种地方，以前一亩苦荞只能收到300斤。种萝卜收成倒是好，可以收一两千斤，但是没有人买，只能用来喂猪喂羊。"阿苦有黑说，种洋芋的亩产量能有 3000 斤，市场价可以卖到一块钱一斤，但问题是卖相好的不多，小个儿的根本就没人要，最后一对账，还是不划算。

这个彝族家庭已经培养出了两个大学生，实在是有点让我惊叹，大国扶贫这么多年，其中一个很大的变化，就是"靠知识改变命运，靠读书走出大山"，已经成了很多山区老乡的共识和首选。

木尼古尔村第一书记，帮扶工作队队长吉木伍各告诉我说："这个村的年轻人没几个愿意在家放羊，都想进城打工。"城市文明对年轻人有很大的诱惑，放羊放牛、养鸡养猪这些事，一般都是中年以上的人才会干。一方面是他们有故土情结，另一方面，也是因为他们缺乏技能，学习新东西又不够快，没法在城里找到工作，再加上现在搞养殖本身收益很不错，所以大家八仙过海，各谋出路，小日子都过得挺滋润的。

石志云

石志云是丙底乡的党委书记，我对他的印象，是跟着他去走村入户时形成的。先是去木尼古尔村，他与驻村扶贫工作队员一起核对各贫困户的情况：通电否？通水否？电视能看否？医保卡办好否？孩子读书否？在哪儿读书？生产性经济收入多少？等等，非常详细的信息，让人不得不服大国扶贫的无微不至。"两不愁三保障"，这可不是吹的。

后来我又随车去沙洛依达村民小组，看着他一家一家地走，一家一家地问。每进一户人家，他做的第一件事，就是进厨房，打开水龙头，看有没有水。然后，进客厅，打开电灯开关，如果灯亮了，再接着开电视，看能不能收到图像……接下来，就是打开资料盒，和帮扶干部一起，逐条逐条地核对，没做的马上就做，做得不够的，马上完善。一个党委书记管得这么细，在我的印象中是没有见过的，但是，脱贫攻坚是一场硬仗，前线"指挥官"冲锋在前，那是必须的。这个我懂。

有天傍晚，石志云从村里回到乡上，见我在临时办公室里，走过来和我聊天。对山区脱贫，他认为有两个问题要高度重视：

一是教育问题。改变观念必须要从教育开始，光修房子没有用。也就是说要先富脑袋，才有可能富口袋，要不然一切都是白搭。

二是医疗问题。看不起病对山区群众来说是"生命中不能承受之重"。因病致贫，因病返贫是分分钟的事情。所以，扶贫应该在这一块多下功夫。

他说，经过这些年的努力，山区群众对孩子教育越来越重视了。近几年最大的变化是：当年，因为家长不让娃儿读书，所以很多孩子辍学。那时候，政府要想很多办法把辍学的孩子弄回学校。有的地方，甚至会采取了一些极端的措施，比如处罚。你不让娃娃上学，就牵走你的羊你的猪你的牛。但是现在，很多家庭都在尽一切的努力供娃娃读书。比如在金阳的城关小学、天台小学以及金阳初中，等等，就有很多是山顶上的、老山沟里的孩子。乡下也有学校，可他们为了上好一点的学校，哪怕家里倾其所有，到县城租房子、打工，也要想办法让孩子在县城的学校读书。特别是在金阳县城北街那一片，很多出租屋里，住的都是在县城打工的山区群众，边打工边陪孩子读书。

根据这个线索，我回到金阳县城后，专程去金阳北街"踩点"，2020年9月17日傍晚，我在骆老板的羊肉馆吃饭，遇见一个小学生买快餐，她说她是南瓦乡的人，名叫黄兰，10岁，在城关小学读书。爸爸妈妈在家务农,送她到县城读小学,原因是他们觉得南瓦乡的教学质量不行。她现在借住在舅舅家。

像黄兰这种情况,差不多就是大国扶贫背景下的山区一景。这景,其实就是山区群众对外界的渴望,对改变命运的渴望。

李比洛史

李比洛史是沙洛依达村民小组党支部书记,在村上干了30年,月工资2000多元,却忙得脚不沾地,那些杂七杂八的村务,搞得他连养羊养牛的时间都没有。他说,村里边很多人都到昭觉、德昌、西昌等地陪娃娃读书了。有的是一个大人在城里租房子照顾娃娃,有的干脆就把全家人都搬进城去了。

沙洛依达村的贫困户集中安置点和别的援建新村一样,全都建得非常漂亮,但这只是硬件。软件方面即村民意识和生活习惯,一时半会还是很难完全跟上时代步伐,扶贫工作队可以说啥都要管,通水、通电、通电视,甚至水龙头坏了,都得帮手换……总之是一级保姆式的服务。这种服务好不好?李比洛史笑着说当然是好,但是,啥事都要别人帮你搞好,你什么都不用做,这也太那个了吧!所以,在李比洛史看来,那些拖家带口进城租房子打工供娃娃读书的人,才是山区脱贫的希望。因为,他们本身就很想通过自身努力改变命运。这种强烈的愿望,就是报纸上常说的"内生动力"。

骆老板

说到"内生动力"，我不由得想起了金阳北街东侧有一家羊肉馆，老板姓骆。

骆老板是德昌人，之前在老家开了 10 多年的羊肉馆，2020 年才到金阳县城开店创业。

德昌离凉山州府西昌很近，各方面都比金阳要方便，可他为什么不去西昌，甚至都不留在德昌，却偏偏要跑到更加偏远的金阳县来开店呢？

骆老板以他生意人特有的精明，向我道出其中原由。

"其实德昌生意不好做，主要是人太少了，店太多了。城区大街道多但人气不够，加上小吃店的进入门槛又低，所以竞争很激烈。"骆老板说，金阳就不一样了，这个被戏称为"挂在半山腰上的县城"小得可怜，只有从北到南一条街，所谓的东街西街，其实更像是硬生生从山壁上开出来的一条"瀑布街"。因为没有空间扩展更多的街道，而全县的人都往城里挤，所以县城人口密度比较大。人气就是财气，人间烟火气旺与不旺，其实就是小生意的命门。

"我在德昌开了 10 多年的羊肉馆，比起老山沟里的金阳人，我对自己的手艺很有信心。"骆老板说，从大山上下来的群众，对厨艺没多少讲究，很多人一辈子就知道"坨坨肉"，突然吃到他做的饭菜，那味道，没得说。就算当地的同类小饭店，在这方面也跟他比不得，毕竟他是从山外边来的，到金阳这种老山沟开店，那绝对是信心十足。

"我整的味道，肯定比很多店都要好。"骆老板说。

当然了，也有不利的因素，比如金阳县城的门面租金竟比德昌县城高出一大截，在德昌，千把块就能租到二三十平方米的房子，但在金阳，却要两三千元。不过，只要生意好就行，反正羊毛出在羊身上。

骆老板的这盘账，带着我进入思考：不是所有落后的地方都没有机会，关键是，我们肯不肯动脑子去寻找机会。而实现这个"关键"的途径，就是通过现代教育，给贫困山区装上新时代的软件系统，彻底更新其固有的落后观念。唯有这样，才能激发"内生动力"，跟上社会步伐，脱贫奔小康，创造美好未来。

南策炳

在一个多月的走村入户过程中，我经常会想，如果教育跟不上来，如果思想观念跟不上来，那些住在小洋楼里，仍然满地打滚把自己搞得周身污脏的小孩，今后，他们中有多少人能长成社会中坚、国家栋梁呢？反之，如果教育跟上来了，如果思想观念跟上来了，这些山里娃今后都长成了国家需要的人才，他们还会延续老辈人在贫困中苦挨日子的生存方式吗？

广东（佛山）对口凉山扶贫协作工作组金阳县工作小组组长、金阳县委常委、副县长南策炳以金阳县的贫困状况为例，找出了山区脱贫奔小康路上需要拔掉的"穷根"，其中最重要的一条，就是教育。

"这些'穷根'，首先，最直观的就是交通不便利。横断山脉、大渡河、岷江、金沙江，多条大江大河把这个地方隔断了。历史上，外部资源很难突破天险传到这里来。其次，自然条件也极为恶劣，再加上历史传统、思想观念、习惯等多个方面因素的影响，造成这个地方的贫穷。我个人感受最深的还是教育，孩子读书很困难。这里每个村子都隔得很远，走路从一个村民小组到村委会都要两三个小时，发展教育天然比较艰难。在教育这一块，历史投入还有欠账。总体而言，造成金阳县贫困的主要原因从短期来看，是这里的人们凭借自身力量脱贫致富的门路很少；从中期来看，贫困的原因是交通；从长期来看，是教育。"

实际上，"两不愁三保障"的重点就是教育，而今的凉山大地，随处可以听见小娃娃满口普通话。2020 年 9 月 27 日深夜，我在返回佛山的飞机上，一位佛山三水的扶贫干部告诉我一个颇为有趣的现象——他在昭觉县挂职时，平时下乡走村入户，最大的障碍就是语言交流，他的广东普通话本身就"麻麻地"，彝族老乡根本听不懂，而老乡的彝语或当地四川话，对他来说，简直就是听得见的"天书"，双方你说你的我讲我的，实在是无法交流。就在他倍感抓狂之时，一个惊喜从天而降，因为所有的小孩子都会说普通话，就算是那些拖着鼻涕的，往往一开口都是普通话。那一刻，他感觉这些小家伙简直就是老天派来的天使，有他们当翻译，跟当地老乡交流就顺畅多了。

"学前学会普通话，凉山州是走在全国贫困地区的前列的。更了不起的是凉山州还做到了村村有小学校，没有一个辍学的孩子，更没有一个因为家境贫困上不起学的孩子。"南策炳说，"佛山在这方面，可以说做了大量的工作，支持学前学会普通话、建学校、专项解决控辍保学等。但是，教育是最不可能短期见效的，需要久久为功，需要长期投入，长期坚持，也需要群众普遍性的强烈认同。为了动员家长让孩子上学，金阳县还出过一桩官告民的案子，你听说过吧？"

2019 年 2 月 25 日，金阳县法院巡回法庭公开审理两起因辍学引发的"官告民"案件，当时，"司法控辍"在凉山大地上还是大姑娘上轿——头一遭。

当天上午 10 时，凉山州金阳县法院巡回法庭在派来镇开庭。原告是派来镇人民政府代理人，被告是官家梁子村村民骂砍体打。这是一起破天荒的诉讼——政府起诉家长未能按照法定义务将子女送到学校接受九年义务教育案。

也就是说，村民不送娃娃读书，被政府告了！

骂砍体打有一个 11 岁的儿子，在派来镇中心学校读书，2018 年 6 月，才读到五年级的他不想读书了，小小年纪就外出打工去了。

屁大个娃娃打什么工？！政府、学校得知这事，赶紧派工作人员上门做工作，希望骂砍体打把娃娃送回学校，可人家根本就没把这个当回事，结果就闯大祸了，当年 12 月，派来镇政府正式向法院提起诉讼。一脸不信邪的骂砍体打吃官司了！

儿子厌学不读书，竟然害得老子被告上法庭。这算什么事啊！骂砍体打慌了，赶紧叫儿子赶回老家。

那天，案子审了一个小时就调解成功。骂砍体打从法庭出来，马上带着儿子朝派来镇中心学校跑去，户口本昨晚就找出来带在身上了，不管啥结果，都得让儿子报名读书。

其实也不只是骂砍体打吃官司，当天下午，巡回法庭又去了金阳县向岭乡，公开审理另一起同类性质案件。

根据《中华人民共和国未成年人保护法》规定，父母或其他监护人应当尊重未成年人接受教育的权利，必须使未成年人按照规定接受义务教育，不得使在校接受教育的未成年人辍学。而凉山州也曾出台《控辍保学"一个都不能少"工作方案》，谁要是不依法送子女入学，那就把他告上法庭。

总之，教育是百年大计，开不得玩笑。除了"控辍保学"拔穷根，在千军万马帮凉山的脱贫攻坚战中，佛山工作组除了紧紧抓住"两不愁三保障"这个国家任务，还苦干加巧干，通过劳务输出，动员山区群众到发达地区开眼界，长见识，通过强烈的"对比教育"，从改变思想观念入手拔穷根。

南策炳说："思想观念的穷根必须要有观念碰撞才能够改变。所以我们要把这边的群众输送出去，尤其是完全没有走出过大山的，应该走出去开阔一下眼界。这是思想观念可以改变的一种途径。劳务输出是短期可以持续增收、惠子孙、奔小康比较好的门路，除了可以增收之外，又可以转变观念。"他说，在这方面，佛山市和顺德区给出了非常强有力的政策，外出务工人员除了工资之外，每年都能够得到约 1.6 万元的补助。对于贫困山区，单这笔补助费，就可以让一个三口之家成功脱贫了。所以说，"一人打工，全家脱贫"不是口号，而是实实在在的奔小康路径。

我相信"对比教育"的力量。在瓦伍村，在丙乙底村，在打古洛村，甚至在长途客车上，我都遇见过走出大山，接受过"对比教育"的老乡，如吉克木日、俄底洛则、陈树斌、苏解哈等，他们已经或正在成为改变家乡贫困面貌的生力军。

十年树木，百年树人。大国扶贫，任重，道远，但充满希望。

借鉴精准扶贫经验
解读脱贫攻坚精神

 为帮助你更好地阅读本书，我们提供了以下线上服务

【聆听扶贫经验】

各地区的扶贫经验分享，结合农村基层深刻
剖析工作内容

另外，还可添加"智能阅读向导"，
带你回顾和理解脱贫攻坚一路走来的历程：

☑中国脱贫攻坚图鉴 ☑解读脱贫攻坚精神

 微信扫码